PETER ZIMMERMANN
LAST EXIT ODESSA

typic®
BUCHDESIGN+

Ekke Wolf
Währinger Gürtel 95/10
A-1180 Wien
Tel/Fax +43-1-968 54 82

Peter Zimmermann

Last Exit Odessa

Roman

Deuticke

Der erste Tag

1.

Zwanzig nach eins und keine Spur von Minski. Vereinzelt stehen Leute an der Mole und schauen hinaus auf den Horizont, schweigend und gleichmütig, als seien sie auf der Suche nach etwas, das ihnen die Langeweile nimmt. Oder die Alpträume, die Hoffnungslosigkeit, die Not der Gegenwart, was weiß ich. Nach einem Schiff zum Beispiel, anders als die Öltanker, die von Zeit zu Zeit aus östlicher Richtung auf den Hafen zugleiten. Oder nach einem Wesen, das langsam hinter der Krümmung des Planeten emporwächst, dort, wo das Wasser und der Himmel sich berühren, das Gestalt annimmt und sich zielstrebig der Stadt nähert wie seinerzeit der galante Duc de Richelieu, der auf die Handvoll Tataren in der öden Steppe, flach, staubtrocken und baumlos über Hunderte Kilometer, gespenstisch gewirkt haben muß. Aber das Meer ist glatt und grau und leer an seiner Oberfläche, geheimnislos wie das Leben in den Straßen und Häusern, die man vom Hafen aus nicht sehen kann, und wo man von morgens bis abends nur damit befaßt ist, zu Geld zu kommen oder darunter zu leiden, daß man keines hat. Wenn die Leute nach einigen Minuten merken, daß sich das Warten nicht lohnt, so wie gestern und vorgestern und die Tage zuvor, verschränken sie die Arme hinterm Rücken oder stecken die Hände in die Hosentaschen, lassen die Köpfe hängen und gehen langsam die schmale künstliche Halbinsel aus Beton zurück, zum verwaisten Fährenterminal, zur Uferstraße oder zur Potemkin-Treppe, über die sie dann unter der heißen Sonne Odessas bergauf ins Stadtzentrum steigen. Ich vermute, sie kommen morgen wieder. Und an den folgenden Tagen. Vielleicht lohnt sich das Warten irgendwann einmal.

Ich beobachte jeden von ihnen, sofern er männlichen Geschlechts und um die fünfzig ist, denn es könnte sich bei einem davon um Minski handeln, der sich mir vielleicht möglichst unauffällig nähern möchte, oder einfach nur zögert, weil er sich nicht sicher ist, ob der einsame Mensch, der da an der niederen Brüstung am Ende der Mole sitzt, tatsächlich derjenige ist, mit dem er sich treffen soll. Ich verfüge in der Tat über keine besonderen Merkmale, weder was Größe und Körperumfang, noch was Narben oder andere Verunstaltungen betrifft. Wenn Minski dich finden will, dann findet er dich auch, hat Valeria gesagt, die das Treffen arrangiert hat. Minski ist einverstanden und er weiß Bescheid, hat sie mir versichert. Jetzt, bald eine halbe Stunde nach dem vereinbarten Zeitpunkt, bin ich mir nicht mehr so sicher. Männer, die Minski sein könnten, und denen der sanfte Wind ins dünne Haar fährt, rauchen, kauen an ihren Lippen, blasen die Wangen auf, einer pfeift sogar *La Paloma*, das ist alles. Positioniert sich einer von ihnen in meiner unmittelbaren Nähe, zische ich *Minski! Minski!*, genau zwei Mal, gerade so laut, damit nur er es verstehen kann. Niemand scheint meine konspirative Geste zur Kenntnis zu nehmen. Jedesmal, wenn ich *Minski! Minski!* zwischen geschlossenen Kiefern hervorpresse, schließe ich die Augen und warte auf das erlösende *Ich bin es.* Doch alles, was ich höre, ist das Plätschern des Schwarzen Meeres an der Mole und Schritte, die sich langsam entfernen. Vermutlich halten sie mich für einen von ihnen, einer, der auch jeden Tag kommt, um zu schauen und zu warten, und der im Lauf der Zeit seinen Verstand verloren hat.

Vielleicht hat Minski der Mut verlassen, vielleicht ist er aber einem Fremden gegenüber auch nur schüchterner, als er es vor Valeria zugeben wollte. In ihrer Gegenwart trägt man gern ein bißchen dicker auf, das weiß ich selbst, nicht weil sie besonders attraktiv wäre, im Gegenteil, sie ist lang und sehnig wie ein Fußballtorwart, hat verfilztes, karottenrotes Haar am Kopf und schlechte Zähne im Mund. Die äußeren Makel werden einem aber erst im Nachhinein bewußt, wenn man, etwa abends im Bett liegend, ihre ins Gedächtnis eingebrannte Gestalt abruft. Dann erst wirkt sie verletzt und verletzlich, wie jemand mit einer gut versteckten Vergangenheit. Die leibhaftige Valeria trägt auf ihrer ukrainischen Haut ein Kleid aus Wut und Aggression, das macht sie als Mensch beinahe unsichtbar. Sie ist laut, grob und verletzend. Da steht man nicht gerne nach und spielt bestimmt nicht den sensiblen Mann, der alles versteht und alles verzeiht. Sich mit ihr einzulassen, das ist, so habe ich das zumindest erlebt, eine Art Sadomasonummer, einstecken, austeilen, einstecken, austeilen, und keiner gibt nach. Da erweist sich sogar ein schlaffer Sack als innerlich grob gewebt, ehrlich, ich habe einmal miterlebt, wie sie einen introvertierten deutschen Journalisten, der so leise gesprochen hat, daß man beinahe den Atem anhalten mußte, um ihn zu verstehen, und der an der politischen und sozialen Wirklichkeit vorbei über die Schönheiten Odessas schreiben wollte, derart zur Sau gemacht hat, daß ihm bereits die Tränen in den Augen gestanden sind ...

Minski! Minski! Der Mann zieht Schleim hoch und spuckt ihn mir vor die Füße. Auffallend rot. Lungenkrank, würde ich sagen. Fehlanzeige. Ein Uhr dreiunddreißig.

... Also, kurz vor dem Zusammenbruch hat sich der Mann ein Herz gefaßt, und hat, anstatt seiner Wege zu gehen oder zurück nach Hause zu fahren, plötzlich zum

Herumbrüllen begonnen und Valeria eine geklebt, daß sie der ganzen Länge nach zu Boden gekracht ist wie ein gesprengter Telefonmast. Er habe von diesem Scheißland derart die Nase voll, das könne sich gar keiner vorstellen, hat er geschrien, während Valeria mit aufgerissenen Augen, sonst aber regungslos, als habe sie sich beim Sturz das Rückgrat gebrochen, am Boden gelegen ist, und hätte ich ihn nicht zurückgehalten, hätte er wohl angefangen, auf ihren Körper, stellvertretend für das offensichtlich so verhaßte Land, einzutreten. Ein richtiger Nervenzusammenbruch. Habe ich noch nie zuvor erlebt. Dann hat sich der Deutsche ein bißchen beruhigt und mit feuchten Augen und verstopfter Nase erklärt, Odessa sei eine Tortur von Anfang an gewesen, ein Schlag ins Wasser, der ihn nur Geld gekostet habe, nicht gerade wenig obendrein, und was habe er dafür bekommen? Ein verstaubtes Hotel, dessen Direktor kürzlich von bewaffneten Männern abgeholt worden und, wie man höre, irgendwo am Stadtrand hingerichtet worden sei, was im übrigen jeden Tag vorkomme, da mache sich niemand große Gedanken. Weiters: eine wacklige Komsomolzenpritsche aus der Stalinära in einem stinkenden Zimmer, Frühstück in einem ehemaligen Parteibonzenpuff, schwachsinnige Neureiche mit geifernden Bitbullterriern an der Leine, paranoide Altkommunisten mit Armeerevolvern in der Hosentasche. Lügengeschichten von morgens bis abends, jeder Mensch habe hier scheinbar seine eigene Wahrheit. Er fühle sich ... ja wie denn gleich ... er fühle sich ... nun ja, wie ein Hakenwurm am Rande eines Arschlochs, hat er plötzlich wieder zu schreien begonnen und sich mit den Fäusten auf die Brust geklopft, was immer diese Geste bedeuten mochte, aber nicht irgendeines Arschlochs, sondern, jawohl, des Arschlochs Europas! Wo man hinsehe: nur Scheiße! Was man sich anhören müsse: nur Scheiße! Die Schönheiten

Odessas! Daß er nicht lache! Ein Taschenspielertrick! Blumen aus Odessa, wie! Lauter Nutten und Heiratsschwindlerinnen ...

Valeria war in der Zwischenzeit wieder Herrin über ihre langen Extremitäten geworden und baute sich langsam wie ein unterkühltes Insekt zu voller Größe auf. *Die Heuschrecken flogen hin übers Land*, begann sie zu singen, mit einer für eine starke Raucherin überraschend klaren, hellen Stimme, *dann gingen sie auf den Boden nieder. Fraßen alles, was sich dort fand, flogen auf, und weiter ging's wieder*. Dem Deutschen hat's die Sprache verschlagen und mir, ehrlich gesagt, auch. Das war schon gespenstisch, weil ich annehmen mußte, daß ich es plötzlich mit zwei Verrückten zu tun hatte. Wissen Sie, was ich meine, hat mir der Journalist mit pathologisch weit geöffneten Augen zugeflüstert, ganz im Stil eines outrierenden Stummfilmtragöden, dann hat Valeria wie auf ein Stichwort laut aufgelacht, in gewohnter Rauheit, na, wer sagt's denn, hat sie befriedigt gegen den Himmel gerufen und sich die gerötete Wange gerieben, der Deutsche hat's begriffen. *Die Heuschrecken flogen hin übers Land* ... Vom Regen in die Traufe, alles leergefressen und ausgeschissen ... Blumen aus Odessa, sicher, Frauengesichter wie verdorrte Äcker, bereit zum Befeuchten und Besamen ... *dann gingen sie auf den Boden nieder* ... Mach die Augen ruhig noch weiter auf, Deutscher, und such' sie, die Schönheiten der Stadt, und dann zeig' sie mir, wenn du sie gefunden hast, aber ich weiß genau, daß du mit leeren Händen zurückkommen wirst, weil es sie nämlich nicht gibt, die Schönheiten, sondern nur den Abschaum, Blut und Scheiße ...

Im Nachhinein muß ich sagen, daß mich eine Vorstellung selten so ergriffen hat, wie jene von Valerias Rage. Es war, als hätte jemand in ihrem Kopf den Vorhang hochgezogen und den Scheinwerfer angeknipst. Das hatte etwas von Maria Callas unter der Regie von Pasolini, war eine Art holzschnittartige Wirklichkeitsinterpretation, viel Geste, wenig Inhalt. Antigone, Elektra, etwas in der Art. Damals hat man ja viel Wind um die kleinen Dinge des Lebens gemacht, eine Lüge da, eine Untreue dort, und sich dann von einem Chor, der ja nichts anderes war als die menschgewordene paranoide Vielstimmigkeit im eigenen Kopf, endgültig in den Wahnsinn treiben lassen, ins Blutbad, ins Schreien und Haareraufen, ins Vergelten, in Selbstverstümmelung und Suizid. Ich fürchte, Valeria hat an nichts dergleichen gedacht, als sie wie die rasende Elektra – *Es zwang das Unerhörte mich zu Unerhörtem* – für wenige Augenblicke Zeit und Raum ausfüllte. Als sie mit ausgestrecktem Finger auf den Deutschen zeigte und ihm sagte, er solle sich zum Teufel scheren, und den Dreck, in dem herumzuwühlen er gekommen sei und den er Schönheit zu nennen gewagt habe, solle er gefälligst unberührt liegen lassen, wo er eben liege, es sei der Dreck der Odessiten, ihre ganz persönliche Hölle ...

Na ja, Valeria, das ist so eine Sache. Ich bin nie recht schlau aus ihr geworden. Sie erinnert mich an diese schmallippigen militanten Abtreibungsgegnerinnen, die auf der einen Seite mit gramverzerrten Gesichtern den Schutz des ungeborenen Lebens propagieren und andererseits nicht zögern, in gynäkologischen Praxen Amok zu laufen. Für manche Leute ist es schwer einzusehen, daß sie eben nicht Gott sind. Enttäuschung macht neurotisch. Und Valeria *ist* neurotisch, daran zweifle ich keine Sekunde. Kein normaler Mensch kommt auf die Idee, seine Tochter Valeria Zwei zu nennen. Sie hat es getan. Ein Triumph harter Westwährung, nehme ich an. Hier kann man den Kindern sogar die dümmsten Namen kaufen. Monsieur Croque. Meister Proper. Bubble Jet Printer. Auslagenfenster und Speisekarten sind als Inspirationsquelle für junge Eltern sehr beliebt.

»Minski?« Jemand haucht mir diesen Namen über die Schulter, und ich zucke unweigerlich zusammen, weil ich instinktiv weiß, daß hinter mir nicht Minski steht. Niemand stellt sich mit einer Frage vor. Als ich mich umdrehe, blicke ich in das ausgezehrte Gesicht eines älteren Mannes.

»Was heißt hier Minski?« frage ich erstaunt. »Oder habe ich Sie einfach falsch verstanden?«

Der Mann rückt von mir ab und schaut mich ratlos an, als hätte ich gerade seine Familie bis ins letzte Glied verflucht. Aus der Distanz sieht er erschreckend schlecht aus, nicht im Sinn von häßlich, sondern von ungesund. Ein Krebspatient, der aus der Intensivanstalt geflohen ist. Ein arbeitsloser Marxismus-Leninismus-Professor nach drei Wochen Hungerstreik. Ein alternder ukrainischer Mafioso mit einem Steckschuß in der Lunge. Fischige, weit aus den Höhlen tretende Augen in einem fleischlosen Gesicht. Letzteres weiß wie eine frisch gekalkte Wand.

»Ich meine«, präzisiere ich, »habe ich da gerade ein Fragezeichen hinter dem Namen gehört? Oder irre ich mich?«

Er streicht sich mit einer Hand übers geölte, nach hinten gekämmte Haar. Schwarz wie Tinte. Intensivtönung, vermute ich.

»Sie sprechen deutsch?« fragt er mit kantigem Akzent. Mir scheint, ich habe ihn schon wieder verletzt.

»Ja, in der Tat. Sie übrigens auch, wie ich höre.«

Er zögert, als frage er eine unsichtbare Liste möglicher Irrtümer im Kopf ab. Dann macht er einen Schritt nach vor, setzt sich neben mich auf die Brüstung und schaut mit trauriger Miene hinaus auf den Horizont. Haut und Knochen unter dunklem Nadelstreif mit altmodisch breitem Revers. Und das bei dieser Hitze!

»Sie sind also nicht Minski?« fragt er in Richtung Süden und pfeift durch die Zähne, als hätte er mich bei einer

Ungezogenheit erwischt, über deren Ahndung er sich noch nicht im klaren ist.

»Nein, ich bin nicht Minski.«

Er zieht eine verbeulte Zigarettenpackung aus der Innentasche seines Sakkos, steckt sich eine an und bläst Rauch aus der Nase. Ehe er das Päckchen wieder einsteckt, hält er es mir vors Gesicht.

»Zigarette?«

»Gern.« Ich ziehe eine heraus und lasse mir von ihm Feuer geben. Wir saugen und blasen und sagen nichts, bis die Glut den Filter anschmort, obgleich mir – und vermutlich auch ihm natürlich klar ist, daß diese Zusammenkunft kein Zufall sein kann. Zwei Männer sitzen am äußersten Punkt einer künstlichen Halbinsel aus Beton und warten auf Minski.

»Ich fürchte, er wird nicht kommen«, sage ich, was er mit einem leisen Grunzen quittiert. Den Blick immer noch auf den Horizont gerichtet, läßt er die Zigarette zu Boden fallen und zertritt sie mit der Spitze eines Schuhs, der so aussieht, als hätte er schon Tausende Zigaretten ausgetreten.

»Sie kennen Minski?« frage ich.

»Nein.«

Ich nehme zur Kenntnis: Der Mann ist kurz angebunden. Die Tatsache, daß ich nicht Minski bin, hat ihn offensichtlich aus den Geleisen geworfen. Vermutlich hat er in seinem Leben schon oft und lang gewartet, die meiste Zeit wohl vergeblich. Der famose Minski hat ihn vielleicht schon unzählige Male versetzt, vielleicht ist die Welt voll von Minskis, die genußvoll die Zeit anderer verschwenden. Gott weiß warum der erste Minski meines Lebens diesen vergreisenden stummen Fisch und mich ausgerechnet heute zur selben Zeit an denselben Ort bestellt hat. Vielleicht sitzt er irgendwo in der Nähe und lacht sich ins

Fäustchen. Vielleicht hat er es satt, jeden Tag auf ein Wunder zu warten, das genauso sicher *nicht* eintritt, wie der Schläfer aus dem glücklichen Traum erwacht, in dem ihm alle Wünsche in Erfüllung gegangen sind. Das Leben ist eine einzige Ernüchterung. Da kann es schon einmal vorkommen, daß einer bösartig wird und andere Menschen zu sekkieren beginnt. Armut macht niederträchtig.

»Schauen Sie nur«, sagt der Mann und deutet auf das schwarze Wasser vor unseren Füßen, das mir die ganze Zeit über wie ein blinder Spiegel vorgekommen ist, glatt und bilderlos, Oberfläche ohne Grund. Jetzt ist unter der Oberfläche die belebte Tiefe zu erkennen, ein scheinbar ins Unendliche sich fortsetzender Raum, den sich eine nicht zu überblickende Masse weißer Medusen erobert hat, lautlos und langsam sich abwechselnd zu einem Knäuel verkrampfend und anschließend zu einem breiten Schirm sich aufspannend. Übereinander, untereinander, nebeneinander, so weit das Auge reicht. Ein fürchterlicher Anblick, gallertige, hauchdünne Monster mit langen Tentakeln, die an der Luft zu Schleim zerfließen, unter Wasser jedoch gleichermaßen eitel wie gelangweilt ihre körperlichen Dimensionen zur Schau stellen, verkrampfend, aufspannend, gleichförmiges Pulsieren wie ein Herz im Schlaf. Sie schweben, scheint mir, wie Blasen, vom Grund des Meeres kommend, langsam bis knapp an die Oberfläche, und sie lassen sich ans Ufer herantreiben, als wollten sie, einem kollektiven Zwang folgend, aus dem Meer heraussteigen und sich über die Küste legen wie feine Seidentücher, hügelan bis zur Muschelkalkstadt, um sie mit ihrem Gift zu zersetzen und ins Meer zu spülen ... *Fraßen alles, was sich dort fand, flogen auf, und weiter ging's wieder ...* Ich fürchte, ich träume schon am hellichten Tag ...

»Wenn Sie da drin landen, sind Sie in wenigen Sekunden tot«, sagt der Mann. Auch er hat offensichtlich Alpträume. »Ein Scheißtod, glauben Sie mir. Ein Heer lebendiger Elektroschocker.«

Elektroschocker! Ein Kerl mit düsterer Phantasie. Menschen, die sich, von Quallen gefoltert, im öligen Wasser des Schwarzen Meeres winden, jede Berührung ein Peitschenhieb, lautlose Schreie aus offenen Mündern, die nackte Panik in den getrübten Augen, zerplatzende Lungen, langsames Absinken auf den Grund ... Themenwechsel, um Gottes willen.

»Sie sind aus Odessa?« frage ich, den Kopf noch voller Sterben.

»Nein«, antwortet er. Und nach einer langen Pause, während der er sich eine neue Zigarette ansteckt: »Ich komme aus Spanien.«

»Sie sind zum ersten Mal in der Stadt?«

»Zum ersten Mal, ja.« Er reibt sich die Augen und gähnt mit weit aufgesperrtem Kiefer. Verfärbte Schneidezähne wie Schieferbruch, dahinter nur mehr blaßrosa Wülste. Kaut offenbar auf dem bloßen Zahnfleisch.

»Und Minski?« frage ich, seine Müdigkeit ausnutzend.

Schwache Gegenfrage: »Was ist mit Minski?«

»Warum warten Sie auf ihn?«

»Weil er etwas weiß, was ich wissen muß.« Womit er nicht allein ist. Dieser Minski scheint mit Informationen zu handeln. Und ich habe den Geldbetrag, den Valeria mir genannt hat, sogar freiwillig verdoppelt, weil ich dachte, einem armen alten Ukrainer gegenüber, der seine endlosen Tage bei jeder Witterung und Jahreszeit im Park absitzt und der mir zufällig bei einem Problem behilflich sein kann, sollte man sich großzügig erweisen. Dollar? D-Mark? Travellerscheck von American Express? Ist das nicht schön, wenn man einem alten Mann gleichsam aus der Portokassa den Lebensabend vergoldet?

»Und was weiß Minski, was Sie nicht wissen?«

Als wäre ich mit dieser Frage zu weit gegangen, fährt der Spanier in die Höhe, richtet sich den Kragen zurecht, läuft aber nicht, wie es zuerst den Anschein hat, weg, sondern macht bloß einen Schritt nach vor, bis an den Rand der Mole. Eine Windböe von Lee würde die magere Gestalt mit sich reißen wie einen Pappkameraden, und ihn ein Stück hinaus aufs Wasser wehen, mittenhinein zu seinen träge auf und ab flanierenden Todesmedusen. Natürlich ist auch das nur eine Phantasie, in Wirklichkeit wirft er nur den Zigarettenstummel ins Meer, steckt die Hände in die Hosentaschen und wendet sich mir zu.

»Minski weiß, wo ich Garcia Novarras Leiche finde.«

In diesem Augenblick hebt sich draußen am Horizont ein riesiger Schiffsrumpf aus dem Meer, eine Art Titanic, die nach oben gespült wird. In der nächsten Sekunde ist nichts mehr zu sehen. Schon wieder eine Sinnestäuschung? Da: eine schwarze Möwe (gibt's so etwas?) fliegt schreiend hinter dem Rücken des Spaniers hoch in die Luft und verdeckt dabei für einen kurzen Moment die Sonne.

2.

Als der erste Tag des neuen Jahres anbrach, hing ein toter Mann an einem Autoabschleppseil von jenem dicken Ast der Eiche, der sich zwischen Mai und Oktober, wenn das Blattwerk in voller Pracht steht, wie ein Schirm über die Laokoongruppe spannte. In der Dämmerung des Januarmorgens ragte der nackte Baum, schwarz und schorfig, zwischen schiefen Grabsteinen und niederen Sträuchern in die klare Luft empor. Der mächtige Ast über dem Bildnis des Troianischen Poseidonpriesters, der mit seinen Söhnen von den Schlangen überfallen wird, wies hinaus aufs Meer. Ein eisiger Wind hatte etwas Schnee über die Ebene des Nordens bis hierher an die Küste gebracht, nicht viel, denn normalerweise ist der Winter mild und bringt vor allem Regen, der den Muschelkalk der Häuser aufweicht und später, wenn die Hitze kommt, faulen läßt. Über die Wege zwischen den Gräbern zogen sich weiße Schlieren, die der Wind nach Laune formte und vor sich her trieb, als Schlangen, Spiralen, Linien. Auf dem hängenden Kopf des toten Mannes hatte sich ein weißes Häubchen gebildet, das festsaß wie ein kleiner, mit Nadeln befestigter kegelförmiger Hut, ähnlich jenem, den die bleichen Bajazzi im Zirkus tragen.

Gegen neun Uhr Morgen benachrichtigte eine Friedhofsbesucherin die Miliz. Anschließend fuhren drei Beamte mit schweren Köpfen und übersäuerten Mägen – sie waren erst wenige Stunden zuvor von diversen Geselligkeiten anläßlich des Jahreswechsels nach Hause gekommen und hatten kaum geschlafen, geschweige denn ihrem Blutkreislauf jene Regenerationsphase vergönnt, die nötig ist, um den konsumierten Alkohol einer ganzen Nacht auszuschwemmen – hinaus vor die Stadt, wo hinter windschiefen Eisenzäunen und mageren Pinien die verwaisten Villen ehemaliger Kaufherren und Parteikader allmählich unterm roten Sand der Steppe begraben wurden, die sich in zweihundert Jahren nur mit Mühen und Opfern hat beherrschen lassen, und die sich nun, da der zivilisatorische Widerstand gebrochen war und die Peripherie den Mückenschwärmen, herrenlosen Hunden und ungezählten Heimatlosen gehörte, Stück um Stück dem Zentrum entgegenfraß. Dort draußen, am toten Ende Odessas, lag der Friedhof, der einzige mit einem Laokoon, der einst von der einflußreichen griechischen Gemeinde in Auftrag gegeben und aufgestellt worden war.

Die drei schnitten den gleichermaßen frost- und totenstarren Leichnam vom Baum, legten ihn in den mitgeführten Plastiksarg und vergaßen auch nicht, das Seil sowie eine aufgerissene Tasche aus durchsichtigem Kunststoff sicherzustellen, die sich am Kopf einer der böse blickenden Schlangen mit weit auseinanderklaffenden Kiefern, die Laokoon mit starkem Arm von sich und seinen Söhnen wegschleudert, verfangen hatte. Einer der Beamten mußte erbrechen, nicht des Ekels, sondern der körperlichen Anstrengung wegen, das war aber auch schon der einzige Zwischenfall dieser weitgehend schweigsam ausgeführten Amtshandlung. Das Einsammeln von Selbstmordopfern war für die Miliz seit vielen Jahren Teil der täglichen Routine. Ständig hatte irgend jemand genug vom Warten, Hoffen, Glauben. Kein Geld, keine Arbeit, keine Wohnung, keine Angehörigen, keine Rente, keine Zukunft – Gründe, sich aufzuhängen, ins Wasser zu gehen, in Badewannen zu verbluten, sich mit einer Überdosis Tabletten oder Heroin aus dem Dasein auszuklinken, gab es genug. Aus administrativer Sicht machten Selbstmorde der Miliz wenig Arbeit, ein kurzer Blick auf die Biografie des Toten reichte in der Regel aus, um alle offenen Fragen beantwortet zu bekommen. Hie und da konnte es schon geschehen, daß ein Mord als Selbstmord getarnt wurde, aber auch solche Fälle ließen sich rasch aufklären, weil man entweder wußte, aus welchem Milieu das Opfer stammte, oder weil man am Tatort auf den ersten – oder spätestens auf den zweiten Blick das Arrangement durchschaute. Niemand, der sich selbst umbringt, ist so gründlich wie der Mörder, der seine Spuren verwischen und dabei die größtmögliche Perfektion an den Tag legen möchte.

Im Fall des unbekannten Toten, der im Leichenschauhaus auf Spuren äußerer Gewaltanwendung untersucht wurde, stand Kommissar Tanaïs allerdings vor einem Rätsel. Nirgendwo ein Hinweis auf seine Identität, keine Übereinstimmung mit einer der zahlreichen als vermißt gemeldeten Personen, auch die Fingerabdrücke fanden keine Entsprechung in den abgefragten Dateien. Kein Dokument, keine persönliche Notiz, kein Schlüssel, einzig Kleidung und Schuhe waren westlicher Herkunft, was allerdings auch nicht viel besagen mochte, denn Marken, die nicht importiert wurden und damit nicht legal im Handel erhältlich waren, konnten genauso gut gefälscht oder geschmuggelt sein. Das Autoabschleppseil, mit dem er sich erhängt hatte, war zwar offensichtlich neu – die aufgefundene Kunststofftasche stellte sich als Originalverpackung heraus –, war also möglicherweise kurz vor der Tat erst gekauft worden, nur handelte es sich dabei um ein Allerweltsprodukt, das an jeder Tankstelle oder Werkstatt zu bekommen war. Tanaïs hatte nicht die geringste Ahnung, was er tun sollte. Als ihn der Pathologe abends im Büro anrief und sagte, daß der Unbekannte zweifelsfrei an den Folgen der Strangulation durch das sichergestellte Seil verstorben sei und, nebenbei bemerkt, seit mehreren Tagen offenbar keine Nahrung zu sich genommen habe und sich demnach in einem körperlich schwachen Zustand befunden haben mußte, vor allem der Flüssigkeitsmangel dürfte bereits zu organischen Schäden geführt haben, doch eine genauere Untersuchung in diese Richtung führe doch wohl zu weit, erweise sich doch jeder Selbstmörder bei einem tieferen Einblick in den Zustand der Eingeweide als geschädigt, ja nicht selten als medizinisches Wunder, bei dem man sich nur fragen könne, warum der Organismus nicht von sich aus und schon viel früher den Geist aufgegeben habe ... Als ihm der Pathologe am Telefon also mit der für ihn charakteristischen Atem- und Endlosigkeit die hauptsächlichen und nebensächlichen Erkenntnisse seiner Untersuchung mitteilte, blieb Tanaïs nichts anderes übrig, als bis zum Schluß zuzuhören und sich gleichzeitig einzugestehen, daß ihm keine einzige dieser Informationen einen Weg aus der Ratlosigkeit wies. Im Gegenteil. Daß der Mann, vor Hunger und Durst entkräftet, nichts besseres zu tun hatte, als sich zu einer Tankstelle oder Autowerkstatt zu schleppen und ein Abschleppseil zu kaufen oder zu stehlen, verwirrte den Kommissar. Selbstmord, wußte er, war immer die letzte Konsequenz, wenn alle Möglichkeiten, ihn zu verhindern, ausgeschöpft waren. Und schließlich: der Tatort. Warum sollte jemand, der alle Hoffnung verloren und sich entschlossen hat, den Kopf in die Schlinge zu stecken, so weit aus der Stadt hinausfahren? Nachdem rund um den Friedhof kein besitzerloses Auto gefunden wurde, konnte der Unbekannte nur mit dem Bus oder zu Fuß dorthin gelangt sein. Im ersteren Fall wäre er fast eine Stunde unterwegs gewesen, mit vielen Gelegenheiten, an seinem Vorhaben zu zweifeln und die Reise in den Tod an einer der Haltestellen abzubrechen; im letzteren Fall wäre er mindestens drei Stunden auf den Beinen gewesen, was bei seiner körperlichen Verfassung allerdings auszuschließen war. Er hätte auch ein Taxi nehmen können, fiel Tanaïs ein, und witterte eine kleine Chance, dem Unbekannten auf die Spur zu kommen. Gleich morgen würde er einen Beamten darauf ansetzen. Andererseits – war ein Selbstmörder vorstellbar, der allen Ernstes eine so weite Anreise in Kauf nahm? Der in einer eisigen Winternacht mit leerem Magen und brennender Kehle auf eine Eiche kletterte, auf einem Ast balancierend das Seil befestigte, einen Henkersknoten knüpfte, sich die Schlinge um den Hals legte, und sich dann endlich, endlich ins erlösende Nirwana fallen ließ?

Eine dumme Geschichte, dachte Tanaïs, drehte das Licht im Büro ab, und beschloß, auf einen Sprung beim Kaukasen vorbeizuschauen, ehe er nach Hause ging.

Eine dumme Geschichte, sagte Tanaïs zum Kaukasen, der sich im matten Licht einer Petroleumlampe stumm an der Opiumpfeife für seinen Gast zu schaffen machte. Der Kommissar, ein schlanker Mann mit kurzgeschorenem silbergrauem Haar, hatte seinen Anzug ausgezogen und sank, nur mit Unterhosen und Unterhemd bekleidet, auf die Roßhaarmatratze in der finsteren Nische neben dem Ofen, der von einem donnernden Feuer zum Glühen gebracht worden war. Tanaïs fühlte, wie sein Körper in der heißen Luft sich dehnte, wie die Haut sich entspannte und die Poren sich öffneten, als nähme er ein Sonnenbad am Strand in der Mittagsstunde eines Julitages. Doch in den Verschlag des Kaukasen drang nie das Licht der Sonne, hier war vor langer Zeit der Nacht ein Stück entrissen worden, und der bärtige Mann, den nie jemand ohne Schafsfellmütze auf dem kahlen Kopf oder mit einem Lächeln im Gesicht gesehen hat, hielt es gefangen hinter fensterlosen

Muschelkalkmauern. Nichts als die kleine Flamme neben dem Sessel dieses Hüters der Dunkelheit bot sich dem Auge des Eintretenden als Orientierungshilfe an, und das war gut so, denn wer zum Kaukasen ging, wollte weder sehen noch gesehen werden. Das Licht der Laterne spiegelte sich in den bartlosen Teilen seines Gesichts: ein gelber Mond hinter unbeweglichen Wolken. Sonst hörte man nur das unablässige Räkeln von Körpern auf dem trockenen Roßhaar, unartikuliertes Murmeln, befreites Stöhnen, manchmal, wenn man die Ohren spitzte, geflüsterte Dialoge – Stimmen und Laute aus allen Richtungen dieses uneinsehbaren, von Bittermandelaroma durchzogenen Raumes, dessen Dimensionen nicht auszumachen waren. Befand man sich in einem engen Zimmer, mit drei, vier Personen? ... oder in einem weiten Saal, mit Hunderten? ... die ein einziges Verlangen einte: in den Zustand tiefster Ruhe abzusinken und sich am traumlosen Grund des Seins in der im scheinbar unentwirrbaren Gedankenchaos sich überlagernden Bilderflut zu blättern wie in einem geordneten Album. Blatt für Blatt, ein Bild nach dem anderen, und plötzlich erkannte man den roten Faden, eine Geschichte, eine Beziehung, eine Ordnung. Das war überhaupt die größte Befriedigung, die einem Opiumraucher widerfahren konnte: dieses Gefühl einer unerschütterlichen Ordnung, in die man sich fallen ließ, wie in ein frisch gemachtes Bett.

Eine dumme Geschichte ...

Tanaïs ließ sich die Opiumpfeife geben und sog gierig an der bitteren Nahrung, die seinen Hunger nach Ruhe und nach Ordnung stillen würde. Im Kopf. Nur im Kopf, nicht außerhalb. Außerhalb existierte nicht, außerhalb war das Donnern des Feuers, das unbewegliche Gesicht des Kaukasen, die kleine, tanzende Flamme unter dem Glassturz der Petroleumlampe, der Geruch von schwitzenden Leibern und der Droge, das Stöhnen und das Flüstern und die Dunkelheit. Vor allem die Dunkelheit. Und jenseits der Dunkelheit war nichts als wieder Dunkelheit. Im Kopf hingegen ging das Licht an. Ein warmes Licht, milchig, in das man hineinschauen konnte, ohne daß die Augen schmerzten, und das zugleich so hell war, daß es jeden Gedanken durchdrang. Keine Schatten, nur klare Formen, scharfe Bilder ...

... Bilder von einem heißen Sommer, früher, in Tanaïs' Kindheit ... Seltsame Erinnerung ... Badende am Strand, Flaneure auf den Promenaden, temporäre Müßiggänger aus allen Teilen des Landes, zu Tausenden in Bussen, Zügen, ja auf Schiffen angereist oder verschickt und standesgemäß versorgt, im Jugendheim, im Heim der Zöllner, der Milizionäre, der Offiziere und Unteroffiziere, der Stahlarbeiter, der Eisenbahner, und so weiter. Vergnügte Elementarteilchen eines großen Gedankens, der noch gedacht wurde, während er bereits zur Ausführung gelangte, gedacht von entschlossenen Männern mit schütteren Kinnbärtchen, buschigen Augenbrauen oder kreisrunden Drahtbrillen. Die Gesichter auf den allerorts überlebensgroß affichierten Plakaten wechselten von Zeit zu Zeit, der Blick aber blieb immer derselbe, geradeaus, über die Köpfe aller hinweg, in die Ferne gerichtet, die je nach Standort des Plakats in der nördlichen Steppe sein konnte, westwärts im moldawischen Tiefland, südwärts irgendwo hinter dem Meer (aber nicht zu weit, denn irgendwann begann türkisches Hoheitsgebiet), oder ostwärts, hinter den Gipfeln des Kaukasus. Manchmal, wenn ein Sturm ein schlecht befestigtes Plakat von der Wand riß und das Antlitz des entschlossenen Mannes auf der Erde zu liegen kam, bohrte sich der Blick geradewegs in den Himmel. Aber das war nicht weiter schlimm, denn der große Gedanke machte auch vor der Unendlichkeit des Weltalls nicht halt, das von einem kugeligen Metallding namens

Sputnik, das aussah wie ein stählerner Seeigel (in Tanaïs' Vorstellung), rasend schnell durchmessen wurde. Im Radio war es einmal zu hören gewesen: Pling – Pling – Pling machte es unaufhörlich wie ein kleiner Vogel im Winter, der sich die Langeweile dämmriger Tage mit dem selbstverliebten Zuhören der eigenen Stimme vertreibt.

An einem heißen Sommertag, erinnerte sich Tanaïs und reichte dem Kaukasen die Opiumpfeife zurück, trug man den Leichnam seines Großvaters zum Friedhof hinaus.

»Eine Gluthitze«, murmelte er, »die Kehle trocken, ein Brennen, ich mußte weinen vor Schmerz, nicht aus Trauer ... Seltsame Erinnerung ...«

Auf einem Pferdewagen der schlecht gezimmerte Sarg mit den breiten Ritzen, durch die die Fliegen beim verwesenden Leib des Großvaters fröhliche Einkehr halten konnten, es hatte eben alles ein bißchen rasch gehen müssen, wegen der Hitze. Hintennach der klapprige Marktwagen, der Vater mit den Zügeln in der Hand, die Mutter neben ihm, auf der Ladefläche der Bruder des Großvaters, der mit leeren Augen unablässig ins Nichts starrte, daß man hätte glauben können, er sei auch schon tot, hätte er nicht alle paar Minuten eine Hinterbacke angehoben und laut gefurzt, und schließlich er, Tanaïs, ein schwitzender, durstiger, leidender Junge im schwarzen Wollanzug, dem andauernd bunte Flecken vor den Augen tanzten und der die Geräusche der Wagenräder, der Pferdehufe, des Windes, der Vögel am Himmel und des Großonkels neben sich nur als ferne Klänge vernehmen konnte, gedämpft wie durch einen dicken Vorhang.

»Ich verlor fast die Besinnung«, sagte er und starrte auf den rotglühenden Ofen. »Zum ersten Mal in meinem Leben kämpfte ich gegen eine Bewußtlosigkeit an.« Dann lachte er auf: »Zwei Stunden! Mit einer Leiche und einer halben dazu! Vollkommen verrückt!«

»Sei still!« mahnte eine Stimme aus der Dunkelheit.

»Seltsame Erinnerung ...«

Zwei Stunden ging's über die schnurgerade, staubige Straße, vorbei an den Villen der Parteikader mit den vorgelagerten Pinienwäldchen, in denen keine Menschenseele zu sehen war, vorbei an den Filmstudios, in denen Babel einmal gearbeitet hat, ehe man ihn im Gefängnis ermordete, vorbei an der Reiterkaserne, dann durch das schmiedeeiserne Tor bis zur wuchtigen Eiche – auch damals schon – und der Laokoongruppe im Schatten eines starken, dicht belaubten Astes. Sie brachten den Großvater unter die Erde, rasch und schweigsam, ohne tröstende Worte und ohne Blumen auf den Sarg zu werfen. Niemand hatte den alten Mann gemocht, er war ein unduldsamer Tyrann gewesen, einer, der als Kind bereits zerstört worden war und in seinem späteren Leben die Menschen um sich zerstört hatte, wie etwa seinen Bruder, mit dem er noch in den Tagen des Zaren in die Stadt gekommen war und der ihm seither nie von der Seite gewichen war, treu, bis das Hirn aussetzte und er weder den Bruder mehr erkannte, noch einen geraden Satz über die Lippen brachte. Am Ende war er wirklich der Idiot geworden, als den er sich immer hatte bezeichnen lassen müssen. Und er hatte sich in den Jahrzehnten der Demütigung ein Darmleiden zugezogen, das seinen Unterleib auftrieb wie einen Heißluftballon. Diese Unförmigkeit hatte ihm, wie Tanaïs' Mutter elegant zu sagen pflegte, eine kurze Haut beschert: wenn er sich rührte, krachte es. Seine Fürze waren der letzte Gruß an den Bruder, über dem sich, Schaufel um Schaufel, die rote Steppenerde schloß.

»Wir gehen zurück zum Wagen, ich erinnere mich genau, das ganze Begräbnis hat vielleicht eine Viertelstunde gedauert, da machen wir im Schatten der Eiche kurz Halt. Mein Vater bedankt sich beim Geistlichen und bei den beiden Totengräbern mit den krebsroten Gesichtern, da deutet mein Großonkel mit dem ausgestreckten Zeigefinger auf den mächtigen Ast über dem Laokoon und sperrt seinen zahnlosen Mund weit auf …«

Tanaïs hielt inne, nahm eine neue Opiumpfeife vom Kaukasen und rauchte. Die Erinnerung stand so klar vor ihm, daß ihm die Worte fehlten. Oder vielmehr stand er in der Erinnerung, war wieder der leidende Junge, der die Geste das Alten zu deuten versuchte.

»Und was ist geschehen?« fragte eine schläfrige Stimme.

»Ja«, mischte sich eine andere ein, »wenn du schon anfängst, uns eine Geschichte zu erzählen, dann erzähl sie auch zu Ende.«

»Haltet doch alle den Mund«, murmelte eine dritte.

Tanaïs legte sich auf den Rücken und starrte in die Dunkelheit. Das Gesicht des Großonkels schwebte über ihm wie der Mond am aufklarenden Himmel. Ein stummer Schrei – so sehen Menschen aus, denen man ein Messer in die Niere rammt. Die Überraschung und der Schmerz, der mit nichts zu vergleichen ist, was man je empfunden hat, lassen die Miene des Opfers versteinern. Der Schmerz ist zu groß, als daß er sich hinausschreien ließe.

»Sein Mund ist sperrangelweit offen, doch er bringt kein Wort heraus. An der Art, wie er furzt, erkenne ich aber, daß er erregt ist: kurz, lang, kurz, ganz schnell hintereinander, wie ein gemorster Notruf. Meine Mutter wendet sich ihm zu, folgt seinem Blick und fragt, was denn dort oben sei, aber er bleibt stumm, und die Sprache seines Arschlochs ist nicht unsere Sprache, deshalb verweht sie unverstanden in der heißen Luft eines Odessaer Sommertages. Ich weiß noch, wir schauen alle auf die Stelle, auf die er deutet, doch da ist nichts zu sehen außer Holz und Blätter. Eine Raupe vielleicht oder ein Schmetterling, jedenfalls nichts Beunruhigendes …«

Der alte Mann aber, das wußte Tanaïs damals und das wußte er auch in diesem Augenblick, sah etwas ganz Bestimmtes, etwas, das ihm einen Schrecken einjagte und ihn so in Panik versetzte, daß er wie ein wildgewordener Ziegenbock erst von einem Bein aufs andere zu hüpfen begann und dann durchs Friedhofstor hinaus auf die Straße lief.

»... Wie ein Besessener. Man muß sich das vorstellen, dieses alte Knochenbündel mit seinem aufgeblähten Unterleib, das normalerweise fünf Minuten brauchte, bis es sich von einem Sessel erhoben hatte, dieser Halbtote, der sich bei einer Strecke von mehr als zehn Schritten am Stock festhalten mußte, und selbst dann bei jeder Bodenunebenheit Gefahr lief, die Balance zu verlieren, dieser altersschwache Krüppel rannte nun wie vom Teufel gejagt in der prallen Sonne, am Wagen vorbei, die Straße zurück in die Stadt. Ich meine, er wäre vermutlich nicht bis in die Stadt gekommen, denn wenn es so gewesen wäre, hätte man an diesem Tag das Wunder von Odessa verkünden können – nein, wir fuhren ihm nach, um ihn, wie man so sagt, vor sich selbst zu retten. Ich meine, er war ein anerkannter Idiot, wer hätte nicht geglaubt, er habe bloß ein Gespenst gesehen ...«

Tanaïs hatte es nicht geglaubt. Er hatte die Geschichte vergessen in all den Jahren, doch der unbekannte Tote vom Friedhof hatte sie wieder ins Bewußtsein gespült. Als sie den Alten eingeholt hatten und dieser sich weigerte, Vernunft anzunehmen, herrschte der Vater ihn an aufzusitzen oder zu krepieren. Kaum war man den Tyrannen los, hatte man den Schwachsinnigen am Hals. Das sagte der Vater zwar nicht, aber er dachte es sich ganz bestimmt, das wußte Tanaïs. Wie ein Kind, das sich in die Hosen gemacht hat, stand der Großonkel am Straßenrand, traurig, ratlos und beschämt. Allerdings begann er im gewohnten

Rhythmus zu furzen, was die Familie als gutes Zeichen deutete. Er stieg dann auch wirklich auf den Wagen, und als der Vater dem Gaul die Zügel gab, versank er wieder in jene Apathie, die wohl verantwortlich dafür war, daß er nie gegen sein erbärmliches Leben rebelliert hatte.

»Und dann?«

»Er ist gestorben, wenige Wochen später. Bevor sein Licht ausging ...«

»Bevor er seinen letzten Wind verwehen ließ, meinst du wohl!«

»... hat er stammelnd und gestikulierend seinen letzten Willen artikuliert. Soweit meine Eltern ihn verstanden haben, wollte er nicht am Friedhof begraben werden. Er hat darum gebettelt, wie ein Sterbender normalerweise den Tod anbettelt, er möge ihn doch noch eine Weile verschonen. Das war meinem Vater nur recht, deshalb ließ er ihn abholen und verbrennen.«

Im nächtlichen Reich des Kaukasen war es still. Man hörte nur vereinzelt das Rascheln der Roßhaarmatratzen.

»Vielleicht hat er den Spanier gesehen«, kam es nach einer Weile aus einer fernen Ecke.

Tanaïs richtete sich auf. »Welchen Spanier?«

»Na den vom Friedhof, der sich in der Neujahrsnacht aufgeknüpft hat. Auf der Eiche, von der du gerade erzählt hast. Hast du nicht davon gehört?«

Die Erinnerung wurde zugeschlagen wie ein Bilderalbum, an dem der Betrachter das Interesse verloren hat. Im Kopf des Kommissars verflog der Rausch der Erinnerung, herrschte wieder Klarheit, die Gegenwart hatte ihn eingeholt. »Woher willst du wissen, daß der Tote ein Spanier war?«

»Ganz einfach, weil ich ihn gekannt habe.«

Tanaïs wollte aufstehen und sich im Dunkeln an die Stimme herantasten, doch der Kaukase stand plötzlich vor ihm, versperrte ihm den Weg, drückte ihn an den Schultern auf sein Lager hinunter, brummte: »Später!« und gab ihm eine Tasse bitteren Tee zu trinken, dessen Wirkung alsbald einsetzte. Der Kommissar spürte ein Ausfließen der Gedanken aus dem Kopf, der Blutkreislauf schien anzuhalten, die Glieder wurden schwer und unbeweglich. Tanaïs sank in einen tiefen und traumlosen Schlaf.

3.

Er heißt Olsén. Das hat er mir vor ungefähr zehn Minuten gesagt, einfach so. Hat zuerst schweigend eine Zigarette geraucht und dabei offenbar nachgedacht, was er als nächstes tun könnte, nachdem er mir schon anvertraut hatte, daß er die Leiche eines gewissen Garcia Novarra suche. Dann ist er auf mich zugekommen und hat mir die Hand entgegengestreckt: »Ich heiße Olsén.«

Es war bereits zwei Uhr vorbei und ich fühlte mich von der Sonne durchgebraten wie ein Hering am Grill. Außerdem hätte ich schon längst Valeria anrufen sollen, um ihr die unerfreuliche Sache mit Minski zu erzählen und ihr zu erklären, sie solle sich den Mann bei nächster Gelegenheit vornehmen, ich hätte meine Zeit ja schließlich nicht gestohlen und so weiter, aber der zögerliche Versuch dieses abgewrackten Spaniers, dem das Leben schon so manchen Tiefschlag versetzt zu haben schien (ich gebe zu, dieses Urteil beruht ausschließlich auf seinem äußeren Erscheinungsbild und meiner Vorstellung davon, wie ein Verlierer auszusehen hat), eine Beziehung zu mir herzustellen, rührte mich. Offenbar suchte er eine gewisse menschliche Nähe, wußte aber nicht, wie er das anstellen sollte. Er spürte in diesem Augenblick vielleicht eine überwältigende Einsamkeit. Das Meer, die Hitze, die fremde Stadt, eine verschwundene Leiche und keiner, der einem weiterhilft, das kann einem schon an die Nieren gehen, vor allem, wenn man nicht mehr der jüngste ist und, sagen wir, einer ähnlichen Situation schon viele Male ausgesetzt war. Ich meine einer jener Situationen, in denen man sich fragt *Was mache ich hier?* Das ist deprimierend, ich weiß das, und ich bin noch weit davon entfernt, so auszusehen wie Olsén. Manche Leute sind außerdem zu viel allein und verlernen dabei die banalsten sozialen Spielregeln. Entweder sie kriegen den Mund nicht auf und beten innerlich, jemand möge ihr verhärmtes Gesicht mit der Brechstange bearbeiten, sagen wir: wie eine überdimensionale Auster. Oder sie reden, als wäre die Sprache eine Handvoll giftiger Pilze, die man der Öffentlichkeit vor die Füße kotzt. In beiden Fällen darf man sich nicht viel erwarten. Das Leben geht weiter und die Einsamen bleiben zurück, bis sie eines Tages eine Fehlzündung im Kopf völlig aus der Bahn wirft. Sie führen stundenlange Selbstgespräche in vollbesetzten Kaffeehäusern, vergewaltigen Schulkinder in U-Bahn-Toiletten, erschießen Hausfrauen im Supermarkt oder geben vor, Terroristen im Auftrag der antifaschistischen Liga zur Zerschlagung des Internationalen Währungsfonds zu sein und sprengen sich morgens, wenn die Menschen zur Arbeit gehen, auf öffentlichen Plätzen in die Luft. Jede Tat eine Anklage: *Ich war so verflucht allein!*

Ich war gerührt, sagte aber nichts. Wir schauten uns kurz in die Augen, dann wandte er sich wieder dem Meer zu, während ich um mich blickte. Nicht allerdings, um doch noch Minski auszumachen, sondern weil ich plötzlich die Idee hatte, man könnte uns für zwei Schwule halten, die bemüht unauffällig miteinander flirten – zu unauffällig, um damit nicht aufzufallen. Ich dachte krampfhaft nach, wie ich das Gespräch in Gang bringen könnte, nachdem er mir schon einen Vertrauensbeweis entgegengebracht hatte, dabei kam mir in den Sinn, daß ich ja selber keine Ahnung habe, wie man die Einsamkeit überwindet. Wie man zwei abgeschlossene und in sich ruhende Lebenseinheiten kurzschließt.

Das also ist im Lauf der vergangenen zehn Minuten geschehen. Ich sitze, er steht. Ich schweige, er schweigt. Wir schauen in verschiedene Richtungen.

»Ich habe eine Visitenkarte«, unterbreche ich die Stille, durchsuche meine Geldbörse, finde aber keine. Dafür zieht er aus der Innentasche seines Sakkos ein weißes Kärtchen hervor und reicht es mir. *Olsén* steht drauf, sonst nichts.

Ich drehe sie hin und her und sage: »Olsén. Ein ungewöhnlicher Name.«

»Dänisch«, antwortet er und zündet sich die nächste Zigarette an.

»Ich dachte, Sie sind ...«

»Bin ich auch«, unterbricht er, »bin ich. Einerseits. Andererseits wieder nicht ...« Er atmet tief durch, oder, bildhaft gesprochen, er gibt sich einen Ruck, und klaubt einen Tabakkrümel von der Zunge. Gewohnheit, denke ich, denn er raucht Filterzigaretten. »Wissen Sie«, fährt er fort, »es ist nicht einfach, Olsen zu heißen und Spanier zu sein, selbst wenn man seinen Namen auf Olsén ändert und damit irgendwie wie olé klingt. Sehr spanisch also. Zu spanisch vielleicht, um authentisch zu sein ...« Eine Pointe! Ich lächle. Erwartungsgemäß. Seine Pause sagt mir, daß er damit gerechnet hat, auch wenn er in Wirklichkeit überhaupt nicht komisch ist. Eher tragikomisch. Ein Don Quichotte. »Außerdem, ein Name macht noch keinen Spanier. Hat Franco gesagt. General Franco. Olsén, hat er zu meinem Vater gesagt, Sie sind ein aufrechter Faschist, Sie sind heißblütig und ich bin überzeugt davon, daß Sie für Spanien in den Tod gehen, aber Sie werden nie einer von uns sein. Er hat recht gehabt. Mein Vater war immer nur der Däne und ich bin bis heute in Motilla del Palancar der Sohn des Dänen, obwohl ich in meinem ganzen Leben noch keinen Fuß auf dänischen Boden gesetzt habe.«

An dieser Stelle muß ich es erwähnen, weil ich mich gerade unter der linken Achsel kratzen wollte, wahrscheinlich aus Verlegenheit, und dabei einen brennenden Schmerz verspürt habe. Ich leide an einer Gürtelrose, seit einigen Tagen schon. An der ersten Gürtelrose meines Lebens. An einer Krankheit, die ich immer mit alten Menschen in Zusammenhang gebracht habe, denen rein gar nichts erspart bleibt. Arterienverkalkung, Parkinson, gebrochener Oberschenkelhals, scheuernde Zahnprothesen. Herpes zoster. Rote Pusteln von der Achsel hinunter bis zur Hüfte. Die ganze Zeit über habe ich nichts gespürt, deshalb habe ich mein Leiden auch unerwähnt gelassen, aber der Schweiß und die Tatsache, daß ich längst eine der fünf täglichen Tabletten hätte einnehmen sollen, machen mir bewußt: Ich bin ein kranker Mann. Ekelhaft anzusehen, wenn ich mich jetzt entkleiden müßte. Wie einer dieser Aidskranken mit den dunkelroten Kaposi-Flecken. Nicht einmal eine billige Nutte würde mich anrühren. Ich habe mir sagen lassen, daß Streß der Auslöser für so einen verunstaltenden Virusüberfall ist. Und die Tabletten habe ich natürlich im Hotel vergessen. Keine Chance auf Linderung, wenn ich nicht bald zurückgehe.

»Ihr Vater hat für Franco gearbeitet?« frage ich, anstatt mich zu verabschieden.

»Sagen wir, er hat ihm gedient. Aus Überzeugung ... Aber was erzähle ich Ihnen da, bloß weil Minski uns warten läßt und wir beide offensichtlich nicht wissen, wie wir die Zeit totschlagen sollen.«

Er hat natürlich recht, denke ich. Außerdem: Die Zeit wird gleich mich totschlagen. Die Zeit, die vergeht, ohne daß ich zu meinem Medikament komme. Ich könnte ihm ja von meiner Gürtelrose erzählen, damit ich dieses unappetitliche Geheimnis endlich los werde. Nur mein Hautarzt weiß davon, und das ist mir, ehrlich gesagt, zu wenig. Schmerz verlangt nach Worten, Schmerz will kommuniziert sein. Eine Gürtelrose hat man schließlich nicht jeden Tag, also möchte man gern andere Menschen mit den Launen der Natur, deren Opfer man gerade geworden ist, verblüffen. Ich könnte mein Hemd öffnen und ihm einen Blick auf die roten Blumen gönnen, die auf meiner weißen Haut sprießen.

»Erzählen Sie etwas von sich«, sagt Olsén und macht zum ersten Mal ein freundliches Gesicht.

Ihn, denke ich, verführt die Langeweile zum Gespräch. Kaum zweifelt einer am Sinn seines Tuns und empfindet plötzlich die Weite und Leere des Raumes, den sein Geist zu durchmessen hat, schon macht er den Mund auf und formt Worte, erzählt der Teufel weiß was für Geschichten, oder, noch schlimmer: wird persönlich. Menschen, die sich in der Nacht fürchten, singen bekanntlich vor sich hin. Menschen, die sich ihrer Einsamkeit bewußt werden, betäuben ihre Sinne durch Kommunikation. Suchen Zuhörer und wollen zuhören. Was? Wem? Irgendwem! Hauptsache, Buchstaben, Laute, Rhythmen verkleben sich zu Worten, Sätzen, Geschichten. Wieviel Geschichten sind auf der Welt schon erzählt worden, seit Menschen miteinander sprechen? Wieviel Worte werden auf der Erde in ein und demselben Moment gesprochen? Was für eine sinnlose Kakophonie würde das ergeben, könnte man alle Menschen gleichzeitig sprechen hören ... Nur nicht grübeln, immer handeln! ... Leicht gesagt, wenn man nicht gerade unter glühender Sonne in einem schwarzen Wollanzug schwitzt wie Olsén, oder nässende Streßgeschwüre zu verbergen hat wie ich, und mit immer geringerer Hoffnung auf Minski wartet.

»Was soll ich von mir erzählen?«

»Ich weiß nicht. Was Sie wollen.«

Ich denke nach, weiß aber nicht, was ich will. Mein Hautleiden kommt mir als Thema doch unpassend vor. Sonst fällt mir nichts ein.

»Was tun Sie in Odessa?« will er wissen.

Das hat ja kommen müssen. Ich versuche ehrlich zu sein, aber ich weiß, daß ich gleich wie ein Witzerzähler klingen werde. »Ich suche eine Fabrik«, antworte ich.

»Sie wollen investieren?« fragt er und schaut mich mit großen Augen an.

»Nein. Ich suche eine Fabrik, die gestohlen wurde.«

Ich sehe schon, wie es in seinen Mundwinkeln zuckt. Es ist dieser unentschlossene Ausdruck zwischen Belustigung und Verachtung, den ich schon bei Valeria gesehen habe. »Wie? Eine ganze Fabrik?«

»Eine ganze Fabrik, genau. Eine Fabrik zur Erzeugung von Hartweizennudeln. Spaghetti, Hörnchen, Suppennudeln und so ein Zeug.«

»Auch Buchstabensuppeneinlage?«

»Ich nehme an, auch das.«

»Und die ist verschwunden?«

»Über Nacht. Demontiert und eingesackt. Nebst einem ganzen Zug mit Weizenmehl. Alles spurlos verschwunden.«

»Das geht?«

»Hier geht alles. Eine Handvoll Dollars, ein paar Hundert Mann, einige davon in Waffen – und schon ist das, was man monatelang hergeschleppt hat, in wenigen Stunden von der Bildfläche verschwunden.«

Das Zucken in den Mundwinkeln ist verschwunden. So ist das immer, kaum erwähnt man das organisierte Verbrechen, glauben einem die Leute schlichtweg alles. Zuerst halten sie dich für einen Idioten, kommst du ihnen aber mit der Mafia, kannst du ihnen die haarsträubendsten Räubergeschichten erzählen, sie glauben dir bedingungslos. Früher glaubte man an die wundertätige Kraft von Zauberern, heute an jene von Mafiosi, vor allem, wenn sie aus der ehemaligen Sowjetunion kommen.

»Ihre Fabrik?«

»Neinnein. Ich bin nur derjenige, der sie finden muß. So wie Sie Ihren Garcia Novarra eben.«

Olsén kratzt sich am Hinterkopf. »Und Sie sind bis jetzt keinen Schritt vorwärts gekommen, nehme ich an.«

»Keinen einzigen.«

»Kommt mir bekannt vor.«

Jetzt wäre das also geklärt. Zwei Verlierer in Odessa. Ich habe, wie es scheint, diesen melancholischen Spanier gebraucht, um mir im klaren darüber zu sein, daß meine Arbeit ein einziger Witz ist. Noch vor einer Stunde habe ich mich ziemlich gut gefühlt, ehrlich, Mister Spürnase, cool wie ein Held aus einem Elmore-Leonard-Roman, dem kein Sumpf zu tief ist, um nicht die millionenschweren Investitionen eines Schweizer Nudelfabrikanten zu retten, der in der Zwischenzeit vermutlich heulend zwischen zwei, drei Nutten in seiner Villa am Genfer See sitzt und sich die Eintreiber von der Credit Suisse vom Leib hält, bis ich ihm die Einzelteile seiner Fabrik wieder zurückbringe wie ein verlorengegangenes Spielzeug. Stanzmaschinen für Buchstabennudeln! Maschinen, die Teigschnüre produzieren, die dann Spaghetti, Rigatoni, Maccheroni, Penne oder ganz zärtlich Hörnchen genannt werden!

»Er hat an den Faschismus geglaubt wie an eine Religion«, sagt Olsén, ohne tieferes Interesse für meine Geschichte aufzubringen. Offensichtlich ist er noch immer in seinen transeuropäischen Familienerinnerungen versponnen. Ich schätze, er wird nicht oft Gelegenheit haben, von daheim zu erzählen, oder sagen wir: von den blühenden Feldern seiner Ahnen, wo ihr längst vergessener Staub ruht, wie der Dichter sagt. »Als er nach dem Krieg mit seinem Glaubensbekenntnis in Dänemark sozusagen keine Kirche mehr vorfand, ging er eben dorthin, wo einem Mann seines Schlags die Türen noch offen standen, suchte sich eine Frau, gründete eine Familie, machte Karriere, stellen Sie sich vor, ein Däne! Ich vermute, kein Spanier war so felsenfest überzeugt vom Faschismus wie er, nicht einmal der General. Offiziere sind ja selten sattelfeste Ideologen. Über Phantasie verfügen sie ohnehin nicht. Mein Vater war ein Ideologe mit Utopien, groß gewachsen, blond, kräftig, ein nordischer Gott, das heißt ein Aussätziger unter diesen kleingewachsenen, dunklen Menschen. Europa, war er überzeugt, werde einst eine politische Einheit sein, keine Militärdiktatur allerdings, sondern ein autoritärer Ständestaat. Das war seine Vision, mit der er zuerst von Madrid, später von Motilla del Palancar aus Europa bis zum Ural überziehen wollte ... Und eines Tages, kurz nachdem der General das Zeitliche gesegnet hatte und Spanien ins Chaos zu stürzen drohte, ertrank er mitsamt seinen Träumen in einer Jauchengrube. Eine alte Rechnung, nehme ich an. Man hatte ihm vorher Arme und Beine gebrochen, so daß er zwangsläufig in der Brühe untergehen mußte ... So viel zu meinem ungewöhnlichen Namen.«

Ich stehe auf, schüttle die Beine aus, hänge mir den Rucksack um die Schulter und sage: »Da fällt mir gerade etwas ein.«

Er schaut mich mit großen Augen an, und ich lege ihm eine Hand auf die Schulter.

»Ich werde jetzt gehen«, sage ich und gehe langsam, weil das keine leere Drohung sein sollte, in Richtung Fährenterminal und Potemkin-Stiege. Was für ein sinnloser Nachmittag. Scheiß auf Minski.

4.

»Kolja, du Idiot! ... Ich kann doch nichts ... Alles voll Scheiße, ich kann es nicht glauben, alles voll ...Was ist denn passiert? ... Kolja hat ... Ich habe ja nur ... Eine Riesensauerei gemacht ... Das Wasser heruntergelassen, und das hat nicht mehr aufgehört ... Alles voll Scheiße, du meine Güte, bis hier herein! ... Übergelaufen, einfach übergelaufen ... Raus da! Raus, raus, raus alle! ... Der Dreck von ganz Odessa, hab ich mir gedacht, es hat einfach nicht mehr aufgehört ... Herr Inspektor, kommen Sie, wachen Sie auf ... Kolja, was frißt du den ganzen Tag in dich hinein, daß du so stinkst? ... Hörst du nicht, was ich gerade gesagt habe? ...«

Tanaïs hörte, die Augen noch verklebt vom Staub, Stimmen über die Steppe wehen, vom Wind zerhackt und durcheinandergeblasen wie eine Zeichnung aus buntem Sand. Die Luft über dem gelben Land glühte und preßte ihm die Säfte aus dem Leib, und es war ein Gestank in der Luft, der ihm die erwachenden Sinne beinahe wieder raubte. Er öffnete unter Mühen die Lider, sah in der trüben Dämmerung allerdings nur die Schatten aufgeregter Menschen durcheinanderwirbeln.

»... Herr Inspektor, wir müssen hier schleunigst raus ... Es ist eine Katastrophe! ...«

Er konnte nichts erkennen, was Sinn gemacht hätte, hörte nur die wirren Stimmen und spürte ein Rütteln und Ziehen an seinem Körper, als wollten die Schatten ihn in

Stücke reißen und verschlingen. Er lag im heißen Steppenwind, unfähig sich zu rühren, und der Gestank ließ das Bild eines mit Leichen bedeckten Schlachtfelds in seinem Kopf entstehen, aufgeplatzte Leiber, verwesend, und er mittendrin, verendend möglicherweise, ausgeplündert und entehrt.

»... Herr Inspektor, um Gottes willen, Sie ersaufen uns noch in der Kloake ...«

Jemand faßte ihm unterm Arm, zog ihn hoch und schleppte ihn über die Ebene. Keine Schüsse und keine Detonationen, das war schon seltsam, nur viel Aufregung und schlechte Luft. Er versuchte mit seinem Helfer Schritt zu halten, doch seine Beine waren gefühllos, und ehe er den Grund für seine Lähmung hätte erkennen können, lag er auch schon wieder am Boden. Aus der Schußlinie, dachte er, bloß raus hier, dann war es wieder finster.

Als Tanaïs erwachte, war seine Zunge angeschwollen, in seinem Kopf herrschte aber eine große Klarheit. Er schlug die Augen auf und wußte sofort, wo er war, wenngleich an einem anderen Ort als der, an dem er eingeschlafen war. Er lag auf einer Matratze in der Küche des Kaukasen, er kannte diesen Platz, einige Male hatte er hier schon übernachtet. Zu seinen Füßen lag Romka, die Dogge, und beobachtete mit einem Auge Tanaïs, der sich auf den Bauch rollte, die Knie anzog und den Oberkörper mit den Armen hochstemmte. Auf allen Vieren kroch er über den kalten Steinboden in die Mitte der Küche, bis zum Tisch, an dem die Frau des Kaukasen saß und Geldscheine zählte, während der Kaukase selbst vor dem Fenster auf und ab ging und dabei düstere Verwünschungen in sein Mobiltelefon fluchte.

»Vergeben Sie mir meine würdelose Haltung, aber ich hab' ein totes Gefühl in den Beinen«, sagte Tanaïs, als er die nackten Füße der Frau vor Augen hatte, »ich komm nicht so richtig hoch.«

»Bleiben Sie ruhig liegen«, sagte die Frau, ohne vom Geld aufzublicken. »Es gibt gleich was zu trinken, dann wird's schon gehen.« Zarte Füße einer Zwanzigjährigen, die es nicht nötig hat, mehr als ein paar Meter zu Fuß zu gehen, ihr Wohltäter sorgte für ein angenehmes Leben auf den holprigen Straßen der Stadt. Geruch von parfümierter Hautcreme, die kleinen Zehennägel rot lackiert, makellos. Der Kaukase glotzte Tanaïs mit weit aufgerissenen, glühenden Augen an, zwei Gewehrmündungen kurz vor dem tödlichen Schuß, und brachte einen Augenblick lang kein Wort über seine Lippen. Tanaïs glotzte zurück, *was ist los?*, dachte er, *hast du mich erst jetzt bemerkt? Gehe ich deiner Frau zu sehr an die Wäsche? Bin ich nicht standesgemäß gekleidet?* Er versuchte zu lächeln, woraufhin der Alte den Blick gen Himmel richtete und etwas von Arschaufreißen und Auf-den-Eiern-Aufhängen ins Telefon brüllte. Eine Stimme, die aus lauter kleinen Explosionen zu bestehen schien, schaumige Vokale brachen sich an Konsonantenklippen. Das schmerzte in den Ohren. Tanaïs hob den Arm, der Kaukase drehte sich wieder zum Fenster und preßte seine Flüche oder Drohungen oder Verwünschungen durch geschlossene Zahnreihen aus makellosem ungarischem Porzellan.

»Ein wenig kaukasischer Pulverschnee könnte in Zeiten wie diesen auch nicht schaden«, stöhnte Tanaïs und lehnte sich mit dem Rücken an eines der massiven Chromstahltischbeine. Der Alte war auf irgendwen zornig, na und. Das war er ja immer, mehr oder weniger. Der Zorn war sein wichtigstes Kapital gewesen, als er, mit seiner Schafsfellmütze auf dem Kopf, von den Bergen in die Ebene gekommen war. Er hatte sich jahrelang mit Zorn vollgefressen, bis er kurz vorm Platzen war, dann war er losmarschiert, um ihn unter die Menschen zu bringen. Irgendwann hatte sich der Zorn in Geld zu verwandeln begonnen, und mit dem Geld war neuer Zorn über ihn gekommen, weil ihn ständig irgend jemand um dieses Geld bringen wollte, die Schraube drehte sich scheinbar ins Unendliche. Ein Verbrecher produziert eben Verbrechen, hatte Marx gesagt, so wie ein Philosoph Ideen produziert oder ein Poet Gedichte. Außerdem hielt der Verbrecher die Polizei am Leben. Geschäft und Gegengeschäft. Es war dem Kommissar im übrigen egal, wem für welches Vergehen wann und wo welche Rechnung präsentiert wurde. Der Kaukase war sakrosankt, er konnte den Arsch aufreißen, wem er wollte. Seine Sache. Tanaïs wünschte sich nur, daß sich irgendwann einmal jene Kommunikationsform durchsetzen möge, die mitteleuropäische Intellektuelle *Diskussionskultur* nannten.

Die Frau des Kaukasen legte die Geldscheine auf den Tisch und erhob sich. Das Aroma von Vanille wehte Tanaïs unter die Nase, als sich ihr Hintern vom Sessel löste ... Der Duft der Strandnutten ... Wenn der schwarze Darko seinerzeit in Damenbegleitung bei seinem Vater erschienen war, um Fisch fürs Wochenende zu kaufen, hatte Tanaïs jedesmal diesen Duft eingesogen. Schüchtern war der Junior hinter dem Tresen hervorgekrochen und hatte die in Zeitungspapier eingewickelte Ware bedächtig in die Einkaufstaschen gestopft, während ihm der lächelnde Zuhälter mit schwerer Pranke auf den Hinterkopf geklopft hatte und, was viel wichtiger war, sein Milchgesicht nur wenige Zentimeter vom aromatischen Körpermittelpunkt der Weiblichkeit entfernt war. Gerne hätte er sein Gesicht zwischen die Schenkel hineingedrückt, doch in Wirklichkeit hatte er keine Ahnung, was sich unter den Röcken verbarg. Die Quelle lag im geheimen ... Später, als er schon einige Röcke gelüftet hatte und als ihm klar geworden war, daß jede Frau über die mehr oder weniger gleiche Einkerbung im Fleisch verfügt, hatte er Darkos Frauen noch anziehender gefunden, oder besser: geheimnisvoller, weil er sich noch weniger vorstellen konnte, woher der Duft kam. Noch ein wenig später, als er bereits Gelegenheit gehabt hatte, mit diesen Einkerbungen in Berührung zu kommen, war er völlig ratlos gewesen, denn keine, an der er gerochen hatte, war in irgendeiner Weise mit Vanille in Zusammenhang zu bringen. Da hatte es alle möglichen Aromen gegeben, die meisten eher unangenehmer Natur, aber Vanille ist nie dabei gewesen. Nur wenn er im Sommer zum Strand gefahren ist und an einer von Darkos Frauen vorbei gegangen war, war ihm wieder der Duft in die Nase gestiegen. Er hatte sich aber nie getraut, eine von ihnen anzusprechen, auch nicht, als Darko tot war ... Als er begonnen hatte bei der Polizei zu arbeiten und ständig mit Nutten zu tun hatte, war ihm jedesmal schwindlig geworden, wenn er an eine vom Strand geraten war. Andere hatten nach Schweiß gerochen, nach Alkohol, nach Sperma, den Strandnutten allerdings war dieser unsichtbare Schleier aus Vanilleduft nachgehangen, in den sich Tanaïs eingehüllt hatte, bis er so erregt war, daß er auf die Toilette stürzen mußte, um sich zu erleichtern. Es ist schon vorgekommen, daß er mit der Familie an den Strand gefahren war und sich dann unter dem Vorwand, ein dienstliches Telefonat erledigen zu müssen, davongestohlen hatte, um auf der Jagd nach dem verlockenden Aroma über die Promenade zu flanieren, bis er es hatte ausfindig machen können. Dann hatte er sich hinter eine Eisbude, ins Gebüsch oder zwischen parkende Autos gestellt und onaniert. Dabei hatte er sich jedesmal vorgestellt, wie er sein Gesicht in die fleischige Öffnung zwischen den Schenkeln hineindrückt, er hatte nicht die Frau gesehen, nicht einmal ihren ganzen Körper, bloß ein pulsierendes, offenes Geschlecht, und er hatte, wie schon als Kind im Geschäft des Vaters, den Duft tief in die Lungen hineingesaugt. Es dauerte für gewöhnlich keine halbe Minute, bis er fertig war.

Als die Frau des Kaukasen den Raum verlassen hatte und der Alte selbst immer noch mit seinem Zorn beschäftigt war, zog sich Tanaïs etwas weiter unter den Tisch zurück, ließ seine Hand in die Unterhose gleiten, und umschloß sein bretthartes Glied. Romka, die Dogge, sah ihm mit müden Augen unter gerunzelter Stirn zu. Das Aroma war noch immer da, ungewöhnlich stark. Sie muß, dachte Tanaïs, ganz feucht gewesen sein. Er schloß die Augen. Beinahe sein ganzes Leben war bestimmt von diesen Vanillemuschis, aber gesehen hatte er noch nie eine. Jedesmal, wenn er mit dem Einsatzwagen an den Strand fuhr, um endlich wirklich in den Schoß einer dieser Frauen zu tauchen, verließ ihn der Mut. Er sah, wie sich die Schenkel der jungen Frau öffneten und sich vor ihm eine glatte Muschi auftat, und noch ehe er mit seinen Lippen die zarte Haut am Rand der feuchtglänzenden Einkerbung berührte, ergoß er sich.

Als er die Augen öffnete, hockte die Frau des Kaukasen vor ihm und hielt mit ausdrucksloser Miene einen kleinen Papierumschlag vor sein Gesicht. Atemlos und ein wenig verlegen nahm er ihn mit der sauberen Hand entgegen. Die andere zog er langsam aus der nassen Unterhose und rieb sie am Oberschenkel ab, während sich die Frau, ohne ein Wort zu sagen, auf den Sessel setzte, eine Zigarette anzündete und neuerlich mit dem Abzählen der Geldscheine begann. Tanaïs öffnete den Umschlag, steckte seine Nase hinein und zog an. Das Kokain perlte die Schleimhäute hoch bis in die Stirnhöhle, von dort schoß es direkt ins Hirn. Dann riß er das Papier auf und leckte gierig die Reste des weißen Pulvers ab. Tanaïs in verschwitzter und verklebter Unterwäsche, den Unterleib bis tief hinein in den Arsch mit erkaltendem Sperma überschwemmt, mit mangelhaft durchbluteten Gliedmaßen dazu, ein Kriechtier, Tag und Nacht auf den Beinen, manchmal eben auch auf allen Vieren – Tanaïs legte sich auf den Boden und fühlte sich einen Augenblick lang gar nicht schlecht, er konnte jetzt nur nicht aufstehen, das war alles. Er starrte auf die Unterseite der Tischplatte mit ihren chromstählernen Verstrebungen und hörte den Kaukasen außer sich vor Zorn ins Telefon brüllen und anschließend einen Sessel mit Fußtritten malträtieren. Dann begann Tanaïs zu frieren auf diesen glatten Steinen, in die sich Jahrhunderte lang der ukrainische Winter hineingefressen hatte, er drehte sich zur Seite und zog die Beine an den Körper wie ein kleines Kind. Er legte die Hände an die Ohren und klapperte mit den Zähnen. Der Geruch von Vanille steckte ihm immer noch in der Nase, und wenn er die Augen schloß, sah er nichts als die glatte Muschi der Frau, deren übereinandergeschlagene Beine er einen halben Meter vor sich, in Reichweite seiner Arme wußte. Er mußte nur hinfassen und über die warme Haut streichen, mit den Fingerspitzen, bis sich die feinen Härchen aufrichteten ... So nahe war er einer Strandnutte noch nie gewesen ... *I want to fuck her on the floor among my books of ancient love, so I will make a full report ...*

»Lust auf einen Wodka?« zersprengte der Kaukase die Verse in Tanaïs' Kopf. »Oder zwei?« Der Kommissar öffnete die Augen und schaute in ein freundliches Gesicht. Die dunklen Wolken hatten sich gelichtet, hinter dem Bart spannte sich der lachende Mund von einem Ohr zum anderen. Zwei Minuten später saßen sie alle drei am Tisch und stießen mit den Gläsern an. Nach dem ersten Schluck kam die Hitze in Tanaïs' Körper zurück.

»Zirkuliert das Blut wieder in den Gliedern?« fragte die junge Frau und schaute dem Rauch nach, den sie aus gespitzten Lippen blies. Tanaïs blickte sie wortlos an ... *I want to fuck her on the floor ...*

»Um ein Haar wären Sie uns in der Scheiße ersoffen«, polterte der Kaukase und schob sich die Schafswollmütze aus der Stirn. »Hat mich einige Nerven gekostet, die Dinge wieder zurechtzurücken, wie Sie vielleicht mitbekommen haben. Aber was soll man von diesem Scheißland schon erwarten, wie? Auf Ihr Wohl!« Sie tranken ein Glas nach dem anderen.

»Diesem verfluchten Volk fehlt die Kraft zur Überlegung«, fuhr der Kaukase fort, »oder soll ich sagen: zur Vernunft? Es will nicht kapieren, daß es ein Naturgesetz ist, daß es ein Oben und ein Unten gibt, eine Ordnung der Dinge, und daß es nicht einfach tun und lassen kann, was ihm beliebt, sondern daß es abhängig ist.« Er zog einen weißen Papierumschlag aus der Brusttasche seines Hemdes, legte ihn auf den Tisch und schob ihn zur Frau. »Was glauben Sie, würden diese Leute mit ihrer Freiheit anfangen? Ich weiß es. Sie würden sich gegenseitig ausrauben und umbringen, dem Blutbad könnte die Miliz mit allen verfügbaren Einheiten nicht beikommen.« Die Frau öffnete den Umschlag, schüttete vorsichtig das Pulver aus und begann mit einem zusammengefalteten Geldschein das Häufchen in drei Portionen zu teilen. »Die Menschen sind primitiv, Herr Kommissar, das sogenannte Gewissen wird ihnen nur aufgeschwatzt, in Wirklichkeit können sie nichts damit anfangen. Sie brauchen einen Führer, der, sagen wir, die Tugenden in sich zur Vollendung gebracht hat. Einen Hohepriester der Vernunft, wenn Sie so wollen.« Die Frau hatte das Kokain zu drei dünnen Bahnen geformt. Sie reichte ihrem Mann und Tanaïs je einen Geldschein. Der Kaukase rollte seinen als erster zusammen, führte das papierene Röhrchen ein Stück in die Nase ein, beugte sich über den Tisch und saugte seine Spur mit einem kräftigen Zug ein. Dann preßte er ein paar Mal mit Daumen und Zeigefinger die Nasenflügel zusammen, ließ sich in seinen Sessel zurückfallen und unterdrückte ein Niesen. »Sehen Sie«, fuhr er fort, während Tanaïs an der Reihe war, »die Menschen müssen nur so viel Vernunft besitzen, als es ihnen möglich ist, zu gehorchen, die Ordnung der Dinge zu respektieren und sich nicht gleich wie die Tiere an die Gurgel zu gehen. Nichts anderes fordere ich ein. Vernunft. Jedem das für ihn richtige Maß. Und dann kommen Leute ins Land, Präsidenten aus Amerika, Bundeskanzler aus Deutschland, Weltbankfunktionäre, Telekomgroßaktionäre und Softwaremillionäre, und sie alle flüstern den Leuten zu: Holt euch, was ihr kriegen könnt! Tretet der Ordnung in den Arsch! Als ob mit dem Niederreißen von Stalin- und Lenindenkmälern der Mensch in eine andere kosmische Ordnung eingetreten wäre. Diese Denkmäler werden auch von Taubenscheiße zerstört, dazu bedarf es keiner sogenannten historischen Wende.« Schließlich sog die Frau die letzte verbliebene Spur ein. Tanaïs hatte das Gefühl, der Kaukase spreche ihm jeden einzelnen Satz direkt ins Ohr, da war kein Raum zwischen Stimme und Gehör, beinahe, als sitze der Sprecher in seinem Hirn. »Aber alle Leute um einen herum fühlen sich, als hätte jemand in ihren Köpfen einen Hebel umgelegt, sie halten sich für Revolutionäre, für Sklaven die zu Herren geworden sind. Ihre Hirne sind weniger wert als Taubenscheiße, mein lieber Tanaïs, Taubenscheiße ätzt wenigstens, Menschenscheiße stinkt nur. Es ist ein hartes Brot, den Leuten klar zu machen, daß sie nur stinken, sonst nichts. Man muß es ihnen immer wieder von neuem sagen, dann funktionieren sie eine Weile. Der Untergebene bedarf dessen, daß man ihm ins Gemüt redet, mehr als die Kinder, besagt eine Weisheit.«

Dann lehnten sich alle drei in ihren Sesseln zurück und schwiegen. Der Kaukase mit verschränkten Armen und geschlossenen Augen. Seine Frau mit leerem Blick eine

Zigarette rauchend. Und Tanaïs mit einem Bewußtsein voll Gegenwart. Alles war gleichzeitig und gleichermaßen präsent in seinem Kopf. Der Ort, die Menschen, die Stimmen, die Erinnerungen und die Lust. Er fand sich im Moment nur schwer zurecht in diesem heillosen Durcheinander von Innen und Außen, Objekt und Empfindung, sich und anderen, er bahnte sich mühsam einen Weg durch sein überreiztes Gehirn. »Und Sie«, sagte er zur Frau und zeichnete mit dem rechten Arm unverständliche Hieroglyphen in die Luft, »sind Sie mit den ... mit den Ausführungen Ihres Mannes ... sind Sie damit einverstanden?« Er vernahm seine Stimme selbst so deutlich, als sitze er neben sich und höre sich zu.

Sie sah ihn nicht an und sagte nichts, blies nur Rauchwolken in die Luft. So viel mit scheinbarer Leichtigkeit in Szene gesetzte Ignoranz reizte ihn. Er hätte sie gerne an den Haaren gepackt und zu Boden gerissen. *Vanilletussi.* Und sie durchs Zimmer geschleift. *Strandnutte.* Und den Kopf einmal gegen die Wand krachen lassen. *Fotze.* Statt dessen kletterte er mit wackligen Beinen auf den Sessel, schüttete sich ein Glas Wodka über den Kopf und schrie: »Des Weibes Schmuck ist Schweigen!« Dann verlor er das Gleichgewicht und krachte auf den Boden. Romka sprang in die Höhe, flüchtete unter den Tisch und knurrte von dort aus den sich krümmenden Kommissar an. Da riß der Kaukase die Augen auf, sah abwechselnd auf seine Frau und den gefallenen Tanaïs und brüllte los vor Lachen, als habe er mit einiger Verzögerung einen komplizierten Witz verstanden. »Scheiße auch!« sagte er immer wieder, »Scheiße auch!« Mehr brachte er nicht heraus.

»Was gibt's zu berichten aus der Küchenschabenperspektive?« fragte die Frau unerwartet, sah auf Tanaïs hinunter und verzog den Mund zu einem Grinsen. Der Kaukase krümmte sich, rang nach Luft und schlug mit der

Faust auf den Tisch. Tanaïs kroch in Richtung Matratze, auf der er vorhin aufgewacht war, und rieb sich den schmerzenden Rücken. Auf dem Weg dorthin ließ das Vanillearoma nach, dafür kehrte mit der Erschütterung und dem körperlichen Schmerz eine große Klarheit in sein Hirn zurück. Er fühlte sich wie in einer weiten Landschaft nach einem Gewitter. Jetzt fiel auch noch der Kaukase vor lauter Lachen vom Sessel und blieb am Boden liegen. Tanaïs setzte sich auf die Matratze und lehnte sich mit dem Rücken an die Wand. »Zur Küchenschabenperspektive habe ich folgendes anzumerken«, sagte er. »Der Philosoph Kierkegaard erzählt von einem Mann, dem als junger Mensch sehr oft die Erlaubnis auszugehen abgeschlagen wurde. Sein Vater schlug ihm als Ersatz vor, an seiner Hand auf dem Fußboden auf und ab zu spazieren. Zuerst fand der junge Mann den Ersatz für das entgangene Vergnügen recht dürftig, doch er nahm den Vorschlag an. ›Und, wohin gehen wir?‹ fragte der Vater, und sein Sohn sagte: ›Gehen wir zum Lustschloß‹, oder: ›Gehen wir einfach durch die Straßen.‹ Und sie gingen, Hand in Hand, über den Küchenboden, und der Vater beschrieb ausführlich, was es alles zu sehen gab: die schönen Häuser, die vorbeifahrenden Wagen, die Waren der Kuchenfrau. Sie grüßten die Vorübergehenden und alles war irgendwie perfekter und einladender als in der Wirklichkeit ...«

»Was für ein Schwachsinn!« unterbrach ihn die Frau des Kaukasen, drückte die Zigarette aus und sprang vom Sessel hoch, ein wenig zu hastig vielleicht, denn sie mußte sich am Tisch festhalten, um nicht auch noch umzukippen. »Nichts als Wichserphantasien!« Dann wankte sie zur Tür, gefolgt von der verunsicherten Romka mit eingeklemmtem Schwanz.

»Ja, verschwinde und laß uns allein«, krächzte der Kaukase, noch immer etwas außer Atem von seinem Lachkrampf, und versetzte dem Sessel, von dem er gefallen war, einen Tritt, traf ihn aber so unglücklich mit dem Schienbein, daß er einmal mehr »Scheiße auch!« schrie und sich mit verzerrtem Gesicht krümmte wie ein gefoulter Fußballer. Mit seinem physischen Schmerz blieb er allerdings allein, denn Tanaïs' Sinne waren ganz auf die an ihm vorüberziehende oder vielmehr schwebende Gestalt gerichtet. Ein Knäuel ineinander fließender Schleier, dachte er, Haut und Haar und Stoff und Aroma, vier zarte Materialien oder Materien, jede für sich beinahe durchscheinend und verletzbar, alle gemeinsam wie durch einen feinen Luftstrom sich verschlingend und durch den Raum getragen, und wollte man hinfassen, man griffe ins Leere ...

»Man hofft immer, daß in dieser Frau mehr steckt als Verderbtheit«, zerriß der Kaukase einmal mehr die Gedanken des Kommissars. Vielleicht hatte er beobachtet, wie dessen Blick an seiner Frau haftete. »Aber man hofft vergebens.« Und als sie die Tür hinter sich zugeschlagen hatte: »Glauben Sie mir, es ist deprimierend. Männer in meinem Alter sollten das alles eigentlich längst hinter sich haben. Wie betagte Elefantenbullen. Irgendwann setzen die sich von der Herde ab und lassen die Niederungen des Lebens unbeeindruckt am Arsch vorbeiziehen.« Langsam kroch auch er auf die Matratze zu. »Der kalte Boden bekommt mir nicht ... Ischias, verstehen Sie ... Und ich verrate Ihnen noch etwas ... Ich sehe schon das Ende der Fahnenstange ... Das ist hart, das können Sie mir glauben. Zu wissen, daß alles aufhört ... Und am Ende hat nichts einen Sinn ...« Er schob sich neben Tanaïs und drückte sich die verrutschte Mütze fest auf den Kopf. Nunmehr saßen beide Männer Schulter an Schulter und blickten angestrengt in eine imaginäre Ferne, wie sie nur die Melancholie ins Bewußtsein zu zeichnen vermag. Ein breiter Fluß, der auf einen fernen Horizont zuströmte, und die zunehmende Fließgeschwindigkeit des Wassers ließ das Ende erahnen, die Schlucht, den Graben, das Loch, wer konnte das schon wissen, wo alles unter Donnern verschwand.

»Wissen Sie, Tanaïs«, stöhnte der Kaukase, »jetzt würde ich mir wünschen, an der Hand genommen zu werden und eine vergnügliche Reise durch den Kopf zu unternehmen.«

»Die Akazienalleen von Sotschi«, flüsterte Tanaïs.

»Hören Sie mir mit Sotschi auf«, knurrte der Kaukase. »Nein, ich denke eher an den Branntweiner aus der Moldowanka, bei dem ich mich an kalten Wintertagen aufgewärmt habe, als ich noch neu in der Stadt war. Ein enges und finsteres Loch, verqualmt, daß einem die Augen schon beim Betreten schmerzten. Und doch so etwas wie ein warmer, dampfender Bauch, in den man hineinkriechen konnte, wenn einen das Glück im Stich ließ.«

»Die Tauben vom Primorski-Boulevard. Gierig nach Sonnenblumenkernen und Eiswaffeln.«

»Das Ofenrohr war legendär. Es reichte quer durch den Raum und war nicht hoch genug angebracht, als daß man mühelos darunter hätte durchgehen können. Viele Männer krachten mit der Stirn dagegen, wenn sie nach hinten gingen, um auszutreten. Und viele holten sich Brandblasen, weil es im Winter vor Hitze glühte. Wir, die wir verschont geblieben waren oder unsere Lektion schon gelernt hatten, wir lachten und tranken einen auf den Unglücksraben, der sich vor Schmerz am liebsten die Zunge abgebissen hätte, der nach einigen Minuten aber nicht umhinkam, auch mitzulachen, vor allem, wenn es einen anderen erwischte.«

»Jetzt gehören wir zu den Männern ohne Lachen«, sagte Tanaïs. »Kennen Sie die?«

Der Kaukase schüttelte den Kopf.

»Die haben zu tief in die Wunschkiste geschaut«, fuhr Tanaïs fort, »und was sie gesehen haben, hat sie so erschüttert, daß sie ihr Leben lang nur noch daran denken können, daß sie das, was sie wollen, nie bekommen werden, dafür aber das, was sie nie haben wollten, von nun an ständig mit sich schleppen müssen wie ein unheilbares Geschwür.«

Der Kaukase überlegte. »Da ist was dran«, sagte er nach einer Weile. »Ich habe mich seit meiner Heirat noch nie so alt und dem Tod nahe gefühlt. Sie sind der erste, dem ich das erzähle.«

Tanaïs legte dem alten Mann einen Arm über die Schulter. »Doch sie – sie sterben, in die Zukunft schauend, wie der Dichter sagt.« Dann blickten sie wieder auf den Fluß hinaus, jeder in seiner eigenen Nußschale dem Horizont entgegenschwimmend. Von irgendwoher war das dumpfe Gemurmel eines Fernsehapparates zu hören. Vereinzeltes Hupen von der Straße. Das Tropfen des Wasserhahns. Ein undefinierbares Schaben, schwach vernehmbar nur, das aus dem Inneren der Mauern zu kommen schien ... Das Rascheln der Roßhaarmatratzen ... *Vielleicht hat er den Spanier gesehen*, war es aus einer fernen Ecke gekommen ... Die Erinnerung war wie eine Gestalt am Ufer, die Tanaïs plötzlich wahrnahm und die ihn dabei zu beobachten schien, wie er von der Strömung mitgerissen wurde. Er sah sie nur undeutlich, aber er wußte sofort, daß er ihr schon einmal begegnet war ... *Welchen Spanier? Na den vom Friedhof, der sich in der Neujahrsnacht aufgeknüpft hat. Auf der Eiche, von der du gerade erzählt hast ...*

»Wie war das mit dem Spanier?« fragte Tanaïs mit müder Stimme.

»Sagen Sie es mir«, murmelte der Kaukase, »keine Ahnung, welchen Spanier Sie meinen.«

»Ich meine den, der sich am Friedhof erhängt hat.«

»Hat er das?«

»Sie wissen also, von wem die Rede ist.«

Der Kaukase löste sich aus der Umarmung und rückte ein Stück von Tanaïs ab. »Natürlich weiß ich, von wem die Rede ist. Ich weiß aber auch, daß Sie mir gesagt haben, das Ganze sei eine dumme Geschichte.«

Woher willst du wissen, daß der Tote ein Spanier war? Ganz einfach, weil ich ihn gekannt habe ... Die Stimme eines älteren Mannes, der unsichtbar geblieben war in der finsteren Opiumgruft des Kaukasen. Das war, bevor er eingeschlafen war. Die Gestalt am Ufer bekam schärfere Konturen, blieb aber ohne Gesicht.

»Eine dumme Geschichte«, sagte Tanaïs, »in der Tat, weil ich erstens keine Ahnung hatte, daß der Mann Spanier ist, ehe ich am Abend in Ihr Etablissement gekommen bin. Und zweitens weiß ich nicht, wie sein Kopf in die Schlinge geraten ist. Ich meine freiwillig oder unfreiwillig.«

»Erstens: Wer hängt sich schon freiwillig am Friedhof auf. Liegt nicht gerade am Weg, egal in welche Richtung man unterwegs ist. Zweitens: Ich habe nie gesagt, daß der Mann Spanier ist.«

Später, hatte der Kaukase gesagt, später, der bittere Tee, das Ausfließen der Gedanken ... »Bevor ich eingeschlafen bin, war von einem Spanier die Rede. Ich weiß nicht mehr, wer ihn ins Spiel gebracht hat. Tatsache ist, daß jemand etwas weiß, wovon ich nichts weiß.«

Der Kaukase schwieg. Tanaïs wurde ein wenig ungeduldig. Es war spät, und er fühlte eine Unruhe in seinen Gedärmen. »Was wissen Sie über diese Geschichte? Sie müssen mir das sagen. Ich bin immer noch ein diensthabender Kommissar der Miliz.« Der Kaukase lächelte. »Auch wenn es nicht so aussieht«, ergänzte Tanaïs bemüht selbstironisch. In Wirklichkeit beunruhigten ihn kleine Explosionen in der Bauchhöhle. Die Druckwellen verfingen sich auf unangenehme Weise spürbar im Gewinde des Dünndarms, von Zeit zu Zeit drängte sich eine durch die Speiseröhre in die Mundhöhle. Tanaïs stieß auf und konstatierte eine zunehmende Trockenheit am Gaumen. »Kommen Sie, lassen Sie mich nicht im Regen stehen.«

»Glauben Sie mir, ich weiß nichts über den Mann«, antwortete der Kaukase widerwillig, »oder fast nichts.« Er blies die Backen auf, so daß sich sein Barthaar sträubte wie das Fell eines gereizten Hundes, dann entschloß er sich aber doch, dieses *fast nichts* zu präzisieren: »Bei mir ist er jedenfalls nie aufgetaucht, aber ich habe von ihm gehört. Also genau genommen von einem komischen Kauz mit einem massiven Sprachproblem, er konnte ja offenbar weder russisch noch ukrainisch, sprach nur englisch, womit man in Odessa schnell an Grenzen stößt, wie Sie sich denken können. Ich habe seinen Namen bis heute nicht erfahren, ich weiß nur so viel: Er ist vor einigen Monaten durch die Stadt gezogen und wollte unbedingt falsche Papiere haben. Immerhin wußte er ein paar Adressen, an die er sich wenden konnte, wirklich gute Adressen, das heißt, er war nicht unvorbereitet, wie immer er das auch angestellt haben mag. Er sei, soll er erklärt haben, seit fast dreißig Jahren auf der Flucht und hoffe in der Unordnung Odessas unentdeckt zu bleiben. Er wollte angeblich niemandem sagen, woher er kam, warum er verfolgt wurde, wie er hieß, noch was er vorhatte. Nirgendwo auf der Welt wartet jemand auf ein Rätsel auf zwei Beinen, zumal seine Fluchtgeschichte ziemlich unglaubwürdig klang, finden Sie nicht? Eher paranoid, würde ich sagen. Wo er hinkam, hat er einen Tritt in den Hintern bekommen, sofern ihn überhaupt jemand verstanden hat, aber andererseits bleibt einem so eine Figur im Gedächtnis haften. Möglich, daß sich dann doch jemand seiner erbarmt hat, vielleicht hatte er einige brauchbare Tricks auf Lager, mit denen er einen Hinterhofganoven beeindrucken konnte, was weiß ich. Die Stadt ist ja ein Sumpf geworden, das brauche ich Ihnen nicht zu sagen, da bilden sich immer neue Wasserlöcher, in denen das Ungeziefer die Brut ablegen kann.«

»Es wundert mich, ehrlich gesagt ...«, setzte Tanaïs an, wurde aber vom Kaukasen unterbrochen.

»Scheiße, mich interessieren keine zugereisten Verlierer, verstehen Sie. Davon gibt es genug in der Stadt. Und damit Schluß.«

»Das Beste ... dürfen Sie mir ... nicht vorenthalten«, insistierte Tanaïs und versuchte den sauren Geschmack zu schlucken, der sich in der Mundhöhle breit machte, doch er war ausgetrocknet bis tief hinab in den Schlund. Das Sprechen fiel ihm immer schwerer. Der Kaukase blickte ihn von der Seite her mit zusammengekniffenen Augen an. »Wer hat mich da vorhin ... auf den Spanier angesprochen, bevor ich eingeschlafen bin? Jemand hat ... behauptet, er habe ihn gekannt. Sagen Sie mir wer.« Tanaïs' Magen verkrampfte sich, auf jeden Schluckversuch folgte ein Würgen.

»Minski, denke ich«, sagte der Kaukase trocken und stemmte seinen Körper hoch.

»Minski?« preßte der Kommissar zwischen zusammengebissenen Zähnen hervor. Der Kaukase trottete zur Küchenspüle, nahm ein Glas in die Hand und ließ Wasser einlaufen.

»Ja, Minski«, sagte er.

»Wer ist ... Minski?«

Der Kaukase reichte Tanaïs das Glas. »Jetzt fangen Sie aber an, mir auf die Nerven zu gehen, mein lieber Kommissar. Scheiße, wer ist Minski, wer ist Minski, wie ein altes Waschweib, das Seife in die Ohren bekommen hat. Minski ist Minski, und damit basta!«

Tanaïs trank das Glas in einem Zug leer. »Und wo finde ich diesen Minski?«

»Verdauungsprobleme«, sagte der Kaukase und schaute ihn mitleidig an. »Liegen bei Ihnen in der Familie. Psychisch. Glauben Sie mir. Blähungen plagen Generationen. Nun, also Minski, was soll ich Ihnen sagen? Nirgendwo finden Sie ihn, weil er sich angewöhnt hat, selbst die Leute zu finden, die er finden möchte. So läuft das Spiel.«

Das kalte Wasser bekam Tanaïs überhaupt nicht, es brachte seinen Magen nur noch mehr in Aufruhr. Um den Brechreiz zu bekämpfen, schrie er: »Verflucht noch mal, was soll der Scheißzirkus? Ist dieser Scheiß-Minski vielleicht die ukrainische Ausgabe von Gott?« Weiter kam er aber nicht, etwas Warmes preßte sich zugleich unaufhaltsam durch Darm und Speiseröhre. Kreidebleich im Gesicht sprang er in die Höhe und eilte zur Tür, eine Hand vor den Mund gepreßt, eine auf den Hintern.

»Sie kennen den Weg?« fragte lächelnd der Kaukase, doch Tanaïs war bereits mit Riesenschritten in den dunklen Korridor entschwunden.

5.

»Hast du es gefunden?« höre ich Valerias Stimme aus der Tiefe der düsteren Korridore. »Die dritte Tür, hörst du? Marschier bloß nicht bei den Nachbarn rein.« Die dritte Tür, sicher, eins, zwei, nicht leicht zu finden in diesem vollgeräumten Labyrinth. Dumpfe Stimmen hinter Wänden, leise Musik aus den Radios, ein Geräusch wie regelmäßiges Atmen über mir. Glühbirnen sind Luxus, man orientiert sich mit seinen Sinnen. Drei. Ich habe es gefunden. »Ich glaube schon«, rufe ich zurück, trete ein und erstarre im selben Augenblick. The horror! The horror! Es wird nicht funktionieren, das ist mir sofort klar. O Kinder des Duc de Richelieu, die ihr Pest, Typhus und Cholera überstanden habt und das widerliche Gekreuch und Gefleuch der Steppe dazu, Ihr habt Euch die wilden Reiter mit ihren gut geschmiedeten Schwertern vom Leibe gehalten und die Männer mit dem roten Stern auf der Mütze, doch den Thron der Entleerung habt Ihr entgegen der Evolution der Sinne in den Schmutz gezogen. Fassungslos stehe ich an der Pforte zum Ort, an dem der Wechsel der Stoffe einen würdigen Abschluß finden soll, das heißt, ein Ort, an dem die Würde des Menschen antastbar wäre, wäre er dem öffentlichen Blick und Gehör zugänglich. Doch hier ist dieser Gedanke nur im Konjunktiv zu denken, hier ist die Würde des Menschen längst überschritten worden, hier, mitten in der Wildnis, die den Lebenden, oder sollte ich sagen: Überlebenden, auf seine animalische

Grundverfassung zurückwirft, hier also ist die Zivilisation nur mehr eine blasse Erinnerung. Es funktioniert nie an solchen Orten, und vielleicht gibt meine von Virenstämmen unterwanderte Haut gerade darüber Auskunft, wie sehr sich der Körper gegen den Rückfall in die sanitäre Vormoderne sträubt. Die Haut ist unbestechlich wie eine militärische Landkarte, die kein topographisches Merkmal ausläßt. Auf der Haut läßt sich der Weg ihres Trägers durch emotionelle, mehr noch allerdings durch entleerungshemmende Landschaften nachverfolgen. Nicht weil ich irgendeinem ins Unterbewußtsein abgedrängten Leidensdruck nicht standhalten würde, wie eine Ganzheitsmedizinerin mir einmal erklärt hat, brechen auf der Hülle meines Leibes wie kleine Vulkane nässende Geschwüre auf, sondern weil sich eigentlich nur in meiner eigenen Toilette der Körper wirklich entkrampft und losläßt, was losgelassen sein will. Das klingt vielleicht ein wenig exzentrisch, oder, wenn man will, analfixiert, aber ich kann es nicht ändern. So wie man ein Ritual nicht an jeden beliebigen Ort transferieren kann, gelingt es mir nicht, mich in jeder beliebigen Toilette zu entleeren. Ich muß zumindest Zitate der Vertrautheit erkennen können, sei es formaler Natur, also im Design, in der Materialbeschaffenheit oder in der Farbe des Beckens, sei es in bezug auf die Konsistenz des Spülwassers, auf Aspekte der Geruchsentwicklung und auf die räumlichen Gegebenheiten. Tritt dieser Erkenntnisprozeß ein, dann gelingt es mir, auch in der Fremde das Leiden an der Übergiftung meines Körpers durch Rückstau hintanzuhalten. Bleibt dieser Prozeß aus, und er bleibt schon quälend lange aus, zumal angesichts solcher Bedürfnishöllen wie jener in Valerias Wohnung, dann tritt eine Lähmung im Unterleib ein, eine Art Fäkalimpotenz, die sich mir im wahrsten Sinn des Wortes auf den Leib schreibt. Die Natur, sagt der Philosoph Schlegel, die anfangs wie ein heller Spiegel der Schöpfung Gottes, offen und durchsichtig vor dem klaren Auge des Menschen gestanden sei, mute nun mehr und mehr unverständlich, fremd und erschreckend an. Der Kreislauf des Lebens, eine an und für sich ideale Konstruktion, weil sich die Dinge quasi gegen jede Regel der Vernunft selbst am Laufen halten, erhält im Angesicht eines Odessaer Scheißhauses – ich muß dieses harte Wort gebrauchen – eine neue Bedeutung. Von stirb und werde ist keine Rede mehr, hier offenbart sich das, was irrtümlich Kreislauf genannt wird, als abfallende Linie, hier finden das Wunder des Lebens, die Ideen und Ideologien, die Geschichte und der Glauben ihr Ende in der Epiphanie der Fäulnis, auf die die Schöpfung Gottes des letzten Tages nur mit Unverständnis, Befremdung und sprachlos machenden Schrecken blicken kann. O Kinder des Duc de Richelieu, die Ihr gelernt habt, eine Stadt aus Muscheln zu bauen, ganze Wälder über die Meere zu transportieren, um sie in einer leeren Landschaft wieder zum Wachsen zu bringen, die Ihr Dichter und Denker hervorgebracht und beherbergt habt, weil Euer Humor nirgendwo auf der Welt seinesgleichen fand, Ihr habt das Lachen aus dem Lokus verbannt und den Ärschen das Vergnügen geraubt, im Sitzen Zwiesprache mit dem Abflußrohr zu halten. Ihr habt den Arsch in den Dreck gezogen, und das meine ich wörtlich. The horror! Scheißhaus des Grauens. Aber man erkennt die Wahrheit immer erst, wenn man die Dinge von hinten zu sehen beginnt, vom Hintern her sozusagen, und ich meine das nicht kalauernd. Alle wesentlichen Fragen stellen sich am Ende und alle Visionen, zu deren Ausmalung das menschliche Bewußtsein in der Lage ist, können sich nur an einer Linie entzünden, hinter der die scheinbar unendliche Nacht beginnt. Den klarsten Blick auf das eigene Leben hat man in der Stunde des Todes, wenn man den

Schritt über die Linie macht und dadurch erstmals in der Lage ist, von außen auf sich selbst zu schauen. Nun hat man aber auch als Lebender zweifellos das Recht auf Erkenntnis, die Kunst besteht nur darin, sich richtig zu positionieren. Eine Möglichkeit ist die totale Umkehrung, also die Perspektive auf den Punkt A vom Punkt Z aus. Ich schweife kurz ab und erkläre: In Persien herrschte einmal die Sitte, an bestimmten Feiertagen einem zum Tod verurteilten Verbrecher die Regierungsgeschäfte zu überantworten. Er konnte alle Annehmlichkeiten des Herrschers auskosten, also nach Herzenslust fressen und saufen und sich im Harem breit machen. Er durfte Befehle erteilen, anordnen und verordnen und den Hofstaat nach Lust und Laune in Bewegung halten. Waren die Feiertage allerdings vorüber, wurde er von denselben Leuten, die ihm gerade noch willig zu Diensten waren, gefesselt, entkleidet, verprügelt und ans Kreuz geschlagen. Ich bin mir sicher, daß seine Wut auf die Herrschenden bei der Vollstreckung des Urteils eine andere Qualität hatte, als wenn er direkt aus der Gosse in den Tod gewandert, das Leben also nur von einer Seite aus zu betrachten imstande gewesen wäre. Umkehrung heißt die magische Formel. Man bewerte wie ich ein Volk auf der Grundlage seines Umgangs mit der menschlichen Notdurft, man arbeite sich von der Toilette her kommend durch den Darm vor bis in den Kopf. Der Zustand der Zivilisation offenbart sich dort am deutlichsten, wo der Mensch dem Tier am nächsten ist – beim Ausscheiden. Diese Tätigkeit läßt sich nicht verfeinern, sublimieren oder gar überwinden wie die Sexualität, sie ist was sie ist: Abfallbeseitigung durch empfindsame Leibesöffnungen mit fragwürdigem ästhetischem Wert. Auf den Begriff *empfindsam* lege ich größten Wert, da äußere Faktoren eine entscheidendere Rolle spielen können als innere Bedürfnisse. Wenn die Benutzbarkeit einer Toilette nur teilweise oder gar nicht gewährleistet ist, wie im vorliegenden Fall, dann kriecht das Gift in den Körper zurück und führt zu Krankheit und schließlich zum Tod. O Valeria, Virtuosin des Zorns mit deinen fünf Berufen, die dich alle nicht ernähren! Ich dachte immer, wenn es einem beschissen geht, dann ist das metaphorisch zu verstehen. Eine Metapher, Valeria, wie: Man steckt bis zum Hals in der Scheiße. Oder: Jetzt ist die Scheiße am Dampfen. Oder: Jemand hat mich beschissen. Ich rede von rhetorischen Modellen, Valeria, und nicht von einem real existierenden Gegenstand, der weniger der Ausscheidung *gedenkt*, sondern vielmehr ganz Ausscheidung *ist*. Freilich, die Ausscheidung war nie eine wesentliche Grundlage der abendländischen Kultur, weil weder gestalterisch auf sie Einfluß genommen werden kann, noch die Möglichkeit besteht, sich durch ihre besondere Beherrschung in den Rang der Einzigartigkeit zu katapultieren. Der Zwang der inneren Reinigung ist stärker als der Wille zur Kunst. Sie ist eine notwendige Bedingung des Seins und als solche nicht regulierbar und nicht entwickelbar. Aber ist sie deshalb vernachlässigbar? Seit es Menschen gibt, Valeria, gibt es Orte der Entsorgung menschlicher Stoffwechselprodukte. Orte, die mit dem Zivilisationsprozeß mitgewachsen und dennoch stets tabuisierte Zonen geblieben sind. Rituelle Orte, an denen man, wie Luther, dem Teufel begegnen kann, und in denen, wie in Kirchenräumen, soziale Differenzen – zumindest temporär – aufgehoben sind. Nicht umsonst hieß es früher, es gebe nur einen Ort, auf den selbst der Kaiser zu Fuß gehen müsse. Es sind Orte der spirituellen Erfahrung, Valeria, hör zu: Das Purgatorium ist das Fegefeuer, ein Purgativ ist ein Abführmittel und die Purifikation ist die Reinigung des Kelches nach der Kommunion. Ist dir klar, worum es geht? Um Reinigung. Um Läuterung. Um Erlösung. Die Verunreinigung dieses rituellen

Ortes geht einher mit der Verunreinigung des Leibes, Valeria, und das heißt nichts Geringeres als: Ich bin beschmutzt. Mein Körper bäumt sich auf, doch ich muß die Gemeinheit dieses Ortes hinnehmen, das ist der Preis für das Eindringen in fremde Kulturen. Ich bin oft eingedrungen und war oft verstopft, deshalb weiß ich, wovon ich rede: Nicht die Schlösser und Boulevards, die Museen und Cafés, die Einkaufszentren, Bankhochhäuser und Sakralbauten sind die Zeugnisse der kulturellen Entwicklung einer Gesellschaft, sondern die Toiletten. Eine amerikanische Schriftstellerin hat einmal gesagt, es wundere sie nicht, daß Österreicher und Deutsche so empfänglich für rechtsnationales Gedankengut seien, denn in diesen Ländern lege man die Scheiße erst auf einer erhöhten Plattform ab, bevor sie weggespült werde. Der Benutzer einer derart konstruierten Toilette sei gezwungen, seinem Darmprodukt sozusagen erst ins Angesicht zu blicken und anschließend zuzusehen, wie es vom Druck des Wassers in den Abgrund geschoben wird. Man tötet das tote Material noch einmal, während es in amerikanischen Toiletten gleich ersäuft, ohne daß man die Gelegenheit bekommt, sich Gedanken über die Form der Fäkalie zu machen. Ich gebe zu bedenken, daß Toiletten, bei denen der Arsch direkt über einem kleinen künstlichen See hängt, die hygienisch bedenkliche Eigenschaft besitzen, das beim Eintauchen der Scheiße verdrängte Wasser in die Höhe zu katapultieren und so den schutzlosen Unterleib den soeben erst abgesonderten Bakterienkulturen preiszugeben. Eine amerikanische Toilette zu benutzen ist so nützlich wie gegen den Wind zu pissen, man befreit sich innerlich und macht sich zugleich äußerlich schmutzig. Eine solche Toilette legt auf widerwärtige Weise Zeugnis von der bigotten Weltsicht eines ganzen Volkes ab. Diese überinszenierte Hygiene verdrängt ja nur die Angst vor dem Gewahrwerden der Grenze zwischen Zivilisation und Wildnis, die nicht irgendwo in weiter Ferne an uns vorbeiläuft, sondern mitten durch uns hindurch. Ich bin Mensch und ich bin Tier, aber sag' das einem Amerikaner! Pitsch, Patsch, läßt er das Konzentrat dessen, was er zuvor in sich hineingefressen hat, ins Wasser plumpsen, oder man könnte auch sagen: ins kollektive Vergessen. Das Tier blickt nicht mehr zurück, aber – und jetzt kommt der Moment der Wahrheit! – es schickt ihm im Moment des Eintauchens diabolische Grüße zurück, es beißt ihn sozusagen noch einmal in den Hintern, und er kann nach vollbrachter Entleerung nicht einfach zur Tagesordnung übergehen, sondern er muß sich den Gruß aus der Wildnis von der Haut waschen. Ich weiß nicht, wie der Amerikaner darüber denkt, ich jedenfalls bin mir nach Benützung seiner Toilette nie sicher, ob ich sie auch wirklich unbefleckt verlasse, da kann ich mich waschen und schrubben so viel ich will. Das ist das amerikanische Dilemma: Man kann sich seiner Sauberkeit nie sicher sein. Wer auf Dauer so leben muß, züchtet sich einen Komplex heran. Ich erinnere mich an die erste Begegnung mit einer amerikanischen Toilette. Ich war 22 Jahre alt und besuchte Verwandte in der Nähe von San Francisco. In der ersten Nacht, alles schlief bereits, trieb mich das Verlangen in diese Hölle aus Pastell, Plüsch und Polyester. Nachdem ich mich erleichtert und mich dabei in vorhin erwähnter Weise schmutzig gemacht hatte, betätigte ich die Spülung. Ich dachte wohl an nichts Besonderes, ich war müde und für Reflexionen über kulturelle Differenzen nicht sehr empfänglich, da mußte ich zu meinem Erschrecken feststellen, daß das Wasser unaufhörlich anstieg, bis es den Rand der Muschel erreichte und mitsamt meinem Dreck sowie viel aufgeweichtem rosafarbenem Papier überfloß. Ich klappte den Deckel zu, setzte mich drauf, riß am Spülhebel, doch meine Bemühungen führten zu nichts, die Jauche ergoß sich über den jungfräulichen Bodenbelag aus knöchelhohem Kunstfaserfilz und verwandelte den jedem Amerikaner heiligen Gebetsraum des Hygienekults zu einer unansehnlichen und stinkenden Landschaft, gleich einem Wattenmeer bei Niedrigwasser: braunes, verklebtes Gras, teigiger Schlick und Fetzen von Seetang und Rotalgen. O Amerika, dachte ich damals, nachdem ich mich mit einem Sprung auf den Rand der Badewanne in Sicherheit gebracht hatte, so zeigst du einem Ungläubigen dein wahres Gesicht. Wer dich in Frage stellt, dem spuckst du zurück, was er in dir versenken will. Spielst die Hüterin der Zivilisation und zeigst mir, der dich durchschaut hat, dein wildes Antlitz, wie die mittelalterliche Frau Welt, von der einen Seite betrachtet eine betörende Schönheit, von der anderen ein wurmzerfressener Kadaver. So weit zu Amerika. Es ließe sich noch viel berichten, vom englischen Klopapier etwa – glatt wie eine Einkaufstasche aus dem Supermarkt! Man muß sich das einmal vorstellen: Welche Gesellschaft benützt ein derart verleimtes Papier, das zu hundert Prozent nicht saugfähig ist und über kein Profil verfügt? Ich spreche von einem Papier, das schmiert anstatt zu reinigen. Ich habe in englischen Toiletten lange darüber nachgedacht, bin aber zu keinem Ergebnis gekommen. Ist es einfach der Zwang, sich von kontinentalen Gebräuchen abzugrenzen? Besteht das englische Volk aus Trockenscheißern? Braucht der Engländer zur Erinnerung an seine einstige imperiale Größe das Gefühl, sich mit Geldscheinen den Hintern zu wischen? Ich weiß es nicht. Was ich weiß, ist, daß ein zwingender Zusammenhang zwischen dem Niedergang des Kommunismus und osteuropäischen Toiletten besteht. Als ich in einem Budapester Lokal trotz meiner Abneigung der Toilettenkultur jenseits des Eisernen Vorhangs nach Tagen der Verstopfung von einem Befreiung verheißenden Gurgeln im Unterbauch auf den Lokus getrieben wurde, der nicht ganz so schlimm anmutete wie jener hier in Valerias Wohnung, doch schlimm genug, um jeden Hautkontakt zu vermeiden, ließ ich die Hose herunter, klammerte mich mit beiden Händen am Türgriff fest und ließ mich nach hinten hängen, so weit, daß mein Arsch genau über der Muschel schwebte, deren Innenseite ich nach meinen Berechnungen mit meinem Auswurf treffen sollte. Plötzlich, und zwar genau in dem Moment, als sich mein Körper entspannte, um sich endlich zu befreien, die Augen hatte ich geschlossen, löste sich der Türgriff und ich fiel ungebremst nach hinten, und zwar so unglücklich, daß ich mit dem ganzen Hinterteil in der Klomuschel landete. So saß ich dann, den Griff nach wie vor in Händen, in meinem eigenen Dreck und geriet in Panik. Ich schrie, als befände ich mich im Maul eines Krokodils, bis man mich aus meiner mißlichen Lage befreite. Ich durfte mich im Umkleideraum der Kellner waschen. Bei dieser Gelegenheit erfuhr ich die Nachricht vom Fall der Berliner Mauer. Ich kann bis heute an keinen Zufall glauben. Ich denke eher, das war der letzte Gruß eines ausgedienten Systems. Seither sind viele Jahre vergangen, doch die würdelosen Verhältnisse an jenen Orten, an denen die Freiheit des Menschen immer schon am größten war, haben sich nicht geändert. Im Gegenteil.

Ein ferner Klang: Valerias Stimme, als müßte sie mehrmals den Kehlkopf umkreisen, um sich einen Weg ins Freie zu bahnen: »Hast du es gefunden oder nicht?«

Ich kehre der Latrine den Rücken, alles andere als erleichtert, wie man sich denken kann. Mein Unterleib fühlt sich an, als hätte ich einen Sack Fertigzement geschluckt. Ja, rufe ich *nicht* zurück, ich habe es gefunden, das Purgatorium, die Unterwelt, die Nachtseite der menschlichen Seele, die Wildnis, die große Wüste, das Tier. Ich habe gefunden, was ich nicht gesucht habe, während ich nicht finde, was ich suche. Ja, Valeria, sage ich *nicht,* ja und nochmal ja, ich habe dich gefunden in deiner ganzen Häßlichkeit, in deiner ganzen tierischen Abartigkeit, dich und dein Volk und die ganze Existenz in ihrer lächerlichen Endlichkeit.

»Nein«, presse ich zwischen geschlossenen Zahnreihen in den dunklen Korridor hinein und schließe die Tür.

»Was heißt hier nein?« zischt Valeria, die mir ein paar entschlossene Schritte entgegengekommen ist. »Bist du blöd oder was? Kannst du nicht bis drei zählen?«

»Warte, warte«, antworte ich besänftigend und schwanke schwerfällig wie ein überladenes Schiff auf ihren Schatten zu. Meine Füße stoßen auf etwas Weiches, das sich erst um meine Gelenke windet und dann lautlos verschwindet, doch noch ehe meinen Nerven die Zeit gegeben ist, zu Eis zu erstarren, öffnet sich mit einem Ruck eine Tür zu meiner Rechten. Jetzt erst trifft mich die Faust des Schreckens mit voller Wucht in die Magengrube, und wäre ich nicht so hoffnungslos verstopft, ich würde mir auf der Stelle in die Hose machen. So stockt mir der Atem und im Kopf macht sich die Unsicherheit desjenigen breit, der auf schiefer Ebene jäh die Balance zu verlieren droht. *Heilige Maria ...* Ich strecke die Arme in die Höhe, als drücke mir jemand den Lauf eines Revolvers in den Rücken, lasse sie aber gleich wieder sinken und kraftlos am Körper hinunterhängen. Ein trauriger Affe kurz vorm freien Fall. Grelles Licht dringt aus dem Türspalt und nimmt mir vollends die Sicht, dafür zeichnen sich hinter geschlossenen Lidern diese UFOs ab, die nachts auf Kartoffeläckern landen und vor einer Schar verblüffter Landeier die Luke öffnen, aus der sich eine weiche Helligkeit ergießt, in die alle gebannt hineinschauen wie in die Augen des Hypnotiseurs. Als ich wieder imstande bin, meine Lider zu öffnen, blicke ich zuerst in zwei feuchte Augen, dann in das müde Gesicht einer spätjugendlichen Frau, die seltsamerweise eine Art Badehaube auf dem Kopf trägt, eine Komposition aus miniaturisierten Äpfeln, Bananen und Kirschen, und schließlich auf einen mageren, von einem fadenscheinigen Morgenmantel zusammengehaltenen Körper. Während sie mir in gutturalem Singsang unverständliche Botschaften entgegenfließen läßt, sinkt sie in die Knie, eine Geste, die mir Unbehagen bereitet, weil hinter ihr ein großgewachsener Mann im Unterhemd zum Vorschein kommt, der seinen starren Blick auf mich geheftet hat, als hätte ich etwas mit der Sache zu tun, ich meine mit dem plötzlichen Irrsinn seiner Frau oder was immer dieser Kniefall darstellen soll. Ich weiß nicht, beginnen so Mißverständnisse, die in blutigen Rivalenkämpfen enden? Doch gleich schiebt sich die Frau wieder vor das bedrohliche Mannsbild, erneut die für meinen Verstand unsinnigen Lautreihen ausstoßend. In den Armen hält sie jetzt ein pelziges Lebewesen, ein Wiesel oder einen Zobel oder etwas in der Art, einen lebendigen Schlüsselanhänger, der mich nun, anstelle des stumpfsinnigen Grobians, vorwurfsvoll aus kugelrunden Augen anglotzt. Schon fühle ich mich bemüßigt, dem Tier über den Kopf zu streicheln, doch kaum strecke ich ihm den Arm entgegen, faucht es mich an und entblößt eine Reihe kleiner spitzer Zähnchen. Die Frau tut es ihm übrigens nach, zieht die Lippen übers Zahnfleisch und entblößt ihr nicht mehr regelmäßiges Gebiß. Ich nehme an, die Geste ist komisch gemeint, aber sicher bin ich mir nicht. Plötzlich steht der Mann hinter ihr, zieht sie ins Zimmer, mustert mich noch einen Augenblick, eher melancholisch als verärgert, scheint mir, und wirft die Tür zu.

»Die Nachbarn«, sagt Valeria. »Arschgeigen.«

Ich kann dazu nichts sagen. Nur so viel: Über meinem Kopf stöhnt jemand. »Was ist das denn?« will ich wissen. Es ist wie in der Geisterbahn.

»Wir haben Valeria Zwei aufgeweckt«, antwortet Valeria. »Und jetzt komm endlich rein. Du bringst ja alle durcheinander.«

»Was macht sie da oben?«

»Sie schläft, was sonst?«

Rätsel über Rätsel. Es gibt Momente, da weiß man genau, daß man bereits verloren hat, noch ehe das Spiel überhaupt angefangen hat. Irgendwo sitzt ein unsichtbarer Gegner und sagt, die Regeln bestimme ausschließlich er. Valeria nimmt mich an der Hand und zieht mich in ihr Zimmer. »Wie willst du deine Nudelfabrik finden, wenn du nicht einmal aufs Klo findest«, faucht sie mich an, eine vielbenützte Stoffpuppe, ein wenig aus der Form geraten, von den vielen Händen, durch die sie gegangen ist, und den vielen Ecken, in die sie ungeliebt geworfen wurde. *Siehst du*, denke ich, genau das meine ich. *Als hättest du meine Gedanken erraten. Ich durchschaue die einfachsten Spielregeln nicht, deshalb werde ich nie ans Ziel kommen. Ich komme aus dem finsteren Korridor nicht heraus. Ich habe verloren, Valeria.* Häßliches, zorniges Mädchen.

»Es ist nicht meine Nudelfabrik«, insistiere ich ein wenig kindisch und möchte am liebsten gar nicht mehr von ihrer Hand losgelassen werden. »Außerdem ...«

»Setz' dich da hin«, flüstert sie mir ins Ohr, ich rieche den herben Atem einer nikotin- und streitsüchtigen Frau, die gerade dabei ist, die letzten Reste ihrer Jugend zu verlieren. Sie deutet auf ein schmales Sofa unter einem verschmierten und blind anmutenden Fenster am gegenüberliegenden Ende des Raumes und stößt mich von sich weg. Das Kind, das ich für wenige Sekunden war, ist wieder zum Fremden geworden.

Ich möchte meinen Satz zu Ende sprechen, da fährt sie schon wieder dazwischen. »Daß du aus allem so ein Drama machen mußt. Magst du Kaffee?«

»Ja schon. Wieso Drama …«

»Zuerst rennst du mir die Bude ein, weil dir gleich die Scheiße beim Mund herauskommt. Dann stehst du im Finstern herum, als hättest du dir's kurzfristig anders überlegt. Legst dich mit meinen Mitbewohnern an. Jetzt sitzt du da wie eine eingeschrumpfte Luftmatratze. Oder wie so ein Schwarzgalliger, wenn du verstehst, was ich meine, so einer, der die Schwermut im Blut hat. Was ist los mit dir? Schlechten Tag gehabt oder was?«

Während sie so mit mir spricht, stellt sie auf einer schmutzigen elektrischen Kochplatte einen Topf mit Wasser auf und löffelt Instantkaffee in zwei Tassen. Was ist ein Schwarzgalliger? Eine üble Erscheinung, nehme ich an. Soll vor ihrer eigenen Tür kehren. Sie trägt über einem löchrigen Baumwolleibchen eine Latzhose aus verwaschenem Jeansstoff, in der sie aussieht wie Diogenes in seinem Faß. Türkische Schmuggelware, nehme ich an. Der Anblick ist deprimierend.

»Minski ist nicht gekommen«, sage ich.

Valeria glotzt eine Weile stumm in den Kochtopf, nimmt ihn von der Kochplatte und gießt das dampfende Wasser in die Tassen. Über das wellige Linoleum am Boden spaziert gemächlich eine fette Küchenschabe. Ängstlich ziehe ich meine ausgestreckten Beine zurück.

»Ich weiß«, sagt Valeria und reicht mir eine Tasse. Die schwarzumrandeten Augen liegen tief in den Höhlen. Ich vermute, sie kennt das, wenn nie jemand kommt, der sich freut, sie zu sehen. »Er war hier, den ganzen Nachmittag. Ein Zufall, daß ihr euch nicht in die Arme gelaufen seid.«

Schluß mit Mitgefühl! Das schlägt ja nun wirklich dem Faß den Boden aus. »Er war hier?« frage ich mit aufrichtiger Empörung und verschütte den halben Kaffee. Den ganzen Weg vom Hafen bis hierher habe ich mir gute Gründe für Minskis Fernbleiben überlegt, entschuldbare

Gründe, die es meinem Gewissen unmöglich machen sollten, die Recherchen in der Nudelfabriksangelegenheit als zeitraubende Torheit abzutun. Er ist auf einer Kreuzung von einem Bus überfahren worden. Er hat sich auf dem unregelmäßigen Straßenpflaster den Knöchel verstaucht. Er ist im Hauseingang von einer Gruppe Heroinabhängiger überfallen und niedergeschlagen worden. In Odessa gibt es viele Möglichkeiten, rein physisch sein Ziel nicht zu erreichen. Von der Psyche will ich gar nicht erst reden. Und dann diese Offenbarung von unschlagbarer Banalität. »Was soll das heißen, er war hier?«

Während Valeria den Boden zu meinen Füßen mit einem Lappen aufwischt und bei dieser Gelegenheit die Küchenschabe mit der flachen Hand erschlägt, sagt sie mehr vor sich hin als zu mir: »Das soll heißen, daß du umsonst gewartet hast.«

Auch wenn die Gravitation meinen zentnerschweren Unterleib beharrlich nach unten drückt, springe ich hoch, als hätte sich eine Feder in meinem Hintern gelöst, klettere über ihren gebückten Körper und bin mit drei großen Schritten am sehr nahegelegenen Ende des Zimmers bei einer kleinen Kommode aus – ich fasse es nicht: aus Bakelit! angelangt. Dem übelsten Formaldehydspender, den man sich vorstellen kann. Auf der Wand, vermutlich nicht frei von Asbest und Schimmelpilz, über einem kugelförmigen tragbaren Fernseher, bewegt sich ein schwarzer Punkt, aber ich will gar nicht wissen, wo sich in dieser traurigen Zelle noch überall parasitäre Existenzen verbergen. Jede Ritze, jede Faser, denke ich, eine Wohnung für Wanzen, Flöhe, Käfer und Asseln. Nach wenigen Minuten spürt man sie schon auf und unter der Haut. Denen kann kein Gift der Welt was anhaben. Dieses Haus, denke ich, während Valeria stumm den verschütteten Kaffee aufwischt, liegt hingestreckt auf einem fruchtlosen Stück

Erde wie ein absterbendes Wesen. Die Schmarotzer höhlen es aus und schlagen sich die Bäuche voll. Demnächst wird es zu Staub zerfallen, den der Wind hinaus aufs Meer bläst. Zuvor gehen aber noch die Bewohner drauf. Wer nicht rechtzeitig die Flucht ergreift, zerfällt in Stücke wie schimmeldurchwirktes Brot. Keine Chance. Es war einmal eine stolze Stadt, die selbst die Pest, die Tataren und die chronische Trockenheit nicht ausrotten konnten. Zweihundert Jahre lang setzt die Stadt Fett an wie ein überernährter Säugling, dann, als es heißt: Du bist erwachsen und frei, geh wohin du willst, da geht ihr der Saft aus, und das erste, das sie mit ihrer Freiheit macht, ist, sich hinzulegen und auf den Tod zu warten.

»Ich weiß sehr gut, daß ich umsonst gewartet habe«, herrsche ich Valeria an, die sich jetzt mit dem Lappen das zerquetschte Insekt von der Hand kratzt. »Ich und ein seelisch zerrütteter Spanier namens Olsén dazu. Das war ja schon ärgerlich genug. Schön. Dann plagen mich die verdammte Hitze und die verdammte Gürtelrose und mein verdammtes Gewissen, das mir andauernd einzureden versucht, daß ohnehin nichts, was ich anfasse, einen Sinn hat. Ich male mir Minskis Leiden aus, stolpere über Gehsteiggebirge durch stinkende Straßen, muß mich zu allem Überfluß mit meinem Verdauungsproblem befassen, werde dem übelsten Scheißhaus meines Lebens ansichtig, so daß mein Körper alle Luken wieder dicht macht, erschrecke mich in dem finsteren Stollensystem da draußen mehrfach zu Tode und erfahre so nebenbei, daß ich das alles nur deshalb ertragen muß, weil ihr zwei Komiker offenbar ungestört euren Nachmittagskaffe schlürfen wollt.«

Nun, meine Herrschaft über die Lage endet so plötzlich wie sie begonnen hat. Valeria baut sich zu voller Größe auf, das heißt, sie überragt mich um einige Zentimeter, was meinem Ärger schon einmal die Luft aus den Segeln nimmt. Den dreckigen Lappen läßt sie in der rechten Hand vor und zurück schwingen wie einen Schlagstock. Dann macht sie zwei entschlossene Schritte auf mich zu und schaut mich mit einer Miene eisiger Verachtung an.

»Ich ... bin in der Krise«, versuche ich mehr instinktiv als berechnend den drohenden Angriff mit einem Appell an die weibliche Sanftmut abzuwehren, da fühle ich auch schon das nasse Stück bakterienübervölkertes, stinkendes, grobmaschiges Leinen schwer auf mein Gesicht klatschen. Und gleich noch einmal links und dann rechts und, während ich in die Knie sinke, noch zweimal auf den Hinterkopf. Was mir in diesen Augenblicken des Schmerzes und der Scham und des Ekels durch den Kopf geht, ist schwer zu vermitteln. Zum einen ist da blanke Verwunderung über die Tatsache, daß die Schläge eine solche Wucht haben, so daß ich in kurzer Zeit die Orientierung verliere wie ein angeschlagener Boxer und zu Boden gehe – weniger, weil ich nicht mehr auf meinen Beinen zu stehen vermag, sondern um nicht haltlos durch den Raum zu taumeln und um die Erde als einzig faßbare Gewißheit unter mir zu wissen. Wer seinen Leib in voller Länge auf den Grund drücken kann, der weiß, daß es nicht mehr weiter nach unten geht, und das ist schon einmal ein gutes Gefühl. Doch Valeria hört nicht auf, mich mit dem Lappen zu malträtieren, selbst als ich bäuchlings auf den Traumpfaden häuslichen Ungeziefers zu liegen komme und die Arme wie ein verkehrt gekreuzigter Christus vom Körper abspreize. Sie schlägt auf meinen Kopf ein, immer und immer wieder, einmal von rechts, einmal von links, bis mir das schmutzige Gemisch aus Spülwasser, Staub, Kaffee und Insektenleichen bei Ohren, Nase und Mund hineinrinnt, bis mein Kopf ausgefüllt ist mit einem dumpfen Rauschen ...

... Blackout ...

... Die Heuschrecken flogen hin übers Land ... Die Stimme meiner Mutter ... *Dann gingen sie auf den Boden nieder ...* Stimmbänder wie grob gewebtes Tuch, sagt mein Vater ... *Fraßen alles auf, was sich dort fand ...* Nackt wie ein Neugeborenes liege ich in einem frisch bezogenen Bett und spüre das sanfte, kreisende Gleiten eines in warmes Seifenwasser getränkten Waschlappens auf meiner Haut ... *Flogen auf, und weiter ging's wieder ...*

»Mama?«

»Hör zu! Ich hab vielleicht ein bißchen zu hart hingelangt, obwohl ich selbst nicht weniger erstaunt bin als du, daß man von einem nassen Fetzen k.o. gehen kann. Ich hab's eigentlich nicht so mit der Gewalt, weißt du, aber sehen wir's positiv und sagen uns, daß wir jetzt um eine Erfahrung reicher sind. Und Erfahrungen, na ja, egal, weißt du, daß du ganz hübsch aussiehst unter deinen nichtssagenden Klamotten? Andererseits hast du nicht das Recht, mich zu demütigen, das sag ich dir auch, und nicht so nebenbei. Ich laß das nicht zu. Nicht mehr. Angezogen wirkst du so schmächtig, irgendwie leptosom, deshalb hab ich vorhin Schwarzgalliger zu dir gesagt, aber nackt offenbarst du eine, wie soll ich es sagen, eine fragile Schönheit, eine Feingliedrigkeit, die vielleicht nicht jedermanns Sache ist, aber einem irgendwie ans Herz geht. Du meine Güte, hätte ich was anderes zwischen den Fingern gehabt, einen Stock oder ein Messer, dann wärst du jetzt wohl tot. Ich denke, ich hätte dich zu Brei geprügelt oder filetiert oder sonstwas. Irgendwie rührst du mich, du solltest dir nur andere Sachen zum Anziehen kaufen, ehrlich, nicht dieses schwule Calvin-Klein- und Hugo-Boss-Zeug, das aus jedem Träger eine Kleiderpuppe macht, über die keiner sagt: Schau, da geht der oder der, sondern bloß: Schau, da geht einer in einem Calvin-Klein-oder Hugo-Boss-Outfit.

Noch besser wäre allerdings, du würdest dir gar nichts überstreifen, ich denke, nackt kommst du am besten weg. Gibt nicht viele, über die sich das sagen ließe. Bloß deine Haut ist ein echter Problemfall, ich hätte mir nicht gedacht, daß einen der Kummer echt auffressen kann. Da wirft man so blöde Metaphern ins Gespräch und dann kommt man drauf, daß die allesamt wörtlich gemeint sind. Was immer an dir nagt, mein Lieber, es wird dich bald aufgefressen haben, so sehe ich das.«

... Sanft kreist der duftende Waschlappen über meine Haut, Kamille und Lavendel, Gerüche, die ich schon lange nicht mehr in die Nase bekommen habe ... wie ... Almwiesen ... Und kantig, als müsse sie jeden Satz erst abbeißen, ehe er ihr über den Lippen bricht wie fallendes Gestein über einer Geröllhalde ... Gehen und Reden, stundenlang, eingeschlossen von aufgeschichteten Granit- und Kalk- und Dolomitmassen, bis zur Erschöpfung ... Von der Stirn über den Hals, die Brust, den Bauch, über die Schenkel bis zu den Zehen und wieder Retour balsamiert mich ihre Hand mit alpinen Aromen ein, daß es eine Lust ist ... Achtung ...

»Mama!«

Klatsch! – fliegt mir schon wieder etwas Feuchtes um die Ohren, und als drücke ein in meinem Kopf sich verbarrikadierender verrückter Professor verständnislos auf dem komplizierten Schaltpult meiner Hirnzentrale herum, springt in meinem Bewußtsein ein Funken hin und her, zuerst zurück zu jenem Punkt, an dem ich von einem Putzlappen in Grund und Boden geohrfeigt werde, dann noch weiter zurück zur Erinnerung an die österreichischen Alpen, als mir während einer Wanderung mit meiner Mutter bei einem Absturz unablässig Kiefernäste ins Gesicht schlagen, und schließlich zur beruhigenden Gewißheit, doch nur auf dem Rücken in einem Bett zu liegen und, als ich die Augen aufschlage, nackt zu sein. Über mir schwebt Valerias unebenmäßiges Gesicht auf einem Schädel, der wie die rote Sonne Odessas am Abendhimmel glüht.

»Valeria«, sage ich und taste nach einer Decke, um meine Nacktheit zu verbergen, doch sie nennt mich einen blöden Arsch. Nirgendwo eine Decke. Dann versinkt die Sonne hinterm Horizont.

»Valeria, bist du noch da?«

»Du kannst mir gestohlen bleiben«, höre ich sie sagen, irgendwo außerhalb meines Gesichtsfeldes, mit ungewohnt weicher Stimme allerdings. »Du und deine blöde Mutter.«

Jetzt kann ich ihr beim besten Willen nicht folgen. Was hat meine Mutter ihr denn getan? Ich weiß, was sie *mir* angetan hat, als sie damals den Schritt ins Leere machte und mich bei der Hand faßte, um im Augenblick des Sturzes nicht allein zu sein.

»Meine Mutter ist tot, was soll das Gerede?« sage ich, stütze mich auf den Ellbogen und drehe den Kopf nach allen Seiten. Da sitzt sie, hinter mir, auf einem klapprigen Sessel, und schaut zum Fenster hinaus in einen grauen, von vielen Taubengenerationen zugeschissenen Innenhof, ein schmollendes Mädchen, das hilflos auf seinen Fingern herumkaut, ihres Kleides aus Wut entledigt und damit auch irgendwie nackt, nichts als ein bebender, zu groß geratener, tausendfach verletzter Körper. Über die Wangen ziehen sich schwarze Spuren bis zu den Mundwinkeln.

»Komm her«, sage ich, und sie kommt tatsächlich ans Bett, als hätte sie darauf gewartet, daß ich das sage, die Hände in die Taschen ihrer unförmigen Latzhose gesteckt, die feuchten Augen immer noch auf das Fenster gerichtet. Ich fasse sie an einem Arm und ziehe sie zu mir herab. Sie legt sich neben mich, drückt den Kopf unter meine Achsel und rollt sich zusammen wie ein Embryo.

»Es tut mir leid, daß es nicht geklappt hat«, murmelt sie, und ich vermute, sie meint das Treffen mit Minski.

Ich drücke ihr einen Kuß aufs Haar und überlege, was ich ihr antworten könnte. Vielleicht, daß mir jetzt alles egal ist, daß ich das Spiel bereits aufgegeben habe? Daß ich ins Leere getreten und aus der Welt der Informationsjäger gefallen bin? Daß ich den größten Teil meines Lebens damit verbracht habe, mich aus dem Griff meiner jenseitssehnsüchtigen Mutter zu lösen und mich gegen dieses Gefühl der Haltlosigkeit zu wehren? Daß ich, seit ich als Kind dem Tod einmal entkommen bin, der Illusion anhänge, ich müßte mich ständig für mein Überleben rechtfertigen? Ein Überleben gegen den Willen meiner Mutter, also aus Ungezogenheit. Ich weiß nicht, wie ich das in Worte fassen soll, das sind ja alles Gefühle und keine Gewißheiten. Wenn ich zu sprechen beginne, verstehe ich mich selbst nicht mehr. Die einzige Gewißheit ist der Schmerz.

Valeria dreht sich auf den Rücken, wischt sich die schwarzen Tränen aus den Augen, zieht den Rotz in der Nase hoch und sagt mit fester Stimme: »Jetzt paß auf. Ich denke, das bin ich dir schuldig. Ich erzähle dir jetzt

MINSKIS GESCHICHTE

Und die geht so: Eines nachts im vergangenen Dezember, wenige Tage vor Weihnachten, klopft ein abgerissener Kerl an die Tür des Superexcessio, das ist ein Nobeltuntenclub ein Stück außerhalb der Stadt, Hanglage, Meerblick sozusagen, wo sich Typen, die am hellichten Tag, sagen wir, Öltanker, Nuklearsprengköpfe oder Nudelfabriken klauen, auf gut griechisch unterhalten, wenn du verstehst, was ich meine. Wie immer, wenn's klopft, ist Minski an der

Reihe. Er öffnet also die Klappe seines Ausgucks, was für denjenigen, der vor der Tür mit dem aufgemalten Hinterteil wartet, aussieht wie ein sich weitendes Arschloch, aus dem einen ein professionell unfreundliches Gesicht entgegenblickt, jenes von Minski eben, der dort als Türsteher arbeitet ... Ja, mein Gott, als Türsteher, was schaust du mich so an? Hab ich je das Gegenteil behauptet? Glaub mir, wenn Wissen Macht ist, dann ist der Türsteher des Superexcessio der mächtigste Mann in der Stadt ... Jedenfalls sieht Minski durch das offene Arschloch draußen in der feuchtkalten Winternacht diese beinahe unwirkliche Erscheinung, einen dünnen Mann mit Halbglatze und strähnigem, fast schulterlangem, dunklem Haar, der mit nichts als mit einem Hemd bekleidet ist und einer ausgebeulten Hose, in deren Taschen er seine Hände vergräbt. Er hüpft, als wolle er sich warm halten, von einem Bein aufs andere und Minski macht, was er in so einem Fall zu tun hat – er jagt den Penner fort. Aber der geht nicht und sagt bloß, er müsse in den Club, geschäftlich, man möge ihm unverzüglich öffnen und so weiter, und er sagt das auf englisch, was einen bei einem Odessaer Türsteher normalerweise überhaupt nicht weiter bringt, aber Minski ist, was eine gewisse Weltgewandtheit betrifft, eine seltene Ausnahme. Der Mann läßt sich auch von der Drohung, man werde ihn, wenn es sein müsse, windelweich prügeln, keine Sekunde lang beeindrucken, sondern wiederholt laufend mit monotoner Stimme seinen Sermon, er müsse in den Club, geschäftlich, man möge ihm unverzüglich öffnen und so weiter. Minski, dem der Gedanke kommt, der Mann ist vielleicht nicht ganz bei Trost, läßt angesichts des bevorstehenden Weihnachtsfestes Gnade vor Recht walten, das heißt, er unternimmt vorerst einmal gar nichts, sondern schließt die Klappe und hofft auf die mäßigende Kraft der kalten Luft. Doch er sollte sich täuschen. Als eine gute Stunde später Gäste vor der Tür stehen, die Minski kennt, versucht sich der Penner glatt durch die geöffnete Tür in den Club zu drängen, indem er sich an die Fersen der drei Schwuchteln heftet, die zu sehr von der Vorstellung der zu erwartenden Genüsse berauscht sind, als daß sie ihn bemerkten. Aber das ist ja auch Minskis Job, der in der Tat einen aufgeweichten Hemdkragen zu fassen bekommt und den dazugehörigen Mann mit einem Tritt wieder auf die Straße befördert. Dabei vergißt er allerdings den Kragen loszulassen, und während der Störenfried sich auf dem Asphalt mehrmals überschlägt, als wäre er gerade von einem fahrenden Motorrad gestürzt, hält Minski das halbe Hemd in seinen Händen. Das ist ihm auch wieder nicht recht, deshalb bleibt er in der offenen Tür stehen und fragt den Fremden, der langsam auf die Beine kommt und fassungslos auf seinen nackten Oberkörper blickt, wie denn sein Name laute. ›Ich bin Finn MacCumhal‹, sagt der Mann, ›und ihr habt mir alles genommen.‹ ›Finn MacCumhal?‹ antwortet Minski, ›so heißt keiner.‹ ›Dann bin ich eben Hermann Hollerith‹, schreit der Mann voll Zorn und stürzt händeringend auf den Türsteher des Superexcessio zu, der die Attacke mit einem Tritt gegen das Schienbein des Anstürmenden abwehrt. ›Du siehst mir nicht danach aus, als könntest du es dir leisten, mir den letzten Nerv zu rauben‹, droht Minski dem Mann, der sich am Boden winselnd um die eigene Achse dreht, und zieht einen Revolver. ›Hermann Hollerith kenn ich zufällig. Hermann die Lochkarte weilt schon lang nicht mehr unter uns. Also, sag mir jetzt, wie du heißt, oder ich erschieß dich auf der Stelle.‹ ›Ich heiße Santa Claus‹, stöhnt der Mann, legt sich auf den Rücken wie ein Tier, das sich dem Räuber auszuliefern bereit ist und lacht aus voller Kehle. Minski stellt sich über ihn und zielt auf den Kopf. Der Finger krümmt sich bereits um den Abzug, da streckt ihm der

Mann die Arme entgegen und fleht: ›Nicht schießen! Bitte nicht!‹ Minski schießt trotzdem, allerdings knapp am linken Ohr vorbei, was unangenehm genug sein muß, denn Asphaltsplitter spritzen hoch und der Mann brüllt, als hätte ihm die Kugel den Unterleib zerfetzt. ›Wenn du dich nicht auf der Stelle beruhigst und mir deinen Namen sagst, treffe ich beim nächsten Mal‹, knurrt Minski. Der Mann ist sofort still, reibt sich nur das linke Ohr und sagt: ›Ich bin jetzt zur Hälfte taub und zur Hälfte nackt und die andere Hälfte ist nichts wert und ich heiße Garcia Novarra und ich schwöre beim Leben meiner Mutter, daß das die Wahrheit ist.‹ Minski steckt den Revolver ein und sagt: ›Das wollte ich hören.‹ Dann geht er zurück in den Club und läßt die Tür offen, damit ihm Garcia Novarra folgen kann. Weil ins Superexcessio nicht ununterbrochen Gäste kommen und Minskis Türsteherdienste deshalb nicht ständig in Anspruch genommen werden müssen, verbringt er den größten Teil der Nacht in einem kleinen Salon gleich neben dem Foyer, durch das die Herren geschleust werden und wo sie, nachdem sie ihre Waffen abgegeben haben, vom ebenholzfarbigen Igor im Flitterkostüm in Empfang genommen werden. Die einzelnen Räume des Clubs werden von Kameras und Mikrophonen überwacht, und es gehört zu Minskis Aufgaben, Augen und Ohren auf die Monitore und Lautsprecher zu richten, die in seinem Salon installiert sind. Das Superexcessio hält viel auf Diskretion, aber auch auf Sicherheit. Wenn einem Gast der Hormonüberschuß die Sinne raubt, alarmiert der aufmerksame Minski den Schlägertrupp, der innerhalb einer Minute für Ruhe sorgt. Und wo sollte sich jemand beschweren, der eine griechische Nacht im Homo-Club mit gebrochener Nase beendet? Wie auch immer, Garcia Novarra sitzt in drei Decken eingewickelt auf dem Sofa, schlürft den teuren irischen Whisky, den man nirgendwo in Odessa kaufen kann, wie galligen Feigenkaffee vom Billigen Jakob, und beobachtet Männer beim Sex. ›Sie sind der Typ, der seit Wochen durch die Stadt läuft und neue Freunde sucht‹, stellt Minski fest. ›Das ist völlig abartig‹, antwortet der Mann und deutet auf die Monitore, wobei nicht klar ist, ob er das meint, was sich vor der Kamera abspielt, oder die Tatsache, daß man dabei zuschauen kann. ›Die versuchen nur, sich gut zu verstehen‹, sagt Minski und dreht die Anlage ab. ›Offensichtlich‹, fährt er fort, ›haben Sie hier keine Freunde gefunden.‹ ›Ich glaube‹, sagt Garcia Novarra, ›das liegt daran, daß man mich nicht versteht. Ich kann deren Sprache nicht und die können meine nicht. Das hat sie wohl allesamt wütend gemacht.‹ Nun sieht Minski die Dinge in einem anderen Licht, und er muß sich eingestehen, daß jeder, der dieser Gestalt ansichtig wird, sie aus purem Eigeninteresse vor die Tür setzen muß. Typen wie Garcia Novarra sind ein schlechtes Omen. Du siehst ihn an, bekommst einen trockenen Hals, schlägst drei Kreuze, aber du weißt trotzdem: Etwas wird schiefgehen. Andererseits ist Minski neugierig, weil der Fremde seit Wochen durch die Erzählungen der Clubgäste geistert wie Nosferatu, der auf seinem Totenschiff übers Meer gefahren ist, um in Odessa offene Rechnungen zu begleichen. In der Tat hätte niemand sagen können, woher er kommt und was er wirklich will, den meisten hat er sich nicht einmal mit falschem Namen vorgestellt. Natürlich ist nicht verbürgt, daß er tatsächlich Garcia Novarra hieß, er hat sich bloß, wenn ihn jemand glaubhaft genug bedroht hat, stets so genannt. Und irgendwie hat der Name am ehesten zu seinem Erscheinungsbild gepaßt. Garcia Novarra, der Untote aus den Zentralkordilleren oder aus den Sümpfen des Guadalquivir oder etwas in der Art. Er ist einfach da gewesen, wie die Pest, und er hat keinen verschont, der seine Geschäfte – sagen wir: unter Ausschluß der breiten Öffentlichkeit abzuschließen pflegt. Na ja, jedenfalls sitzt Garcia Novarra in Minskis Salon, als wäre er am Ziel seiner Reise angelangt, das heißt, zunehmend entspannt und zufrieden, während Minski mit steigender Nervosität darauf wartet, daß er deutlich macht, was er sich von ihm oder vom Superexcessio erwartet. Kurzum, er möchte ihn los werden, aber nicht mit Gewalt und auch nicht mit bösen Worten, sondern in aller Freundschaft, sozusagen. Wie gesagt, Weihnachten steht vor der Tür und Minski ist kein Rüpel. Als wären die Gedanken seines Gastgebers auf dessen Stirn zu Schrift geworden, schaltet sich Garcia Novarra ein. Er verstehe das alles, sagt er. Irgendwie. Diese Blicke. Diese Worte und Gesten. Weg, weg, bloß weg. Ein Fremder, bloß weg mit ihm. Irgendwie verstehe er das durchaus. Er sei schließlich nicht von gestern, kenne die Leute, sei seit bald fünfundzwanzig Jahren unterwegs, immer in Deckung, und habe keine Lust mehr. Er wolle irgendwo zu Hause sein, das sei alles. Aber das sei auch schon wieder zu viel, das wisse er. Er sei hierher gekommen, um abzutauchen. Um nicht mehr der zu sein, der er eben sei. Er habe fünfundzwanzig Jahre gebraucht, um den Sprung zu wagen, oder besser gesagt: um den Ort zu finden, an dem er ihm möglich schien. Einen Ort tiefster Melancholie. Er denke sich, wenn man viel Unfrieden, allgemeine Übelstände, Armut, Barbarei, Bettelei, Plagen, Rebellionen, Aufruhr, Meutereien, Streitereien, Trägheit und Aufstand sehen könne, wenn das Land öde, voller Sümpfe, Moore, Steppen und Einöden sei, wenn die Städte verfaulten, Ortschaften niedergedrückt und arm da lägen, Dörfer entvölkert seien und die Bevölkerung schmutzig, häßlich und unzivilisiert sei, dann sei er genau dort, wo er sein halbes Leben lang habe ankommen wollen. Das ist natürlich eine starke Geschichte, ich meine, er schmeißt sich da an den guten Minski heran, als handle es sich um einen Unterhäuptling aus Zentral-Borneo, und Minski denkt tatsächlich an einen halluzinierenden Althippie, der in den Siebzigern die Abzweigung zu den von Castañeda beschworenen Medizinmännern verpaßt hat, du weißt schon, wo man zum magischen Hirsch ›Hallo, Freund‹ sagt und der dir mit großen Augen ›Hallo‹ zuflüstert, ›ich bin der magische Hirsch und ich kann dich trösten, wenn du traurig bist.‹ ›Zeit für dich zu gehen‹, sagt Minski, ›ich fürchte nämlich, du hast mich angelogen‹, worauf Garcia Novarra schlagartig seine Lockerheit einbüßt und sich unter den Decken einpuppt wie ein Käfer, der gerade einer Spinne über den Weg gelaufen ist. Er könne nichts für ihn tun, beteuert Minski ungeduldig. Doch, winselt Garcia Novarra, das könne er schon, er könne ihm helfen unterzutauchen, er müsse ihm ganz einfach helfen, er selbst wisse keinen Ort mehr, an den er gehen könne, und Geld – ›Ha!‹, lacht er hysterisch auf – Geld sei überhaupt kein Problem, aber Minski glaubt ihm kein Wort, sondern greift zum Telefon. Plötzlich springt Garcia Novarra aus seiner Deckung hervor und wirft sich Minski vor die Füße. ›Ich bring mich um‹, flennt er, ›wenn Sie mich auf die Straße setzen, aber ich häng mir vorher ein Schild um den Hals, auf dem steht: Der Türsteher vom Superexcessio hat's getan.‹ ›In welcher Sprache?‹, fragt Minski, worauf ihn der Typ von unten her mit offenem Mund anstarrt. ›Große Gesten verlangen nach großen Ideen‹, sagt Minski, ›beides scheint nicht Ihre Stärke zu sein, wie?‹ Garcia Novarra rollt sich auf den Rücken, starrt zur Decke hoch und stöhnt, das habe ja so kommen müssen, alles andere wäre ein Wunder gewesen. ›Was hat so kommen müssen?‹ will Minski sichtlich ungeduldig wissen. Nach einigem Zögern antwortet Garcia Novarra mit schwacher Stimme, als wär's sein letztes Wort auf Erden: ›Das Reflux-Komplott.‹

Klingt nach Citizen Kane, was? Wäre Garcia Novarra jetzt gestorben, hätte sich Minski vielleicht sein Leben lang mit dem Reflux-Komplott auseinandersetzen müssen, aber niemand stirbt im Superexcessio, deshalb erzähl ich dir jetzt, was es damit auf sich hat. Paß auf! Reflux nennt sich eine Firma auf den Niederländischen Antillen, die, wie könnte es anders sein, ein einziger Geldstaubsauger ist. Gegründet wurde sie Anfang der siebziger Jahre von einem gewissen Mark Feld und dessen Finanzberatern, aber der Mann war ein Rock 'n' Roller, gerade mal Mitte zwanzig, nannte sich Marc Bolan und produzierte mit seiner Band T. Rex einen Top-Ten-Hit nach dem anderen. Ich meine T. Rex! Wie abgefahren! If you know how to rock, you don't have to shock. Ich sage noch zu Minski: Was für einen Bären hast du dir denn da aufbinden lassen? Aber ihm sagt das alles natürlich so gut wie gar nichts, der war ja in den Siebzigern noch ein stiernackiger Komsomolz und hat in den Ferien als Erntehelfer in Kolchosen gearbeitet, die sich Roter Traktor oder so ähnlich nannten, also weit weg von Funky London Childhood. Gut, kannst du mir bis jetzt folgen? Ab 1972 lagen sämtliche Rechte der Bolan-Songs bei Reflux. Der Knabe selbst kümmerte sich nicht um Buchhaltung, sondern hatte bloß Augen für Frauen, Drogen, Autos und gut geschnittene E-Gitarren. Glam-Rock eben, Dandy in the Underworld. Harry Feld, Bolans Bruder, ein Busfahrer aus Portsmouth – frag mich jetzt bitte nicht, wie Garcia Novarra auf den gestoßen ist –, Harry Feld meint, daß die Nadelstreiftypen natürlich gleich erkannt hätten, daß sie leichtes Spiel haben würden. Er müsse ein Testament schreiben, sollen sie ihm eingeflüstert haben, erzählt der Bruder, er sei ja so viel unterwegs, da müsse er beizeiten vorsorgen. 1973 war es dann so weit, Bolan verfügte, daß die Vermögensverwalter auch nach seinem Tod das Beste aus seinem Geld machen und sich um die Erbschaftsangelegenheiten kümmern sollten. Er sei überzeugt davon, daß Marc nie gelesen hätte, was er da unterschrieben habe, sagt Harry Feld, die hätten ihm einfach ein umfangreiches Papier untergeschoben und nach der Unterzeichnung gesagt, das sei das beste Autogramm seines Lebens. Nun muß man wissen, daß der Bruder, der seit eh und je ein paar Pfund extra gebrauchen konnte, an keiner Stelle des letzten Willens berücksichtigt wurde, dafür aber Marcs Ehefrau June und seine Geliebte Gloria Jones, und die teilten mehr oder weniger den destruktiven Lebenswandel des Musikers, so daß man annehmen konnte, daß auch ihre Lebenserwartung begrenzt sein würde. Als Marc im Lauf des Jahres 1977 immer klarer wurde, daß er gar nicht erst tot zu sein brauchte, um in finanziellen Belangen entmündigt und letztlich über den Tisch gezogen zu werden, entschloß er sich, bei Reflux aufzuräumen und sich von seinen Managern zu trennen. Aber dazu kam es nicht. Am sechzehnten September, um fünf Uhr morgens, krachte er mit seinem purpurfarbenen Mini im Süden Londons gegen einen Baum. Gloria Jones, die am Steuer saß, wurde schwer verletzt, Bolan starb. Ein echter James-Dean-Tod, findest du nicht? Aus der Sicht der Mythologen, Ikonographen und Vermarktungsstrategen ein wirklich gut gewählter Zeitpunkt. Kein Rock 'n' Roller sollte über dreißig werden, wenn er sich nicht lächerlich machen will. Ich meine, schau dir die Stones an, senile on mainstream, um einen Kritiker zu zitieren. Zum selben Zeitpunkt, in dem Bolan in seinem Mini starb, wurde in seinem Haus eingebrochen, Unterlagen, Aufzeichnungen, Dokumente verschwanden und sind seither nie wieder aufgetaucht. Um halb zehn in der Früh stellte das zuständige Finanzamt bei den Erben eine Steuerforderung von über fünf Millionen Pfund in Rechnung. In der Folge wurde hin und her prozessiert. 1980 starben zwei für Reflux unangenehme Mitwisser unter seltsamen Umständen, der Bongospieler von T. Rex an einem Cocktail aus Morphium und Giftpilzen, der Bassist bei einem Autounfall. 1994 erlag June einem Herzinfarkt. Bleiben noch Gloria Jones und Sohn Rolan, beide nunmehr in Los Angeles ansässig, die, außer öffentlich herumzuplärren, bislang wenig unternommen haben, um zu ihrem Erbe zu kommen, und schließlich zwei arbeitslose Wracks, der ehemalige Schlagzeuger und der Percussionist, vor denen sich, außer den genervten Sekretärinnen am Sozialamt, schon gar niemand fürchten muß. Mit den Millionen, die Bolan verdient hat und die über die Tantiemen weiterhin auf die Konten von Reflux fließen, machen sich andere ein schönes Leben. That's Rock 'n' Roll. Also, mir ist die Luft weggeblieben, als Minski mir die Geschichte erzählt hat.«

Valeria atmet tief durch und glotzt verträumt in die Luft. Draußen zieht sich langsam der Tag zurück. Hinter den Mauern hört man aufgeregte Stimmen, ein Streit, ein Familienfest, eine Todesnachricht, weiß der Teufel.

»Das war's?« frage ich, denn ich bin, ehrlich gesagt, ratlos. Was soll ich von so einer Geschichte halten? Daß irgend etwas ...

»He, he, he, don't ride the white swan, honey, würde Bolan gesagt haben, die Geschichte ...«

... Besonderes an diesem Garcia Novarra sein muß, verstehe ich ja noch, warum sonst sollte der Unglücksvogel Olsén seiner Leiche um die halbe Welt nachreisen. Aber Marc Bolan und irgendein dubioses Reflux-Komplott? ...

»... ist noch nicht zu Ende, ich wollte dir bloß etwas Zeit geben, um das, was bisher geschah, zu verdauen ...«

... Vielleicht hat Valeria das alles einmal in der Zeitung gelesen, aber andererseits ist das einfach zu kurios um wahr zu sein. Aber gut, ich kenne die ukrainische Boulevardpresse nicht, möglicherweise ist sie so vertrauenswürdig wie Tschernobyl. Und dann ist mir …

»… Denn jetzt kommt erst Garcia Novarra …«

… immer noch nicht klar, was Garcia Novarra damit zu tun hat …

»… ins Spiel …«

… Aha, immerhin. Aber da ist noch etwas, nämlich: Minski, der große Minski, der König der Informanten, das Orakel von Odessa …

»… Minski will natürlich wissen, was das alles mit ihm, Garcia Novarra, zu tun habe, oder mit dem Club oder ganz allgemein mit Odessa, er sehe da, sagt er, überhaupt keinen Zusammenhang. Da schlägt sich der immer noch am Boden liegende Kerl mit beiden Fäusten auf die Brust und schreit mit bebender Stimme: ›Aber verstehen Sie denn nicht! Haben Sie mir nicht zugehört?‹ …«

… Minski: ein primitiver Türsteher in einem Tuntenclub? Letztendlich also ein Krimineller, der die Wahrheit biegt, wie er's braucht, da kann Valeria noch so sehr auf seine humanistische Grundausstattung insistieren. Ich habe keine Ahnung, was sie sich davon verspricht, aber ich denke …

»… ›Ich!‹, schreit Garcia Novarra und die Augen springen ihm aus den Höhlen, ›Ich bin der Schlüssel. Ich. Bin. Der. Schlüssel!‹«

… sie führt mich an der Nase herum. Vielleicht ist das Märchen vom Reflux-Komplott nur eine umständliche Ausrede dafür, daß Minski seine Verabredungen nicht einzuhalten pflegt. Wenn einem gar nichts mehr zu seiner Entschuldigung einfällt, dann sagt man eben: Du, sei mir bitte nicht böse, aber ich bin da gerade in so eine dumme Verschwörung hinein geraten, warte mit dem Essen nicht auf mich, Schatz. Und Tschüs.

»Was für ein Schlüssel?« frage ich.

»Gute Frage«, antwortet Valeria. »Der Schlüssel zu Reflux, nehme ich an. Zu den Konten auf den Niederländischen Antillen. Zu den gestohlenen Unterlagen aus der Bolan-Wohnung. Zum Geheimnis um den Tod eines Popstars. Ich weiß es nicht, und Minski weiß es auch nicht, jedenfalls hat er mir erzählt, daß er es nicht wisse. Garcia Novarra soll in Tränen ausgebrochen und nicht mehr ansprechbar gewesen sein, soll immer nur gewinselt haben, er wolle nach Hause, nach Hause, endlich nach Hause.«

Soll das, bitte schön, die Pointe sein? *Ich bin der Schlüssel.* Das heißt gar nichts, solange man die dazugehörige Fußnote nicht kennt. »Vielleicht weiß Minski mehr als er sagt?« mutmaße ich.

»Vielleicht. Schon möglich. Vielleicht hat sich Garcia Novarra sein Wissen von Reflux bezahlen lassen, vielleicht war er selbst in deren Machenschaften verwickelt? Minski behauptet jedenfalls, er habe ihm Geld und etwas zum Anziehen gegeben, mehr habe er in dieser Situation nicht tun können. Ohne ein weiteres Wort zu verlieren habe Garcia Novarra das Superexcessio verlassen und sei in Richtung Containerhafen verschwunden. Er sei ihm nie mehr über den Weg gelaufen, sagt Minski, nur gehört habe er noch einmal von ihm, am Neujahrstag nämlich, da habe jemand im Club erzählt, der verrückte Fremde habe sich draußen am Friedhof erhängt, was Anlaß zu großer Heiterkeit gegeben haben soll.«

Als hätte die Stadt wieder einmal die Pest überstanden, denke ich, das heimtückische Garcia-Novarra-Virus, das sich übers Meer angeschlichen hat wie die Winternebel ... *und keinen hatte in diesem Land, bei welchem widerhallend er sein Stöhnen, das tieffressende, ausweinen konnte, das blutige ...* Es wird krepiert, daß es nur so eine Freude ist, und die Herren schmieren sich nur umso mehr Gleitcreme in die Ärsche, es ist zum Kotzen. Die Heiterkeit der Überlebenden war groß, meine Damen und Herren, ein Gefühl, großartiger als die Todesangst zuvor, als die Gefangenen in ihren schwarzen, ölgetränkten Lederanzügen, die Beine in Ketten, in die verseuchten Häuser geschickt wurden, um sie nach der Entfernung des Toten zu säubern, aber nicht genug damit, die Leiche ist, wenn ich Olsén richtig verstanden habe, sogar verschwunden. Vielleicht im Superexcessio, vielleicht auch nicht. Vielleicht ist doch was dran an der Komplott-Geschichte, vielleicht auch nicht. Gott, ist das unbefriedigend! Bitte laßt den Vorhang fallen, die Vorstellung ist erbarmungswürdig.

Im Zimmer ist es inzwischen dunkel geworden. Valeria liegt immer noch neben mir, sie atmet gleichmäßig als schliefe sie. »Ist hier irgendwo Licht?« frage ich leise und setze mich auf die Bettkante.

»Wozu?« murmelt Valeria mit müder Stimme.

»Wozu schon! Hier herumzulungern bringt mich nicht weiter. Ich werde gehen.«

Da aber faßt mich Valeria entschlossen am Arm. »Das glaube ich weniger«, faucht sie mich an.

»Was soll das heißen?«

»Daß du nicht gehen wirst.«

Ich versuche mich loszureißen, aber sie bohrt mir ihre Fingernägel ins Fleisch. »Ich habe Schmerzen«, sage ich, aber das ist ein bißchen übertrieben. Ein leichtes Jucken, mehr nicht. »Außerdem bin ich hier, um zu arbeiten, schon vergessen?«

»Ohne Minski kannst *du* deine Arbeit vergessen.«

»Auf einen Rausschmeißer kann ich verzichten.«

»Wenn du glaubst.« Sie läßt meinen Arm los, aber ich bleibe, wo ich bin. Sie hat ja nicht unrecht. Ich habe keine Ahnung, wo ich anfangen soll.

»Kann er mir nun helfen oder nicht?«

»Sicher.«

»Wann?«

»Hängt von dir ab.« Sie zündet sich eine Zigarette an und raucht. Das zarte Licht der Glut malt ihr blasses Gesicht in die Dunkelheit. Ich sehe sie lächeln. Zum ersten Mal, glaube ich.

»Scheiße«, sage ich und lege mich wieder neben sie. Sie zündet noch eine Zigarette an und steckt sie mir zwischen die Lippen.

»Immer noch Schmerzen?«

»Es geht.« Das ist diesmal nicht gelogen. Jucken ist ja auch eine Form des Schmerzes, oder? Minutenlang liegen wir Schulter an Schulter, rauchen und sagen nichts mehr. So fließt ein Tag hinüber in die Nacht, die Bilder der Wirklichkeit verlöschen, die Lichter im Kopf flackern auf und geben der Einbildung Farbe und Form. Die Augen nehmen nichts mehr wahr, es gibt keine Gewißheit mehr, nur Gefühle und Ahnungen, und die zerdehnen sich und zerfließen, wie's ihnen beliebt, sind ständig in Bewegung. Nachts im Bett setzt sich die Welt neu zusammen. Was du vor wenigen Stunden, Minuten, Augenblicken gesehen hast, ist nur mehr noch Abbild von etwas, eines unter vielen, als wäre eine riesengroße Kiste mit Erinnerungsfotos vom Kasten herunter auf den Boden gefallen – was für eine Unordnung! Kein Bild paßt zum anderen und es kommt dir vor, daß die Abbilder von Orten und Menschen überhaupt nichts mit dir zu tun haben. Du siehst bloß, wie sich diese Orte und Menschen in den Augen eines Fremden spiegeln, und doch: Dieser Fremde ist niemand anderer als du selbst. Der Hafen in der Mittagshitze. Die trägen Medusen im schwarzen Wasser. Olséns melancholische Gestalt. Die Muschelkalkstadt. Valerias traurige kleine Welt. Lauter verblassende Abbilder, die du nicht mehr zu einem großen Ganzen zusammenfügen kannst. Was ist die

Idee dahinter? Existiert irgendwo ein geniales oder verrücktes dramaturgisches Konzept, das einen geprellten Schweizer Nudelfabrikanten, einen in ein Mord- und Betrugskomplott verwickelten aber toten Spanier, einen Landsmann, der die verlorengegangene Leiche finden und heimholen soll, einen hautkranken Journalisten und Gelegenheitsdetektiv, einen allwissenden Türsteher in einem Club für neureiche Tunten, eine frustrierte und psychisch labile Rothaarige und eine Pop-Ikone aus den siebziger Jahren auf eine Bühne bringt, deren Fundamente schon längst nicht mehr in fester Erde verankert sind, sondern in einem Untergrund aus Blut und Scheiße und Insektenlarven versinkt? Wie sollen wir diese erbärmliche Veranstaltung nennen? Wie wär's mit: Komödie eines unbekannten Spaniers?

Valeria dreht sich von mir weg und verläßt das Bett, ich höre sie mit leichten Schritten durchs dunkle Zimmer tappen, dann das Geräusch von Stoff, der über Haut gleitet. Nackt legt sie sich wieder zu mir. Ihre Haut riecht sauer, nicht wirklich unangenehm, aber auch nicht sehr anziehend. Ich küsse sie nicht. Mit den Fingerspitzen gleite ich über Arme und Rücken und Oberschenkel, ich spüre die Rippen und ein knochiges Becken und Narben. Ihre Haut ist rauh, wie aufgesprungen, die Poren stelle ich mir als viele kleine Mäuler vor, die unentwegt stumme Schreie ausstoßen. Ich drücke eine Hand zwischen ihre Beine und beginne sie zu masturbieren. Nach einer Weile preßt sie die Schenkel zusammen und schiebt meine Hand weg, ich habe keine Ahnung, ob sie gekommen ist oder ob es ihr nur unangenehm ist, was ich da mache. Sie hat mich die ganze Zeit über kein einziges Mal angerührt, und sie tut das auch jetzt nicht. Ich drehe mich von ihr weg und betaste meine vernachlässigte Gürtelrose: Die Geschwüre sind etwas dicker geworden, kommt mir vor, leichtes

Stechen, wenn ich draufdrücke, kaum wahrnehmbar, aber das kann sich ändern, wenn ich die Medikamente nicht zu mir nehme.

»Warum hat dir Minski diese Geschichte überhaupt erzählt?« frage ich.

Valeria dreht ihr Gesicht zu mir, ich spüre ihren Atem, er riecht wie ihre Haut, und wende mich ein wenig von ihr ab. »Er ist mein Mann«, sagt sie, »und der Vater meiner Tochter.«

Mein Gott, wie klein doch die Gewißheiten gegenüber den Gefühlen und Ahnungen sind! Wie großartig können Gedanken sein und wie banal die Tatsachen. Man müßte in ewiger Dunkelheit leben, nur dann gäbe es nicht groß und nicht klein, keine Begrenzungen und Entfernungen, dann wäre alles unendlich und also erträglich.

»Mach bitte das Licht an.«

Sie rührt sich nicht, sondern sagt bloß: »Du weißt nicht was es heißt, mit Minski verheiratet zu sein.«

»Nein«, sage ich, »das weiß ich wirklich nicht.« Bonnie and Clyde vom Schwarzen Meer vielleicht? »Und ich bin mir nicht sicher, ob ich es wissen will. Eines aber weiß ich: Ich möchte nicht in Geschichten hineingezogen werden, die mich nichts angehen. Alles, was ich wollte, als der Tag begonnen hat, war eine Information. Statt dessen liege ich am Ende desselben Tages mit der Frau des Informanten im Bett und habe nichts erreicht, außer Schläge, Verstopfung und eigenartige Bekanntschaften.«

Valeria schnieft, als würde sie heulen. Ich verschränke die Arme hinter dem Kopf und schaue in die Dunkelheit. So liegen wir beide da, wie ein Ehepaar, das sich nichts mehr zu sagen hat, und warten, daß uns die Müdigkeit die Sinne raubt oder daß es wieder Tag wird.

6.

Tanaïs betrat eine große Leere. Sie war ohne Geruch, ohne Geräusch, ohne Licht. Zu dieser Stunde waren die Lampen in den Straßen längst erloschen, die Zeit der späten Flaneure war abgelaufen, sogar die Hunde hatten sich in den Hinterhöfen verkrochen und bellten aus angestammten Verschlägen den Winterhimmel an. Die Stadt war beinahe unsichtbar geworden, ein schwarzer Schatten in der schwarzmilchigen Trübe einer Nacht im Januar, wie in die Luft hineingebrannt, die fett und feucht vom Schwarzen Meer über die Küste und das flache Land gekrochen kam. Tanaïs, mit weichen Knien, verkrampftem Magen und Resten von galligem Magensaft in seiner Mundhöhle, fühlte diese Leere ganz eng an seinen Körper geschmiegt, sie war nicht einfach nichts, sie war eine große Abwesenheit, die sich über ihn gelegt hatte, eine Art unendlich großes Tuch, das alles überdeckte, was er im Inneren des Hauses, im Licht, gesehen, gehört, gesagt und gedacht hatte. All das war nicht verschwunden, es war nur nicht mehr zu sehen, bestenfalls zu erahnen angesichts der einen oder anderen Form, die sich unter dem Tuch abzeichnete wie am Boden verstreutes Spielzeug, über das man einen riesigen Teppich wirft. Er stand auf der Straße und atmete kaum, riß bloß die Augen auf, um mehr zu sehen, als Schatten und Trugbilder, die ihm der abklingende Rausch noch ins Bewußtsein zu zeichnen vermochte, doch niemand und nichts bewegte sich übers Pflaster, alles, was er hörte, war sein eigener Herzschlag. Er war allein. Und als hätte er den ganzen Tag nichts sehnsüchtiger erwartet als diese Gewißheit physischer Isolation, lachte er auf, fühlte sich einen Augenblick lang glücklich, auch wenn ihm die Kleider am Leib klebten, als er sich streckte und die Arme in die Höhe hob, als wollte er die Leere noch ein Stück weiter dehnen. Mit offenen Augen in die Dunkelheit zu starren war etwas ganz anderes, als mit geschlossenen Augen sich in seine Gedanken zurückzuziehen. Jetzt sah er zum ersten Mal seit Stunden keinen fremden Mann am Baum hängen, und es kroch kein Vanilleduft in seine Nase und projizierte weibliche Geschlechtsteile auf seine Netzhaut, auf die er beinahe sein Leben lang zukroch, ohne ihnen näher zu kommen, es gelang ihm sogar, die Frau des Kaukasen, die er begehrte, wie keine andere Frau auf der Welt, in die große Abwesenheit abzuschieben. Seine ihn beherrschenden Obsessionen fielen von ihm ab, zumindest glaubte er, daß sie das taten, und so lange er das glaubte, war er glücklich. Und er ging die Straße entlang, in dieselbe Richtung, aus der er vor Stunden gekommen war, er ging mit federndem Schritt sicher über Schlaglöcher und Randsteine, und hätte es geregnet, er hätte wie einst Gene Kelly der Schwerkraft ein Schnippchen geschlagen und dabei noch aus voller Kehle gesungen. Er ging keineswegs nach Hause, sondern zurück ins Quartier der Miliz, zurück in sein Büro, vielleicht, freute er sich, vielleicht vielleicht vielleicht ist eine Information eingelangt, vielleicht löst sich das Geheimnis des unbekannten Spaniers ja von selbst, vielleicht ist heute ein Glückstag. Tanaïs dachte daran, daß sein Großvater immer vom Glückstag gesprochen hatte, von dem *einen* Glückstag, den er und sein Bruder erlebt hätten. Dieser Glückstag wurde dann zum geflügelten Wort in der Familie, aber natürlich nur, wenn alles gründlich daneben ging, denn wenn der alte Tyrann von

Glück sprach, meinte er das glatte Gegenteil. Und sein Bruder hatte ja schon längst jeden Widerspruch aufgegeben, er litt bereits unter jener geistigen Verwirrung, die ihm die Rede verschlug, und unter zu viel Luft im Darm. Damals war Tanaïs noch ein kleiner Junge gewesen, aber alt genug, um die bittere Ironie zu verstehen, die von seinen Eltern in den Begriff *Glück* gelegt wurde. Heute, hieß es, wenn alle mit langen Gesichtern am Küchentisch saßen, haben wir wieder einmal Großvaters Glückstag. Andererseits, dachte Tanaïs, sei wohl nicht ernsthaft mit einer brauchbaren Information über den Spanier zu rechnen. Woher auch? Schließlich leitete er selbst die Ermittlungen, niemand sonst, und er hatte bislang nichts zustande gebracht, außer im geistigen Ausnahmezustand den Namen Minski aufzuschnappen. Das war nicht viel. Ein Phantom, genau genommen, ein Schatten an der Wand unterweltlerischen Schweigens. Aber im Augenblick konnte kein Zweifel die gute Stimmung des Kommissars trüben, die Dunkelheit, die Stille, die große Leere waren berauschender als das Opium des Kaukasen. Es kann eine Nacht wie diese gewesen sein, schwarz und leer, die Großvaters Glückstag beschloß, dachte Tanaïs. Eine Nacht im Spätherbst ist es gewesen, so viel ist sicher, im November, allerdings nicht an der verhältnismäßig milden Schwarzmeerküste, wo der Winter wenige Wochen um den Jahreswechsel mit der üblichen mediterranen Sanftmut brach, sondern in den Alpen, wo der Altweibersommer nahtlos in die Winterstürme übergehen konnte, die das Land vier, fünf Monate unter Eis und Schnee und schneidender Kälte lähmten. So zumindest hat es der Großvater erzählt, und Tanaïs, der in seinem Leben nicht viel herumgekommen ist, hat nie daran gezweifelt. Ende November 1945 waren der alte Herr, damals noch nicht so alt, wie er sich in Tanaïs' Gedächtnis eingebrannt hatte, und sein noch der Sprache einigermaßen mächtige Bruder zu Fuß in der italienischen Adriastadt Grado angekommen. Drei Wochen zuvor waren sie aus dem deutschen Mühlberg aufgebrochen und durch Nebel, Regen und Schnee gewandert, um das Land zu sehen, in dem, wollte man einem bekannten Dichter Glauben schenken, die Zitronen blühen. Aber es blühten keine Zitronen in Italien. Ständig fragte der Jüngere nach jenen Zitronen und jedesmal versetzte ihm der Ältere eine Ohrfeige, weil er sich die Abwesenheit der Frucht nicht erklären konnte. Zu seiner großen Verwirrung blühte überhaupt nichts in Italien, zumindest nicht auf dem Weg zwischen der Grenze, die nichts weiter war als eine schwer passierbare schneebedeckte Wüste aus Wald und Fels und der Stadt Grado, die eine Ansammlung alter, geduckter Häuser zwischen ödem Sumpfland und einem bleiernen Meer darstellte. *Was für ein Glückstag!* rief der Großvater aus, als er sich erschöpft auf die Mauer der Strandpromenade setzte und auf den Horizont starrte, hinter dem keine Sonne versank, sondern eine alles gleichmachende Finsternis emporwuchs. Sein Bruder tat es ihm nach, sagte aber nichts von Glück oder dergleichen, sondern ließ den ersten seiner später legendären Fürze fahren, die kein Ende nehmen wollten und die sich anhörten wie ein Moped mit Fehlzündung. Noch in derselben Nacht kehrten sie um und marschierten drei Wochen lang zurück ins sächsische Mühlberg, ins *Stalag IV B*, am Ende halb erfroren und verhungert und einigermaßen erstaunt darüber, daß zwei Soldaten der Sowjetarmee, die weder die deutsche noch die italienische Sprache beherrschten und schon gar keine Papiere bei sich trugen, die ihnen das Verlassen ihres Regiments auch nur in den Nachbarort erlaubt hätten, unbehelligt durch halb Europa spazieren hatten können. *Was für ein Glück!* sagte der Großvater und klopfte an die Tür der Kommandantur, um sich und seinen Bruder beim Vorgesetzten zu melden. Sie blieben zusammen während der Jahre im Gefängnis, der Ältere immer verbitterter, der Jüngere immer sprachloser und darmleidender, sie standen später gemeinsam am Fischmarkt von Odessa und beinahe wären sie zur selben Zeit gestorben. Tanaïs erinnerte sich an diese Geste des Großonkels beim Begräbnis seines Bruders – wie er mit dem ausgestreckten Zeigefinger auf den mächtigen Ast über dem Laokoon gedeutet und seinen zahnlosen Mund weit aufgesperrt hat, als habe er etwas gesehen, das so grauenhaft war, daß ihm der Anblick den letzten Rest seines Verstandes raubte. Jahrzehnte später haben genau dort Tanaïs' Männer den Leichnam des unbekannten Spaniers vom Seil geschnitten. *Was für ein Glückstag!* hätte sein Vater an seiner Stelle gesagt und sich die Unterlippe blutig gebissen, weil er sich wieder einmal für den größten Pechvogel der Welt gehalten hätte. Lebte er noch. Tat er aber nicht, Gott sei Dank, ebensowenig wie der Großvater und dessen Bruder. Je weniger Familie, desto besser.

Tanaïs war beim Milizquartier angelangt, ohne daß er jemandem auf der Straße begegnet wäre. Zumindest war ihm niemand aufgefallen. Er war, so schien es ihm, durch ein unbewohntes Tal gegangen, wie seinerzeit sein Großvater und dessen Bruder, durch eine Falte in einem schwarzen Gebirge. Er stieß die Tür auf und ging am diensthabenden Beamten vorbei in sein Büro. Aus den Augenwinkeln sah er, wie der Mann aus seinem Dämmerzustand gerissen wurde, das Rückgrat durchspannte und ihn mit weit geöffneten Augen taxierte. Als Tanaïs das Licht anknipste und enttäuscht aber doch erwartungsgemäß zur Kenntnis nahm, daß sein Schreibtisch leer war, kein Zettel, keine Notiz, kein Aktenordner, hörte er hinter sich die eilenden Schritte des Diensthabenden.

»Herr Kommissar!«

Tanaïs drehte sich langsam um, als gälte es, sich auf einen Angriff einzustellen. Er blickte einem unausgeschlafenen, nervösen Beamten ins Gesicht.

»Ich habe Sie überall gesucht, Herr Kommissar ... Gut, daß Sie noch einmal hergekommen sind ...« Er stockte plötzlich, als habe er vergessen, was er eigentlich sagen wollte, rieb sich mit der rechten Hand über die Stirn und kratzte sich mit der linken am Bauch. Tanaïs schaute ihm stumm bei dieser nutzlosen Verrichtung zu. Gab es also doch Neuigkeiten. Gut!

»Es ist etwas Unvorhersehbares passiert, Herr Kommissar, in der Gerichtsmedizin ... Ein Diebstahl sozusagen ...« Tanaïs sagte noch immer nichts, verzog bloß den Mund. Was ging ihn ein Diebstahl an. Er wandte sich von dem Mann ab und ging zum Waschbecken, um ein Glas Wasser zu trinken.

»Die Leiche, Herr Kommissar, stellen Sie sich vor ... Sie ist verschwunden ... Ja, seltsam, was? Spurlos verschwunden ...« Tanaïs trank das Glas in einem Zug leer, eine eiskalte Faust wuchtete sich durch die Speiseröhre und krachte gegen die Magenwände, beinahe hätte er sich wieder erbrochen.

»Welche Leiche?« fragte er, heftig schluckend. Der Diensthabende wurde ungeduldig.

»Welche Leiche? Sie sind gut ... Der Unbekannte vom Friedhof natürlich, der mit dem Abschleppseil um den Hals ... weg, einfach so ...«

Tanaïs verstand den Sinn dieser Mitteilung nicht. Wo sollte die Leiche des Spaniers schon hingekommen sein. Vielleicht hat man sie woanders hingelegt, aber eingesteckt und weggetragen wird sie wohl niemand haben. Vielleicht brachte der übermüdete Mann nur ein paar Dinge durcheinander ... *Wir hatten die Orientierung ver-*

loren und uns nur mehr auf den Gedanken konzentriert, wie wir uns vor dem Erfrieren schützen könnten, erzählt der Großvater, aber so weit wir auch blickten, das Tal bot keinerlei Möglichkeit, Schutz vor der Nacht zu finden. Es war, als hätte jemand die Landschaft leergeplündert ...

»Sind Sie ein gläubiger Mensch?« fragte Tanaïs. »Ich meine im christlichen Sinn.« Jetzt war es der Beamte, der wortlos sein Gegenüber anstarrte.

»Geht so ... nicht sehr ... Ich meine ... Warum?« stammelte er schließlich.

»Glauben Sie an die Wiederauferstehung?« Der Mann verzog sein Gesicht wie jemand, der konzentriert entfernte Stimmen zu verstehen versucht. Dann bestätigte ihm offenbar eine Schaltstelle im Gehirn, daß der Kommissar genau das gesagt hat, was er gesagt hat, und nichts anderes. Er rang nach Luft.

»Also ... ich ... gut, ich hab's Ihnen gesagt, der Rest ist Ihre Sache ...«, zischte er Tanaïs an und strich sich die Uniform glatt: ein von einem Ranghöheren gedemütigter niederer Dienstgrad. »Na jedenfalls hat die Geschichte heute abend für allerhand Aufregung gesorgt, das können Sie mir glauben ... Vielleicht nicht bei Ihnen, aber das ist Ihr Kaffee ...« Er ging zurück zu seinem Tisch gleich neben der Eingangstür ... *Dieses Tal schien mir übler zugerichtet worden zu sein, als ich es je zuvor an einem anderen Ort während des Krieges gesehen hatte, fährt der Großvater fort, und ich habe viele zerstörte Orte gesehen. Die Wiesen waren verbrannt und die paar Bäume, die noch aus ihnen herausragten, waren abgestorben, sie hatten weder Nadeln noch Laub. Die Stämme waren größtenteils gespalten, wie nach Blitzeinschlägen, manche lagen über das Tal verstreut, als wären sie durch die Luft geschleudert worden. Kein Tier war zu sehen noch zu hören ...*

Tanaïs wollte den Mann nicht beleidigen, aber seine

Meldung war einfach zu absurd. Andererseits, dachte er, als er sich an seinen Tisch setzte und sich eine Zigarette anzündete, würde das Verschwinden eines mysteriösen Toten dem ganzen Fall die Krone aufsetzen. Eines morgens hängt er, der Namenlose, von irgendwo und nirgendwoher kommend, an einem Baum, am Abend hat er sich dann in Luft aufgelöst, als wäre er nichts als ein Trugbild gewesen, ein kollektiver Traum. Ein Zeichen, hätte man in früherer Zeit gesagt. Ein Omen. Er stand wieder auf und trat hinaus in den Gang.

»Wie soll denn das vor sich gegangen sein?« fragte er den Diensthabenden. Der schmollte einige Sekunden lang, entschied sich aber doch, den Ranghöheren nicht vor den Kopf zu stoßen.

»Völlig ungeklärt. Die Leiche lag einfach nicht mehr dort, wo sie den ganzen Tag über gelegen ist. Und auch nicht anderswo. Man hat sie überall gesucht, vergebens. Jemand muß sie unbemerkt aus dem Institut getragen haben. Jemand, der Zugang hatte und nicht die geringste Spur hinterließ. Im übrigen bin ich der Auffassung, daß ein Wunder auszuschließen ist, um Ihre Frage von vorhin zu beantworten.«

... Von Minute zu Minute wurde es dunkler, die Berge, die das Tal umschlossen, nahmen die Farbe des Himmels an: schwarz. Mich packte würgende Angst, die mir das Nachdenken unmöglich machte. Ich sagte zu meinem Bruder: Weitergehen, nicht stehenbleiben, doch waren keine drei Schritte zu machen, ohne über totes Holz zu stolpern oder in Bodenlöcher zu treten und sich dabei die Gelenke zu verdrehen. Meine Kleider waren von Schweiß durchtränkt und klebten kalt auf der Haut. Nie zuvor war ich mir so sicher, den nächsten Tag nicht mehr zu überleben ... Er müsse sich wohl ins Unvermeidliche fügen, dachte Tanaïs, und einen Todesfall ohne Leiche untersuchen. Wenn er Glück hatte,

würde der Staatsanwalt die Einstellung der Ermittlungen verfügen. Dann wäre aus dem Kriminalroman *Ein Fall für Kommissar Tanaïs* die *Komödie des unbekannten Spaniers* geworden. Der Untergang des Kommunismus hatte auch seine humorvollen Seiten ... *Aber zu sterben, ausgerechnet an diesem Ort, sagt der Großvater, den Krieg überstanden zu haben, vom Regiment ausgebüchst zu sein, unbehelligt besetztes Gebiet durchquert zu haben, um schließlich unter Umständen zu krepieren, für die man keine Erklärung hat, das wollte ich nicht wahr haben, das durfte nicht geschehen. Das hier war etwas völlig anderes als im Schützengraben, dort weißt du, was dich erwartet, eine Kugel, ein Granatsplitter oder auch gar nichts davon, aber dieses Tal war eine Art göttliche Laune, es war nicht mehr in der Welt, zumindest nicht in jener, von der ich eine Vorstellung hatte. Ich dachte: Vielleicht ist das so, wenn man sich einen Wunsch erfüllen will, und mein Wunsch war, von der Armee wegzukommen, nie wieder nach Hause zurückkehren zu müssen, sondern Italien zu sehen, die Zitronen und das Meer, nicht das Schwarze, sondern das ewig blaue. Vielleicht gibt es nicht einmal das kleinste Glück, ohne zuvor ein großes Unglück überstehen zu müssen. Steh auf, sagte ich zu meinem Bruder, geh weiter, egal, was passiert, ob du dich fürchtest oder dir deine Beine verrenkst, denk nicht nach, sondern geh einfach weiter ...*

»Sagen Sie«, rief er dem Diensthabenden zu, »was ist für Sie Glück?« Der Mann sah ihn wieder mit großen Augen an. »Jetzt kommen Sie schon, seien Sie nicht immer gleich eingeschnappt, wenn ich ein bißchen persönlich werde. Die Leiche finden wir heute sowieso nicht mehr.«

»Nun ... Glück ist ... Nun ja, ich würde sagen, Glück ist der Zustand vollkommener Wunschlosigkeit ... Also für mich zumindest, denke ich ...«

»Aber nein, zögern Sie nicht«, unterbrach Tanaïs das Gestammel. »Der Zustand vollkommener Wunschlosigkeit. Das ist ein schöner Gedanke, wirklich. Ich denke, das hat auch mit der großen Abwesenheit zu tun, mit dem Nichts als universale Anwesenheit der Abwesenheit ... Es freut mich, daß Sie das gesagt haben, das macht vieles leichter für mich. Obgleich hinter jeder Glückserwartung, sozusagen mit der Keule in der Hand, das Unglück lauert. Das Gute ist leider nur um den Preis des Bösen zu haben ... Überlegen Sie einmal: Ist jeder glücklich, der das, was er will, auch hat? Anders gefragt: Ist man je wunschlos oder folgt nicht auf jeden Horizont, auf den man zusteuert, ein neuer, bis ins Unendliche? Denken Sie darüber nach, Sie werden sehen, die Antwort lautet: Nein.«

... Ich wünschte, sie hätten uns damals gleich an die Wand gestellt und erschossen, als wir nach Mühlberg zurückgekommen sind. Das wäre das größte Glück überhaupt gewesen ...

Der Diensthabende schaute ins Leere, schwer zu sagen, ob er sich der Rede des Kommissars verschlossen hatte, oder ob er sich darüber Gedanken machte. Dann gähnte er, rieb sich die Augen und lehnte sich mit verschränkten Armen zurück. Tanaïs warf die Zigarette zu Boden, die nur mehr aus einem angeschmorten Filter zwischen den Fingern bestand, da sagte der Mann, mehr vor sich hin als zu ihm: »Der Mensch muß lernen, bescheidener zu werden.«

Tanaïs zündete sich eine neue Zigarette an, nicht etwa weil er Lust drauf hatte, sondern gegen die Müdigkeit, die sich auch in seinen Gliedern breitmachte. Er ging ins Büro zurück, drehte das Licht ab, blieb aber, als er das Milizgebäude verlassen wollte, unschlüssig vor der Tür stehen.

»Sagt Ihnen der Name Minski etwas?« fragte er den Diensthabenden, der ihm, die Arme über der Brust verschränkt, unter halb geschlossenen Lidern entgegenblickte und offensichtlich nur darauf wartete, daß er ihn in Ruhe seinen Dienst absitzen ließ.

»Wersollndassein?« murmelte er, da wurde die Tür von außen mit einem Schwung aufgestoßen, daß der vom Schlag an der Schulter getroffene Tanaïs einige Schritte zurücktaumelte, sich wie ein aus dem Takt geratener Ballettänzer um die Längsachse drehte und das rechte Bein weit abspreizte, um nicht zu Sturz zu kommen. Zwei Männer, um die Hüften mit ledernen Kränzen geschmückt, an denen schwer ein breites Sortiment an Schuß-, Stich- und Hiebwaffen hing, betraten den Raum. Die Nachtstreife! Einen Augenblick lang blieben sie wie angewurzelt stehen, taxierten die Lage, in die sie unvermutet geraten waren, und salutierten schließlich vor dem Kommissar, als den sie den torkelnden Mann schließlich identifiziert hatten. Dieser wiederum hielt dieses Zusammentreffen nach einer Schrecksekunde für einen Glücksfall, denn nun wußte er, wie er bequem nach Hause befördert werden würde.

Augenrollend, er nahm das gleichgültig zur Kenntnis, machten die beiden kehrt, um dem Begehren des Ranghöheren nachzukommen. Ob ihnen vielleicht der Name Minski ein Begriff sei, wollte Tanaïs wissen, als der Wagen mit hohem Tempo, als befinde man sich auf Einsatz, abwechselnd über breite Boulevards und durch enge Gassen fuhr. Minski, sagte der eine, Minski, das ist doch, Moment mal, nein, ist das nicht ... Na ja, setzte der andere den unsicheren Gedankengang fort, dieser Prügler, heißt der nicht Minski? ... Was für eine Branche denn?, fragte der eine ... Weiß nicht genau, antwortete Tanaïs, Drogen, Rotlicht, etwas in der Art. Prügler, sagten Sie? ... Ja, also kein richtiger Totschläger, mehr so ein Türsteher, aber keiner von diesen Bodybuildern, die gleich jedes Kiefer zertrümmern, das ihnen nicht zu Gesicht steht, erklärte der andere ... Minski aus dem Superexcessio, präzisierte der eine, sagt Ihnen das etwas? ... Tanaïs verneinte ... Schwulentreff, obere Zehntausend, wenn Sie verstehen, die regeln ihre Probleme intern ... Ist somit eigentlich nicht unser Revier. Ja, Minski, ist der eigentlich auch schwul? ... Keine Ahnung, aussehen tut er ja danach, ich meine – glatter Kerl, drahtiger Typ, gute Anzüge und so ... Kennen Sie noch einen anderen Minski?, fragte Tanaïs ... Eigentlich nicht, sagte der andere, zumindest nicht in dieser Branche ... Ich kenne auch in anderen Branchen keinen Minski, so heißt doch kaum einer ... Und was ist das für ein Typ? ... Wie ich schon sagte, erklärte der eine, glatt, schwer zu durchschauen, eine Art englischer Diener, der mit ausdrucksloser Miene den Dreck aufräumt ... Eher so ein Schleusenwärter, unterbrach der andere, der die Türen nur so weit öffnet, daß gleiches zu gleichem findet, auch gesellschaftlich, meine ich ... Mehr weiß ich eigentlich nicht über ihn, sagte der eine, der hat mit wichtigen Leuten zu tun, wissen Sie, da läuft der Kontakt zu unserem Verein auf einer anderen Ebene ... Also, sagte Tanaïs, fahren wir hin ... Wie? Ins Superexcessio? ... Genau!

Aber der Club war geschlossen. Kein Licht, keine Reaktion auf Klingeln und Klopfen. Vielleicht war er auch nicht geschlossen, aber um das zu überprüfen hätte Tanaïs mit einem Panzerwagen die Tür aufbrechen müssen. Enttäuscht und müde wies er die zwei Männer an, ihn nach Hause zu bringen. Immerhin war er einen Schritt vorwärts gekommen. Zumindest beschloß er, daran zu glauben.

Als er sich ins Bett legte, wachte Lya auf und fragte ihn mit matter Stimme, wo er denn so lange geblieben sei. Sie stellte ihm immer dieselbe Frage, wenn er spät nach Hause kam, seit vielen Jahren schon, eigentlich seit sie verheiratet waren, außer in der ersten Zeit, da hatte er alles unternommen, um möglichst früh daheim zu sein, und immer gab er ihr dieselbe Antwort: viel zu tun. Dann gab er ihr einen Kuß auf die Stirn, wie immer, nur diesmal drehte sie sich nicht gleich um und schlief weiter, sondern sagte:

»Da hat übrigens jemand ein paarmal für dich angerufen.«

»Wer?«

»Er hat gesagt, er heißt Minski.« Tanaïs fuhr erschrokken hoch.

»Wann?«

»Am Abend. Beim Fernsehen. Mitten in der Lottoziehung.«

»Minski? Bist du sicher?«

»Bin ich blöd?« sagte sie gähnend, drehte sich um und zog die Decke über den Kopf. Tanaïs schüttelte sie, wollte wissen, was Minski gesagt, ob er eine Nachricht hinterlassen habe, ob er einen Rückruf erwarte, doch Lya zeigte wenig Reaktion, ein enerviertes Grunzen höchstens, schließlich nicht einmal mehr das. Sie war eingeschlafen und hatte das Geheimnis um Minskis Anruf mit sich genommen. Und dort würde es gut aufgehoben sein, bis der Wecker läutete. Er gab auf, verschränkte die Arme hinter dem Kopf und schaute in die Dunkelheit. Sie atmete tief und gleichmäßig, gleichgültig gegenüber seinen Gedanken und Bedürfnissen, ein Stück bewußtloses Fleisch. Er wartete voll Ungeduld, daß ihm die Müdigkeit die Sinne rauben oder daß es wieder Tag werden würde.

Der zweite Tag

I.

Man hat ja seine Haut nicht nur, um sich im klaren darüber zu sein, daß die Welt zwei Seiten hat. Mit dieser Erkenntnis zurecht zu kommen ist nicht leicht, weil man gleichzeitig in zwei entgegengesetzte Richtungen denken muß.

Simulacrum: Häutchen: Trugbild.

Man kann mit seiner Haut viel anstellen, man kann sie berühren und berühren lassen, allein in dieser Hinsicht gibt es eine Vielzahl von Möglichkeiten. Man kann sie weiters kratzen, schneiden und reißen, man kann ihr Verbrennungen und Erfrierungen zufügen, man kann sie verhüllen und entblößen. Sie kann sich zusammenziehen und ausweiten. Man kann mit ihr verfahren wie mit der Sprache, denn sie verfügt, obwohl sie so endlich erscheint, über eine nicht zu nennende Zahl an Ausdrucksmöglichkeiten.

Haut. Hülle. Die fünf Hüllen des Selbst: Bewußtsein: Vitalität: Sinne: Verstehen: Seligkeit.

Warum ich mir solche Gedanken mache, hat einen einfachen Grund: Olséns Hang zur philosophischen Hinterfragung aller Ursachen. So schweigsam er gestern, während unserer Begegnung am Kai von Odessa, gewesen ist, so redselig sitzt er mir nun in der Lobby des Hotel Londonskaya gegenüber und ich muß sagen, daß mir das wirklich kein Vergnügen bereitet. *Bewußtsein.* Olsén: »Was trinken Sie?« *Vitalität.* Ich: »Nichts, danke.« *Sinne.* Olsén: »Fräulein! Miss! Ja … Hierher! Für mich einen Whisky …

Bourbon, wenn Sie haben ... und einen schwarzen Kaffee, und für den Herrn hier ...« *Verstehen.* Ich: »Nichts, danke ... Wirklich nicht!« *Seligkeit.* Olsén: »... Einen café au lait ... Aber sicher, ja, und einen Cognac auch noch, einen kleinen wenigstens!« *Vorhang auf: Ein neuer Tag bricht an. Die Sonne kommt, sie scheucht den Traum hinweg im Nu, und von den Bergen streicht ein Schauer auf mich zu.*

Nicht allein, daß Olsén eine überraschende Unverschämtheit an den Tag legt und die vergangene Nacht vermutlich in seinen Kleidern und ganz sicher nicht in seinem Hotelzimmer zugebracht hat – sein wollener Siebziger-Jahre-Nadelstreifanzug ist zerknittert und aus der Fasson geraten, wie aus dem Hintern gezogen, hat meine Mutter in so einem Fall immer gesagt, als sie noch am Leben war, das breite Revers hat er hochgeschlagen und sein geöltes, nach hinten gekämmtes Haar ist an manchen Stellen durch die Feuchtigkeit eingesprungen und schlägt Wellen, die ihm in richtungslosem Chaos vom Kopf schwappen und die sich trotz ständigem Zurückstreichens nicht glätten lassen – nicht allein sein erbärmliches Aussehen also verleidet mir den Morgen nach einer Nacht ohne viel Schlaf, und auch nicht so sehr sein Mundgeruch, der, poetisch betrachtet, die Ballade vom blutgefüllten Magengeschwür erzählt, dem es in seiner feuchtfinsteren Höhle zwischen Bruder Nikotin und Schwester Alkohol zu eng wird und das deshalb demnächst den Durchbruch beabsichtigt. Nein: Was mir wirklich zu schaffen macht, ist meine gürtelrosezerfressene Haut, die ich mir am liebsten vom Fleisch kratzen möchte. Lauter kleine, rote Pusteln mit nässenden Bläschen oben drauf, an beiden Seiten des Körpers von den Achseln bis zu den Hüften hingestreut.

»Jede sprossende Pflanze, die mit Düften sich füllt, trägt im Kelch das ganze Weltgeheimnis verhüllt, besagt so treffend das Dichterwort«, doziert Olsén, nimmt seinen

Whisky Bourbon aus der Hand der Kellnerin mit der transparenten Bluse in Empfang, und trinkt das Glas in einem Zug leer. Jedesmal, wenn die Kleidung die wunden Stellen auf meiner Haut berührt, fühlt sich das an, als drücke jemand Zigaretten auf ihr aus. »Kommen Sie, zeigen Sie mir die Schrift Ihres Leidens und lassen Sie mich ein wenig im Buch Ihres Lebens schmökern«, sagt Olsén und streckt seine Hände nach mir aus. Ich rücke von ihm ab wie das Kind vom zudringlichen Fremden. »Glauben Sie mir, mein Freund, ich bin ein guter Leser und ich weiß zu interpretieren. Ich bin ja ein geistiger Wechselbalg, einmal in Kierkegaardscher Färbung, dann in jener des Cervantes. Ich kenne die kalte und die heiße Verzweiflung, meine Seele verfügt über eine faustische und eine magische Seite, ein Umstand, der mich nach außen hin ein wenig düsterer erscheinen läßt, als es den meisten Menschen, die mir über den Weg laufen, zuträglich ist, dessen bin ich mir durchaus bewußt. Andererseits jedoch ist dieser Umstand die nützlichste aller Grundlagen für die Klarheit des Denkens. Darum hören Sie: Jede Geschichte hat einen Anfang, auch Ihre. Blättern Sie zurück zum ersten Satz, und Sie haben die Ursache der Tragödie oder Komödie oder des Melodrams vor Augen. Überlegen Sie: Aus der einfachen Frage ›Wer da?‹ entwickelt sich der Hamlet, aus ›Sagt, wann ich euch treffen muß‹ der Macbeth. Wie banal und doch so folgenreich! Nun, ich denke, ich gönne mir noch einen Bourbon. Mir scheint, ich komme wieder auf Touren.«

Er bestellt und sieht mir dabei zu, wie ich lustlos an meinem café au lait nippe. Vielleicht hat er ja recht, vielleicht ist mein Zustand und die Tatsache, daß ich überhaupt hier bin, in Odessa, in der Lobby des Londonskaya, entstellt und durch eine chronische Darmverstopfung aufgebläht, der Büttel eines Schweizer Nudelfabrikanten, der vermutlich aus Dummheit oder Selbstüberschätzung Opfer eines Betrugs geworden ist, auf einen fehlerhaften Satz am Anfang oder zumindest auf den ersten Seiten meiner Geschichte zurückzuführen, den es zu korrigieren gilt. Doch andererseits: Bin ich überhaupt der Autor dieser Geschichte oder nicht doch eher eine Figur? Ich meine, ein Macbeth könnte ja auch nicht einfach im letzten Akt inne halten, weil ihm plötzlich in den Sinn kommt, daß er der Bösewicht des Stückes ist, und noch einmal von vorne beginnen, nur um seine Rolle neu anzulegen. Er kann nicht aus der Geschichte treten und Shakespeare einen Schuft heißen, mit dem er in Zukunft nichts mehr zu tun haben will. Ich habe keine Ahnung, wessen Feder ich es verdanke, daß ich in die Welt geschrieben werde, ich denke aber doch, daß ich die Schrift nicht aufhalten oder gar löschen kann. Ich bin nicht glücklich darüber, ich wäre wirklich lieber ein strahlender Held, dem alles gelingt, was er anfaßt, aber was soll ich tun? Was geschehen ist, ist nicht mehr rückgängig zu machen, und was geschehen wird, kann ich beim besten Willen nicht voraussehen. Freilich, so schlimm, wie heute morgen war es noch nie. Mein Autor, um bei diesem Bild zu bleiben, muß in übler Stimmung gewesen sein, als er sich daran machte, das nächste Kapitel meiner Geschichte zu schreiben, nachdem er mich mit Valeria ins Bett geschickt hat. Ich muß den Eindruck erweckt haben, als stünde ich unter Strom, als ich von ihrer Wohnung zurück ins Hotel ging, die Arme vom Körper abgespreizt, wie ein Hampelmann, um den Raum zwischen Haut und textiler Hülle möglichst groß zu machen, und dennoch immer wieder zusammenzuckend, wenn eine leichte Brise vom Hafen her mir das Hemd auf den Leib drückte. Ich sah Olsén schon von weitem auf der Straße vor dem Hoteleingang auf und ab gehen, eine schwarze Krähe, die beizeiten den Flug in die Heimat verabsäumt hat und seither einsam unter fremden Artgenossen umherstelzt. Ich sah ihn, wie er sich ununterbrochen durchs Haar fuhr, eine Zigarette im Mundwinkel, und wie er dabei ständig den Kopf gesenkt hielt, als suche er einen verlorengegangenen Gegenstand am Boden. Die Passanten machten einen Bogen um ihn wie um einen Aussätzigen, und erst als ich ihn an der Schulter berührte, hob er fahrig den Kopf, als wäre er aus einem Tagtraum gerissen worden, sah mich an, ratlos zuerst, aber nach wenigen Augenblicken schon klärte sich sein Blick, und er drückte mir die Hand und sagte, er sei erleichtert, daß ich so schnell gekommen sei. Jetzt war ich es, der verständnislos ins Leere blickte, aber das schien er weiter nicht zur Kenntnis zu nehmen, denn er schob mich lachend durch die Drehtür des Londonskaya, und das tat höllisch weh. Ich schrie auf, machte einen Bocksprung in die Lobby, daß Olsén der Mund offenstand, blieb eine Erklärung allerdings nicht lange schuldig und sagte, daß ich, was er natürlich nicht wissen könne, unter einer schmerzhaften Hautkrankheit leide, die über Nacht akut geworden sei, was sich allerdings schon gestern abgezeichnet habe, als wir zusammen am Kai gesessen seien, um auf Minski zu warten. Deshalb müsse ich sofort auf mein Zimmer, um die nötigen Medikamente einzunehmen. Ich ließ ihn stehen, eilte zum Aufzug und fuhr in den vierten Stock …

… »Ich bin nicht mehr der, der ich gestern war«, hatte ich zu Valeria gesagt, als ich aus dem Bett gekrochen war und meinen Körper im Licht des erwachenden Tages gesehen hatte. Mein Bauch war aufgetrieben und steinhart gewesen, darüber hatte sich eine Landschaft aus nässenden Geschwüren gespannt, eine Hundertschaft kleiner roter Vulkane, in denen unangreifbare Virenstämme tief unter der Haut meinen Körper in brennende Flüssigkeit verwandelten. Sie war aus all den kleinen Kratern geflossen, war durch die Täler gekrochen, auf deren Grund die Haut noch einen Rest ihres natürlichen Zustands hatte bewahren können, und war nach einiger Zeit in Poren und unter Schrunden wieder versickert. So hatte mein Körper begierig in sich aufgesaugt, was seine Schmarotzer abgesondert hatten, und so war ich bis oben hin angefüllt mit meiner eigenen Scheiße, die mir die Därme zu zerreißen drohte und mit dem Sekret des Herpesvolks, das sich meiner schon vor Jahren bemächtigt hat und ich seither wie eine Besatzungsmacht mit mir durchs Leben schleppe, bis sie mich irgendwann zur Gänze okkupiert und zerstört haben wird …

… Bei meinem Zimmer angekommen, steckte ich die Magnetkarte ins elektronische Schloß, mußte allerdings zur Kenntnis nehmen, daß sich die Tür nicht öffnen ließ. Ich probierte es noch einmal, drehte die Karte in alle möglichen Richtungen, doch ich blieb ausgesperrt. Entnervt fuhr ich zurück in die Halle, wo Olsén – mein Mephisto, kam mir in den Sinn, als ich ihn so sah, schwarz und süffisant lächelnd, als wisse er etwas, was ich nie erfahren würde –, wo also Olsén an der Rezeption eine ukrainische Zeitung zu entziffern versuchte, und meldete den Defekt beim Portier, der mich zu meinem Zimmer begleitete und denselben Vorgang, bei dem ich bereits gescheitert war, eigenhändig zu verrichten suchte, da er meinen Worten offenbar keinen Glauben schenken wollte. Er hielt mich wohl für einen ungeschickten Gast, doch schließlich versagte sich auch ihm das Türschloß. Über sein Mobiltelefon rief er sichtlich verärgert den Hausarbeiter an, der nach längerer Zeit, während der ich erfuhr, daß die Mikroelektronik ein schwer zu verstehendes Feld sei, bepackt mit einer metallenen Werkzeugkiste, o-beinig und schwitzend daherkam und gleich uns die Tür nicht zu öffnen vermochte. Ich trat einige Schritte beiseite und rieb mir die feuchten Augen. In der Tat, ich heulte stumm vor mich hin, wie damals als Kind, beim Begräbnis meiner Mutter, ich heulte, weil ich so viel Unglück nicht fassen konnte …

… »Schau mich einmal an«, hatte ich zu Valeria gesagt und war ans Fenster getreten, um mich im besten Licht eines Odessaer Morgens zu präsentieren. Sie war am Bettrand gesessen, das rote Haar stand ihr zu Berge und die kleinen Brüste hingen kraftlos von den Rippen. Ich hatte den Eindruck gehabt, als wollte sie in diesem Augenblick dasselbe zu mir sagen: Sieh mich an! Sieh das grobe Muster, das die Zeit meinem Körper aufgedrückt hat. Sieh den Menschen, der will und immer nur will und nie auch nur den kleinsten Teil seines Wollens Gestalt werden sieht.

Wir hatten uns angesehen in diesem Zimmer aus kalter Häßlichkeit, sie, ein alterndes Mädchen mit grauer, großporiger, sich immer mehr in Falten legender Haut, dunkle Ringe unter den Augen, ich, ein Mann ohne Muskeln, mit schütterem Haar, verseucht, entstellt.

»Ich werde nach Hause fahren«, hatte ich gesagt, »ich brauche Minski nicht mehr. Ich werde den Vorschuß zurückzahlen und – nun, ich habe keine Ahnung, was ich machen werde.« Dann hatte ich meine Kleider zusammengesucht und mich angezogen, vorsichtig, denn jede Berührung war schmerzhaft. Valeria hatte mir zugesehen und geraucht. Ihre Nacktheit ist niederdrückend gewesen, sie hatte mich an abstoßende Orte erinnert, so abstoßend wie diese Wohnung, wie ein abgetretener Linoleumboden, wie eine Fußgängerunterführung in einer Großstadt, wie ein Zweite-Klasse-Abteil der Österreichischen Bundesbahnen, Orte, die man mit seinen Sinnen nicht erfassen möchte, wenn es sich vermeiden läßt.

Sie hatte wissen wollen, wann wir uns wieder sehen würden, als hätte sie mir nicht zugehört, als hätte sie mich die ganze Zeit bloß angesehen und nicht begriffen, daß ich aufgegeben hatte ...

... Der Hausarbeiter unterhielt sich eingehend und lange mit dem Portier, mir blieb also genug Zeit, um meine feuchten Augen trocken zu reiben. Die Männer winkten mich zu sich heran und erklärten betreten, da sei wohl nichts zu machen, vermutlich sei der Chip defekt oder jemand habe daran herummanipuliert, wie auch immer, jedenfalls müsse das Teil auseinandergenommen und repariert werden, und wenn es dann immer noch Probleme gebe, müsse ein Fachmann von der Firma, welche die Schlösser installiert habe, geholt werden, um ein neues Schloß einzubauen. In jedem Fall war mir der Zutritt in mein Zimmer auf längere Zeit verwehrt. Ich möge doch, so der Portier, in der Lobby Platz nehmen und so lange warten, bis man mir genauere Informationen zu geben imstande sei. So kam es, daß ich die nächste Zeit mit Olsén zubringen und auf seine insistente Art hin Ursachenforschung betreiben muß. Und ich bete inständig, daß ich nur zu bald allein sein kann, um meine Wunden, die äußeren und die inneren, zu versorgen.

Als ich vorhin aus dem Lift in die Lobby trat, war Olsén noch immer mit der ukrainischen Zeitung beschäftigt. »Ich dachte, ich könnte mich ein wenig in der Welt orientieren«, sagte er ohne aufzublicken, »aber ich muß gestehen, ich fühle mich ausgesetzt wie Robinson auf seiner Insel. Wer die Sterne nicht zu deuten versteht und den Flug der Vögel und meinetwegen auch die Anordnung der ausgelösten Eingeweide bei den Kannibalen, der wird auch mit diesen Schriftzeichen nichts anfangen können. Es gelingt mir nicht einmal, die Fußballresultate zu entziffern.«

Ich ließ mich in einen der Fauteuils fallen, was ziemlich weh tat, atmete tief durch und bemühte mich in der Folge, so wenig Bewegung wie möglich zu machen, bis ich auf mein Zimmer durfte.

»Na?« fragte Olsén, legte die Zeitung beiseite und setzte sich zu mir.

»Na was?« sagte ich gereizt. »Ich sitze auf Nadeln. Im wahrsten Sinn des Wortes. Außerdem: Warum sind Sie überhaupt hier?«

»Ganz einfach«, antwortete Olsén gelassen und winkte in Richtung Bar. Eine Geste, die dort gar nichts auslöste. »Stellen Sie sich vor, ich komme heute morgen in mein Hotel zurück und der Portier drückt mir eine Nachricht von Minski in die Hand. ›Aha!‹ denke ich. ›Feuer am Dach!‹ flüstert der Mann und legt die Stirn in Falten, denn Herr Minski höchstpersönlich sei am Apparat gewesen, und das komme nicht alle Tage vor. Ich, einigermaßen überrascht, ahne nichts Gutes, falte den Zettel auseinander, und was lese ich? ›Mann über Bord‹ steht da geschrieben. Und: ›Treffpunkt Londonskaya, 9 Uhr. Gruß Minski.‹« Aus der Innentasche seines Jacketts zog er besagten Zettel hervor und reichte ihn mir.

»Und Sie haben sofort gewußt, worum es geht?« fragte ich und gab ihm die Notiz zurück.

»Überhaupt nicht, deshalb bin ich gleich hierher gekommen. Ich hatte nicht einmal die Zeit, mich umzuziehen. Ich bin dann vor dem Hotel auf und ab gegangen, habe mir jeden Passanten genau angesehen und damit gerechnet, daß mich jeden Augenblick jemand ansprechen würde, aber nichts ist passiert, bis Sie plötzlich hinter mir gestanden sind und mich an die Schulter gefaßt haben.«

»Dann war Ihnen sofort alles klar?«

»Sagen wir: Ich hatte ein gutes Gefühl. Ich hatte ja nicht mit Ihnen gerechnet.«

»Aber was soll dieses dämliche ›Mann über Bord‹? Soll das eine Information sein, oder was? Ich bin diese Spiele leid. Orientierungslauf habe ich in der Schule schon nicht ausstehen können.«

Olsén dachte nach. »Ich denke, jetzt, wo ich Sie so vor mir sehe, Minski hat Sie gemeint«, sagte er. »Ich denke, Sie haben das Handtuch geworfen.«

»Selbst wenn es so wäre, weiß ich nicht, was Minski das angeht. Und ich kapiere schon gar nicht, warum er Sie in die Sache mit hineinzieht. Schließlich war ich auf keinem Boot, von dem ich hätte abspringen können. Ich wollte Informationen, die habe ich nicht bekommen. Gut. Ich bin krank und habe weder Lust, mein Leid länger zu ertragen, noch mich für mein plötzliches Desinteresse zu rechtfertigen. Welche Konsequenzen würden Sie an meiner Stelle daraus ziehen?«

»Haben Sie aufgegeben?« fragte Olsén.

»Ja, verflucht nochmal, hören Sie mir denn nicht zu? Ich habe aufgegeben. Mir steht nämlich diese Odessa-Bande bis oben hin. Ich will nichts weiter, als in mein Scheißzimmer und dann diese Scheißstadt und dieses Scheißland verlassen und diesen Scheißjob an den Nagel hängen. Ist das so schwer zu verstehen?«

Ich hatte ehrlich gesagt den Eindruck, daß er nicht verstand. Oder mich nicht ernst nahm. Er sah mich an, als ob er sich für mich verantwortlich zu fühlen hätte. Mitleidig. Vorwurfsvoll. Enttäuscht. Er sah mich an, als ob ihm weiß der Teufel was daran läge, die Wurzel allen Übels freizulegen, und er sprach über die Haut und das Buch des Lebens, über Kierkegaard und Cervantes und Faust und das Wesen der Verzweiflung, und an diesem Punkt stehen wir jetzt, er seinen Bourbon schlürfend, ich meinen café au lait, ohne während der ganzen Zeit die zentrale Frage berührt zu haben: Was tun wir hier? Ich meine, abgesehen von warten – was mich betrifft, auf den Zugang zu meinem Zimmer, zu den Medikamenten, die Besserung versprechen und zum Koffer, der mir die Abreise ermöglicht, und er einmal mehr auf Odessas Gottseibeiuns Minski.

»Ich zum Beispiel«, sagt er nach einer Weile, »ich ziehe mir die Haut des anderen über. Daher rührt mein tieferes Interesse für die körperliche Hülle. Ich versuche mir einen Menschen ganz intensiv vorzustellen, bis er beinahe greifbar vor mir steht, und dann löse ich mich auf und dringe in diesen Menschen ein. Am Ende habe ich mir seine Haut angezogen wie einen Overall und schaue aus ihm heraus.«

»Ich würde Ihnen nicht raten, diese Methode der Anverwandlung heute bei mir anzuwenden«, antworte ich.

»Keine Sorge, Sie müssen schon mit sich selbst zurecht kommen«, erwidert er lächelnd. »Ich will damit nur erklären, wie man jemandem auf die Spur kommen kann, wenn man die Fährte verloren hat. Denn nichts, was je passiert ist, ist ausgelöscht, es ist immer da. Es ist nur eine Frage der Intuition, es zu finden, es sei denn, man sucht nach einem Phantom, aber das tun wir beide ja nicht. Garcia Novarra, um konkret zu bleiben, war höchst lebendig, auch wenn er hier in Odessa untergetaucht und unter seltsamen Umständen gestorben ist. Ja sicher: Auf den ersten Blick vermag niemand zu sagen, wann und wie genau er in die Stadt gekommen ist, was er hier getan und wer ihn auf dem Gewissen hat, und schließlich: wohin sein Leichnam verschwunden ist. Ratlos steht man da und sagt sich: ein großes Mysterium! Dann aber geht man in sich, holt sich den Menschen in Gedanken ganz nahe zu sich heran und sagt sich: So mein Freund, jetzt wechseln wir die Kleider, ich schlüpfe in dich, mein Bewußtsein füllt deine Haut aus. Dann beginne ich zu spüren, was er gespürt hat, es geht um Vibrationen, und nicht ums Sehen, verstehen Sie? Es geht um eine Vielzahl von Informationen, die in die Haut eingeschrieben sind, Hitze, Kälte, Berührungen, Schmerzen, Angst, Freude, Lärm, Stille, Geruch, Trockenheit, Feuchtigkeit. Daraus läßt sich sehr viel ableiten. Was ich damit sagen will, ist, daß Minski nicht die Lösung des

Problems ist und die Odessaer Verhältnisse nicht maßgeblich den Erfolg unserer Arbeit beeinflussen. Odessa ist genauso gut wie jeder andere Ort, an dem wir nach jemandem suchen, die Frage ist nur: Wie sehr gelingt es uns, an das Sensorium des Gesuchten anzudocken? Minski ist – sagen wir: eine Brücke. Er verkürzt mir den Weg, sofern er sich jemals blicken läßt. Aber selbst einige Tage auf ihn zu warten ist immer noch ökonomischer, als einen Fluß entlang zu gehen, von dem man nicht weiß, wie lang er ist, um irgendwann vielleicht einen ungefährlichen Übergang zu finden, vielleicht aber auch nicht.«

Mein Gesicht glüht wie das eines minderjährigen Prüflings, der an der Reihe ist, der Welt eine kluge Antwort zukommen zu lassen. Aber ich habe nichts zu erwidern. Ich habe keine Einwände. Er schaut mich schon wieder so an mit seinen traurigen Augen, die mir gestern am Kai schon als erstes aufgefallen sind, und wartet, und ich habe nicht die geringste Idee, was ich zu diesem Gespräch beitragen soll. Was erwartet er überhaupt von mir? Zustimmung? Ablehnung? Eine geniale rhetorische Parade? Einsicht oder Reue ob meiner Absicht, unverrichteter Dinge abzureisen? Was weiß er denn schon über meine Absichten? Wir laufen uns das zweite Mal im Leben über den Weg, wissen so gut wie nichts voneinander, außer daß wir einem gewissen Minski hinterherlaufen, und schon maßt er sich an, mir Feigheit vor dem Feind zu unterstellen. Und Schwäche, als simuliere ich mein Leid nur. Und schließlich bedeuten seine Klugheiten nichts anderes, als daß er mir die Fähigkeit abspricht, mein Leben zu organisieren. Ausgerechnet er! Ein spanischer Däne, ein hybrider *Kierkevantes*, ein Verlierer wie er im Buche steht. Wie ich mein Leben organisiere, hängt nicht von mir ab, aber das erzähle ich ihm nicht. Wenn einem die tote Mutter im Nacken sitzt, die ihr Kind nicht nur in jedem Augenblick seit seiner

Geburt, sondern auch im Moment ihres Freitods eifersüchtig umklammert hat mit ihren vom krankhaften Fasten spindeldürren Armen, die einen kleinen Körper aber einschnüren konnten wie Stahlseile, dann stellt sich die Frage, was man aus seinem Leben macht und wie man es macht, anders, als wenn man sich nur von seinem Nazivater abzuspalten hat. Wenn einem die tote Mutter im Nacken sitzt, die ihrem Sohn nicht zumuten wollte, daß er eines Tages möglicherweise an derselben Krankheit leiden könnte wie sie, die ihm aber sehr wohl zumuten mochte, nach einem Sturz in einen felsigen Abgrund mit gebrochenen Knochen und bis aufs Fleisch abgeschabter Haut sein Leben noch einmal zu beginnen, diesmal jedoch allein, sieht man von den Ärzten und Therapeuten ab, dann stellt sich die Frage, ob einem eine in der Ukraine verschwundene Nudelfabrik eine Herzensangelegenheit ist oder nicht, anders, als wenn man seine Jugend damit zugebracht hat, seine Identitätskrisen zu bewältigen. Wie war das noch? *Mein Vater war immer nur der Däne, und ich bin bis heute in Motilla del Palancar der Sohn des Dänen, obwohl ich in meinem ganzen Leben noch keinen Fuß auf dänischen Boden gesetzt habe.* Sind das Sorgen? Aber auch darüber werde ich mit ihm nicht sprechen. Ich werde nichts davon erwähnen, auch wenn er mir noch so auf den Zahn fühlt. In einem aber hat er vermutlich recht: Nach dem, was mir Valeria über Garcia Novarra erzählt hat, ist die Ähnlichkeit beider Männer verblüffend. Wenn der verlorengegangene Spanier eine Figur in einem Drama ist, dann ist Olsén die denkbar beste Besetzung für diese Rolle. Beide sind miteinander verschmolzen. Dann denke ich: Vielleicht ist Garcia Novarra wirklich nur eine Fiktion, die mein Gegenüber bloß mit Leben ausfüllt, so wie Minski nur eine Fiktion ist, die Valeria vor sich her trägt wie die Prozessionsgänger die Marienstatue. Ich meine, das ist doch wirklich seltsam, daß in dieser Geschichte lauter unsichtbare Personen die Hauptrolle spielen, so etwas kommt doch im richtigen Leben gar nicht vor.

Er habe, sagt Olsén plötzlich, als ertrage er die Stille zwischen uns beiden nicht mehr länger, die vergangene Nacht für ausgiebige Nachforschungen genützt. Er habe getan, was Garcia Novarra seiner Überzeugung nach getan hat, als er nach Odessa gekommen ist. Er habe sich in den Clubs in der Gegend des Hafens umgehört, nicht in den exklusiven, die von den neureichen Tunten frequentiert würden, das sei nicht Garcia Novarras Liga gewesen, zumindest nicht in den letzten Jahren. Er sei durch Lokale gezogen, die sich Zlatorog, King Kekulé, Nauseea, und Pit Bull genannt hätten, Lokale, in denen man auf der Suche nach einem guten Gespräch am Ende eines langen Arbeitstages nicht gerade fündig werde, dafür aber formlos zu einem kurzfristigen Beschäftigungsverhältnis kommen könne, wenn man einige Fähigkeiten im Schattengewerbe und eine niedrige Hemmschwelle in Sachen Gewaltanwendung mitbringe. Garcia Novarra sei zwar keine Verbrechernatur gewesen und auch kein Gewalttäter im engeren Wortsinn, schränkt Olsén ein, dafür aber anpassungsfähig, gerade in Zeiten, in denen es ihm nicht so gut gegangen sei, und die habe es immer wieder gegeben, nicht nur in der letzten Phase seines Lebens. Er habe, erzählt Olsén, in diesen Lokalen nichts erreicht, niemand habe sich an Garcia Novarra erinnern können, es habe den Anschein gehabt, als sei er nie in der Stadt gewesen. Die fünfte Adresse in dieser Nacht, das Yum Yum, sei schließlich ein Glückstreffer gewesen. Der einzige Gast, der schon reichlich betrunken an der Theke gelümmelt habe, so Olsén, sei zugleich der Besitzer gewesen, ein gewisser Darko le rouge, der den späten Besucher zu sich gewunken und während der Entkorkung einer Flasche Champagner behauptet habe, er sei der Sohn des legendären schwarzen Darko, und das könne ihm Odessa nicht verzeihen. Deshalb sei das Yum Yum zumeist leer, aber das mache ihm nichts aus, weil der Club gleichermaßen öffentlicher und privater Raum und damit auch seine Wohnung sei und er so nicht in die Verlegenheit komme, Leute hinauswerfen zu müssen, wenn er seine Ruhe haben wolle. Dieser Darko le rouge nun habe sich an einen Mann erinnern können, auf den Olséns Beschreibung gepaßt habe, kein Wunder bei dieser Besucherfrequenz, an einen Mann also, dessen Name er vergessen habe, der am Silvesterabend im Lokal aufgekreuzt sei und gesagt habe, auf englisch übrigens, er wolle eine Zigarette kaufen. Nicht eine Packung. *Just one Cigarette, Sir!* Zwei Gäste seien anwesend gewesen, die den Auftritt dieser Trauergestalt bezeugen könnten, wenn Darko le rouge nicht vergessen hätte, wer sie gewesen seien. Nun gut, Darko le rouge habe ihm eine Zigarette geschenkt und einen Whisky dazu, *be my guest*, und gefragt, so gut es eben sein Englisch erlaubt habe, was der Grund für diese Bescheidenheit sei, *Your wishlessness*. Da habe der Fremde nur bitter gelacht und gesagt, er wolle bloß eine Zigarette, eine letzte Zigarette auf den Tod von Marc Bolan rauchen. Marc Bolan?, habe Darko le rouge gefragt, den kenne er nicht. Das sei nicht weiter schlimm, habe der Mann gesagt und hinzugefügt: *I've killed Marc Bolan.*

Olsén holt tief Luft, streicht sich mit beiden Händen durchs Haar und schnalzt mit der Zunge. »Was sagen Sie dazu?« fragt er mich.

»Garcia Novarra soll Marc Bolan umgebracht haben? Ich dachte, der ist bei einem Autounfall gestorben.«

»Unter niemals geklärten Umständen allerdings«, sagt Olsén.

»Seien Sie mir bitte nicht böse, aber ich frage mich, was diese Geschichte wert ist. Alles, was ich über Garcia

Novarra gehört habe, deutet doch darauf hin, daß bei dem Mann nicht nur eine Schraube locker war. Valeria hat mir gestern einiges erzählt, von seinem Auftritt im Superexcessio und vom Reflux-Komplott. Also, was immer der Mann auf dem Kerbholz hatte, ich halte das alles für eine Schimäre.«

Von der Rezeption her ruft der Portier meinen Namen und verkündet befriedigt, daß in wenigen Augenblicken mein Problem gelöst sei, es könne sich nur um Minuten handeln. Das freue ihn, sagt Olsén und schaut mir einmal mehr lange in die Augen, dann ebenso lang auf seine Uhr. Minski wird nicht kommen, das muß ihm inzwischen klar geworden sein. Bevor ich auf mein Zimmer gehe, um zu tun, was immer ich zu tun gedenke, wolle er die verbleibende Zeit nutzen, sagt er, um einige Mißverständnisse auszuräumen. Ich hätte nämlich die Tragweite seiner Aufgabe nicht erfaßt, wenn ich allen Ernstes der Überzeugung sei, er, Olsén, reise in der Weltgeschichte umher, um Phantome zu jagen oder die Leichen durchgedrehter Spanier zu exhumieren. Deshalb müsse er mir

GARCIA NOVARRAS GESCHICHTE

erzählen. Also gut, dann eben noch eine Geschichte ...

... In der Nacht vom sechzehnten auf den siebzehnten April 1960 wurde ein Junge aus Pont de Suert, das liegt am Fuß des Maladetta-Massivs auf der spanischen Seite der Pyrenäen, von einer große Unruhe erfaßt. Nun könnte man meinen, das sei nichts Ungewöhnliches angesichts der Frühlingsstürme, die wie jedes Jahr von den Gipfeln des Hochgebirges hinunter ins Tal donnerten, das winterschwache Holz in den Wäldern brachen, daß das Bersten und Splittern kilometerweit zu hören war, die den Schnee in den Karen zu reißenden Bächen verwandelten, Baumleichen, Felsen, Schutt und mancherlei Getier in den Abgrund rissen und dort den Oberlauf des schmalen Flusses anschwellen ließen, der wütend und weit über seine Ufer ausholend auf Pont de Suert zuraste. Diese Nacht war lichtlos und lärmend, der Frühling kam wie ein tobendes Tier über den Ort, man konnte es nicht sehen, aber man roch seinen Atem und schloß daraus auf seine Gefährlichkeit. Es war groß und es war unzähmbar, aber man hatte damit zu leben gelernt, denn es kam immer zur selben Zeit, es war so zuverlässig wie Weihnachten, Ostern oder Pfingsten, die selbst in den düstersten Zeiten der Diktatur oder des persönlichen Leids in den Kalendern festgeschrieben waren. Das wußte auch der Junge, wenngleich er bislang weder mit der Diktatur noch mit persönlichem Leid nähere Bekanntschaft gemacht hatte. Er war ein wohlbehüteter Junge, der in einem gut gebauten Haus lebte, das von keiner Katastrophe dieser Welt hinweggefegt werden konnte, zumindest von keiner, die er sich in seiner Phantasie auszumalen imstande war. Er hatte noch nie das Meer gesehen und auch noch keine richtige Stadt, er war noch in keinem Kino gewesen und in keinem Theater, er war, möchte man meinen, ein sehr beschränkter Junge, ein Tor von parzivalischem Ausmaß, vielleicht sogar ein Dummkopf, aber nichts davon ist wahr. Es stimmt, er hatte Pont de Suert nie verlassen, aber dafür kam die Welt jenseits der Pyrenäen zu ihm, direkt in sein Zimmer, in Form von Büchern und Musik. Er wußte so gut wie nichts von der Wirklichkeit, aber er wußte sehr viel von ihrer Verdichtung als Kunst. Er wußte, daß es Menschen gibt, die, anders als er, ihre Heimat verlassen, um auf neuen Kontinenten neue Wesen zu entdecken – er hatte seinen Gulliver gelesen. Er wußte, daß es Menschen gab, die über sich hinauswachsen wollen, die Ideale verfolgen – er hatte auch seinen Don Quichotte gelesen. Er wußte, daß sich Menschen unsterblich verlieben und ihre Gefühle gleichzeitig verleugnen können, bis sie daran zugrunde gehen – er kannte seinen Cyrano de Bergerac. Und dann wußte er auch, daß es eine Sprache ohne Worte gab, eine Sprache jenseits der Vernunft, eine Sprache, die Gefühle nicht ausspricht, sondern den Zuhörer fühlen läßt, die Sprache Bachs und Mozarts und Mahlers und Aranjuez' und sogar Iradiers, dessen Habaneras er mühelos und zur Freude seiner Mutter auf dem Klavier oder der Gitarre zu spielen verstand. Deshalb hatte seine Unruhe nichts mit der Angst vor den Naturgewalten zu tun, die waren ihm zu vertraut, wie überhaupt alles, was die Berge betraf, ihn nicht das Fürchten lehren konnte. Es war ein Traum, der ihm den Schlaf raubte, den Schweiß auf die Stirn trieb, ihn zwischen den Laken hin und her wälzen ließ. Ein seltsamer Traum, der ihn an nichts erinnerte, was er je zuvor geträumt, geschweige denn wirklich erlebt hatte. Kein Alptraum und auch kein bizarres Szenario, von dem er sich nach einigen Schrecksekunden im Wachzustand hätte lösen können, es war vielmehr eine Erscheinung oder eine Botschaft, etwas, das sich beim Licht der Nachttischlampe nicht verflüchtigte, sondern sich, im Gegenteil, noch verstärkte, wie eine Ahnung, die sich zur Gewißheit festigt, wie die lang gesuchte Antwort auf eine schwierige Frage. Er hatte sich in diesem Traum mit der Gitarre in der Hand ein Schiff besteigen sehen, ein Schiff in Form eines weißen Schwans, das ihn von einer felsigen Küste aufs Meer hinaustrug, von dem er nicht viel mehr sah als eine glatte, grünliche, wie marmorierte Oberfläche, unter der bunte Fische hin- und herflitzten, und die in einiger Entfernung sich in weißem Nebel auflöste. Er hatte dieses Schiff bestiegen, ohne zu wissen warum und wohin es ihn bringen sollte, es war auch sonst kein Mensch anwesend gewesen, der ihn geleitet oder verleitet hätte, er war einfach in blindem Vertrauen, als sei alles längst ausgemacht und jenseits aller Zweifel, an Bord gegangen und in den Nebel hinaus geglitten, der ihn schließlich umschlossen hatte, so daß er nichts mehr jenseits des Kahns erkennen hatte können. Nur ein leichtes Wogen des Untergrundes war spürbar gewesen und ein sanfter Wind, der seinen Körper umspielt und eigenartigerweise die Gitarre zum Klingen gebracht hatte. Letzteres hatte zwar keine Melodie ergeben, vielmehr ein verhaltenes rhythmisches Wummern, eine dumpfe, symmetrische Klangreihe, die er noch nie zuvor von diesem Instrument wahrgenommen hatte, die ihn aber dazu gebracht hatte, den Körper in Bewegung zu setzen, wie ein ekstatisch Betender, kreisende Bewegungen mit der Hüfte, schwankende mit dem Oberkörper, zuckende mit dem Kopf. Mit einem Mal hatte er gewußt, wohin die Reise geht, plötzlich war da eine Gewißheit gewesen, nach England nämlich, und England wird das Himmelreich sein, hatte er zu sich selbst gesagt, ohne zu wissen, warum. Dann war der Junge …

… Moment mal … Was? … Ich … Ich sehe über Olséns Schulter, wie der Portier am Empfang den Arm hebt und schwenkt wie ein vom Sturm gebeutelter Ast. *Vielleicht*, denke ich, *sind Träume die tolerierbare Seite des Irrsinns, vielleicht stimmt das wirklich.* »Es kann sich nur mehr um Minuten handeln«, ruft mir der Mann mit einem Grinsen wie ein verzweifelter Clown entgegen, als ich auf seine Geste hin den Kopf hebe …

… Dann also war der Junge aufgewacht, draußen tobte der Sturm, nebenan schliefen die Eltern, er hörte das eintönige Schnarchen des Vaters auf der anderen Seite der Wand, und er hatte diese unumstößliche Eingebung, daß das Leben, das er bisher geführt hatte, zu Ende war. Er stand auf, zog sich an, nahm den Rucksack aus dem Kasten, stopfte Kleidung hinein, bis er prallvoll war. Dann klemmte er die Gitarre unter den Arm, schlich die Treppe hinunter ins Arbeitszimmer des Vaters, er brauchte sich gar nicht besonders anzustrengen, leise zu sein, das Unwetter übertönte jedes Knarren des Bodens und jedes Öffnen der Türen, steckte alles Geld ein, das er in der Schreibtischschublade finden konnte, und verließ das Haus. Er ging zu Fuß die Straße entlang, die in südlicher Richtung aus dem Tal hinaus auf Lérida zuführte, wo er noch nie gewesen war, deshalb hatte er keine Ahnung, wie lange er würde marschieren müssen. Er ging, einige Stunden lang, mit dem Wind im Rücken, und als der Morgen graute, war er erschöpft und durchgefroren und müde und hungrig und von Lérida war weit und breit nichts zu sehen. Nur Berge ringsherum. Er dachte schon, er würde nie im Leben nach England kommen, als von Norden her ein Autobus sich näherte. Er stellte sich auf die Straße und winkte und tatsächlich blieb der Autobus stehen, so daß er einsteigen und dem finster dreinblickenden Fahrer weismachen konnte, es tue ihm leid, aber seine Mutter läge in der Stadt im Krankenhaus, und er habe bei dem schlechten Wetter die Haltestelle einfach nicht finden können. Das sei schon gut, sagte der Fahrer, verlangte kein Geld für die Fahrkarte und achtete nicht weiter auf den Jungen. So gelangte dieser bis Lérida. Dann bis Zaragoza. Dann bis Pamplona. Dann bis San Sébastian. Dort sah er zum ersten Mal in seinem Leben das Meer, aber es beeindruckte ihn nicht, ihm schien, als sei er damit vertraut, ebenso mit der Tiefe des Raumes, mit der Weite des Himmels und der glitzernden Wasseroberfläche, die kein Ende nehmen wollte. Am Hafen fragte er ein paar Leute, wo England sei. Die lachten nur und antworteten, indem sie mit dem Finger auf den Horizont zeigten: »Dort.« Aber dort war nichts zu sehen, also mußte er weiter fragen. Ein Mann sagte ihm: »Im Norden.« Der Junge fragte: »Wie komme ich nach Norden?« »Gar nicht«, sagte der Mann und ging weiter. Der Junge besann sich auf seinen Traum und hielt nach einem Schiff Ausschau, das wie ein Schwan aussah. Er fand es nicht. Am nächsten Morgen ging er noch einmal den Hafen entlang, und als der zu Ende war und der Schwan immer noch nicht zu sehen war, ging er weiter und folgte der Küste, die genau so aussah wie die Küste in seinem Traum, felsig und wild, und über dem Meer hing der Nebel. Er marschierte den ganzen Tag und erreichte schließlich eine Ortschaft namens Fuenterrabia. Dort antwortete ihm eine Frau, bei der er was zu essen kaufte, auf die Frage, wie weit es noch bis Norden sei: »Hier, mein Junge, ist Spanien zu Ende. Viel mehr Norden wirst du nicht finden. Und jetzt geh nach Hause zu deiner Mutter, die wartet sicher schon auf dich.« Was, so dachte er, nicht stimmen könne, denn die Küste ging ja noch weiter, also machte er sich wieder auf den Weg, schlug sich allerdings in die Büsche, denn wo er auch hinsah, standen Männer in Uniform und kontrollierten jeden, der sich auf der Straße bewegte. Seltsam, dachte er, daß Spanien überhaupt zu Ende sein kann, vor allem, wo das Land so weit war, ganz anders als in Pont de Suert, wo die Pyrenäengipfel einen einschlossen wie ein riesiges fensterloses Haus. Er hatte aber immer gedacht, daß dieses Haus mitten in Spanien stehe, daß hinter den Felswänden nichts sein könne als Spanien und wieder Spanien, obwohl er natürlich von anderen Ländern gelesen hatte, von England und Balnibarbi, von Frankreich und Atlantis, von Italien und El Dorado, von Griechenland und Saba. Aber das waren Länder, die nur in Büchern existierten und in den Erzählungen der Mutter, na ja, und England schließlich auch in seinem Traum. England war im Norden, so viel wußte er. Er wußte nur nicht genau, wo Norden war. Er erinnerte sich daran, daß sein Vater oft vom Norden sprach, wenn er das

Land hinter dem Maladetta-Massiv meinte. Und daß, von Lérida aus gesehen, sein Heimatort auch im Norden lag. Norden konnte überall sein, auch an der Stelle, an der er gerade stand. Und wenn er einen Schritt vorwärts machte, dann konnte das genausogut Norden sein. Es kam nur auf den Standpunkt an. Wann also würde er wissen, daß er nordwärts genug sei, um sich in England zu wissen? Im Traum hatte er das Meer überqueren müssen. Wenn er also mit einem Schiff in Richtung Norden fahren würde, müßte eigentlich das erste Stück Land, das er zu sehen bekommt, England sein. Jetzt wäre es gut, die Mutter in der Nähe zu haben, die wissende Mutter, die ihm alles aus den Büchern beigebracht hatte, die ihm tage- und nächtelang vorgelesen und erzählt und anschließend all das Wissen von ihm abgefragt hatte, in Sprachen, von denen er sich gar keine Vorstellung hat machen können, daß sie irgend jemand irgendwo spricht. Aber er konnte sie sprechen und er konnte sich dadurch ständig verwandeln, konnte immer ein anderer Bewohner eines Phantasielandes sein, konnte die Berge in seiner Vorstellung wegzaubern und statt dessen die Wüsten Ägyptens, die steinigen Felder Kleinasiens oder die schneeverwehten Steppen Rußlands imaginieren. Seltsam war, daß er seit Tagen durch das Land ging und fuhr, sich Essen besorgte und unter freiem Himmel schlief, Menschen nach dem Weg fragte oder ganz einfach am Straßenrand ausruhte, ohne daß sich jemand darum gekümmert hätte, wer er sei und was er so ganz allein zu schaffen habe. Niemand scherte sich um ihn, und er zweifelte schon daran, daß ihn seine Eltern überhaupt vermißten. Vielleicht war seine Abwesenheit niemandem aufgefallen. Vielleicht fiel seine Anwesenheit niemandem auf. Der Junge ging und schlief im Gras und ging weiter, bis er in eine Stadt kam, in der eindeutig nicht spanisch gesprochen wurde, dafür aber eine jener Phantasiesprachen, die ihn seine Mutter gelehrt hatte. Eine Sprache, dachte er, weicher und nasaler als jene, mit der sich wirkliche Menschen im wirklichen Leben zu unterhalten pflegten. Es machte ihm keine Probleme, den erstbesten Menschen in dieser Sprache zu fragen, an welchem Ort er sich befinde. Der Mann, er hatte einen großen Bauch und trug einen hellen Anzug und einen Strohhut am Kopf, sah ihn verwundert an und sagte: »Bist du noch ganz normal, du kleine Kröte? Geh nach Hause oder geh in die Schule oder geh zum Teufel. Hier in Biarritz ist das Betteln nicht gern gesehen.« Biarritz also! War das schon England? Nein, unmöglich, er hatte ja kein Wasser überquert. Biarritz, erfuhr er, lag bei den Franzosen und die wiederum lagen nördlich der Pyrenäen und damit auch des Maladetta-Massivs und damit wiederum nördlich von Pont de Suert. Die Welt kam ihm plötzlich ganz klein vor. Es bedurfte keiner großen Anstrengung und schon gelangte man von einem Land ins Nächste, von einer Sprache zur anderen. Im Hafen von Biarritz sah er unter einem ganzen Schwarm kleinerer Boote ein weißes Schiff vor Anker liegen. Es hatte zwar, außer der Farbe, nichts von einem Schwan an sich, aber es hieß *Swansea*, was ihn an eine andere Sprache erinnerte, die ihm seine Mutter beigebracht hatte. Er fragte einen der weiß gekleideten Männer, der gerade an Bord gehen wollte, ob dieses Schiff nach England fahre. »Yes, Sir!« sagte der Mann, kniff ihn in die Wange und ließ ihn am Ende des Landestegs stehen. Als der Mann im Bauch des Schiffes verschwunden war, folgte ihm der Junge. Er betrat die *Swansea* und dachte: »Jetzt fahre ich nach England!« Und ob man's glaubt oder nicht – er fuhr, unentdeckt, wie er zuvor schon von Pont de Suert bis Biarritz gereist war. Am vierundzwanzigsten April 1960 betrat er englischen Boden, am fünfundzwanzigsten stand er mit dem Rucksack über der linken und der Gitarre über der rechten Schulter am Piccadilly Circus mitten in London und wunderte sich, daß sich hier offenbar alle Autos dieser Welt versammelt hatten, um sich auf der falschen Straßenseite gegenseitig vor sich her zu jagen. Fulgencio Garcia setzte sich auf die Stufen des Erosbrunnens und begann Habaneras zu spielen, was den Passanten ausnehmend gut gefiel, so daß sie ihm ununterbrochen Münzen zuwarfen. Von diesem Tag an nannte er sich Garcia Novarra und machte sich drei Jahre älter, um sich keine unnötigen Probleme einzuhandeln ...

... Bewegung in der Lobby ... Der Portier ... Da schau her! Er eilt freudestrahlend auf mich zu. »Ich glaube, wir haben Ihr Problem gelöst«, sagt er und bleibt neben meinem Fauteuil stehen. Ich will mich gerade hochstemmen, da legt mir Olsén eine Hand auf den Arm und sagt: »Eine Minute, ich bin gleich fertig. Ich denke, das sollten Sie noch hören.« Also lasse ich mich wieder in die Polster sinken und höre zu. Der Portier bleibt auf seinem Posten stehen ...

... In London lernte Garcia Novarra einen gleichaltrigen Jungen kennen, der ebenso Gitarre spielte, bloß keine Klassiker, sondern dumpfe, symmetrische Klangreihen, ähnlich wie er sie in seinem Traum gehört hatte, als der Wind sich im Resonanzkörper seines Instruments verfangen hatte. Dieser Junge kam aus einer jüdischen Arbeiterfamilie aus Hackney, hieß Mark Feld und behauptete von sich, ein ganz außerordentlicher junger Mann zu sein, der mit anderen jungen Männern nichts am Hut habe. Er nannte sich einen Mod, womit er eine ganz bestimmte Art sich zu kleiden meinte, und erzählte, nachdem er von Garcia Novarras Traum erfahren hatte, daß am siebzehnten April, also an jenem Tag, dem die unruhige Nacht vorangegangen war, etwas Tragisches und zugleich etwas Verheißungsvolles passiert sei. An diesem Tag seien nämlich

Eddie Chochran und Gene Vincent bei einem Autounfall tödlich verunglückt. Garcia Novarra sagten diese Namen gar nichts, da packte ihn Mark an der Schulter und erklärte es ihm: Elvis habe den Rock 'n' Roll verraten und singe nur mehr Schnulzen, der sei weg vom Fenster. Bill Haley sei eine Eintagsfliege und werde von Tag zu Tag fetter als sein Haar. Buddy Holly sei tot. Und jetzt habe es Eddie und Gene erwischt. Mit einem Wort, die Bahn sei frei für ihn, Mark Feld, und warum nicht auch für einen unbekannten Spanier, vorausgesetzt, er gewöhne sich diese barocke Klimperei ab. Saiten dürften nicht angeschlagen oder gezupft, sie müßten zerrissen werden. Andernfalls könne er gleich an der Seite von Cliff Richard die vierte Tunte von links abgeben. Natürlich sah Garcia Novarra jetzt auch nicht klarer, aber Marks Enthusiasmus war so anstekkend, daß er sagte: »Gut. Ich bin dabei!« ...

... »Seltsame Geschichte«, sage ich. »Woher wissen Sie über alle Einzelheiten Bescheid?«

»Weil er sie mir erzählt hat«, antwortet Olsén. »Und jetzt gehen Sie auf Ihr Zimmer.«

»Und was haben Sie vor?«

»Ich werde noch ein wenig warten ... Auf Minski meine ich.«

Der Portier und ich gehen zum Aufzug. Meine Schmerzen haben etwas nachgelassen. Immer, wenn Hilfe naht, geht's einem besser, das ist wie mit dem Zahnarzt. Wer im Behandlungsstuhl sitzt, spürt nichts mehr. Ehe sich die Fahrstuhltür schließt, sehe ich noch einmal zu Olsén hinüber. Er ist auf die Hälfte seiner früheren Körpergröße eingesunken, ein Haufen alter Knochen und blutlosen Fleisches unter einem schwarzen Anzug. Er lächelt mir zu, dann schiebt sich die Tür zwischen unsere Blicke. *Vielleicht*, denke ich, *ist der einzige Zweck seines Daseins diese Geschichte, die er immer und immer erzählt. Vielleicht ist seine ganze Existenz an diese Geschichte geknüpft.* Vielleicht, vielleicht. Vielleicht, hat ein kluger Mann einmal gesagt, ist das Geschichtenerzählen ein ebenso elementarer Trieb wie die Sexualität.

»Ich hoffe, Sie hatten trotzdem eine schöne Zeit in Odessa«, sagt der Portier und zieht eine neue Magnetkarte aus dem Rock, die er mir triumphierend unter die Nase hält wie den Lottoschein mit den sechs goldenen Tips.

2.

In Odessa beginnt der Tag nicht mit einem Hahnenschrei. In dieser Hinsicht unterscheidet sich die Stadt nicht von anderen Städten ihrer Größenordnung. Es gab Zeiten, da hörte man den Widerhall von Schüssen in den Straßen, zumeist in der Stunde zwischen Dunkelheit und Dämmerung. Dann gab es Zeiten, das war vor den Schießereien, da war die Morgenstunde erfüllt vom Gezeter der Menschen, denen gleich nach dem Aufwachen klar geworden war, daß sie sich gegenseitig nicht mehr ertrugen. Kein Haus, in dem nicht gestritten, geschlagen, geheult, Möbel und Geschirr zerschlagen wurde. Irgendwann hatten sich die Leute beruhigt, jeder wird wohl tagsüber seiner Wege und abends müde ins Bett gegangen sein, ehe das Erwachen bei Tagesanbruch die Gemüter mit neuem Zorn erfüllte. Seit jeher aber beginnt der Tag in Odessa mit dem Aufstand der Krähen. Morgens machen sie einen solchen Lärm, daß sie die Gäste in den billigen Hotels beim Bahnhof wecken. Ihr Gezänk ist lauter als das Knirschen und Klappern der Straßenbahnen. Seit seiner Kindheit hatte sich Tanaïs nicht daran gewöhnen können. Die Stimmen der Streitenden hatte er so sehr verinnerlicht, daß sein erwachendes Bewußtsein sie wahrgenommen hatte wie Regentropfen am Fenster, wie die Nebelhörner der Schiffe, wie den undichten Wasserhahn im Bad: beruhigend und nicht störend. Als eine jener Kontinuitäten, die dem Leben Struktur gaben, die Ort und Zeit der Handlung markierten, in die man am Ende der Träume gerade eintrat. Die Schüsse waren schon beunruhigender gewesen, weil man nie gewußt hatte, woher sie gerade kamen. Doch bald war sein professionelles Interesse daran geweckt worden, und er hatte sich die Verortung sowie die Rekonstruktion der blutigen Auseinandersetzung auf der Grundlage des Gehörten zum geistigen Morgensport gemacht, zumal er wußte, daß er im einen oder anderen Fall mit der Aufklärung betraut sein würde. Bloß die Krähen raubten ihm den letzten Rest des Schlafes, den besten Teil, wie er fand, jenen Schlaf, der als ein Hinübergleiten von einer tiefen Bewußtlosigkeit in einen wohligen Dämmerzustand beschrieben werden kann, als Changieren zwischen hier und dort, zwischen innen und außen. Es war der Zustand, in dem sich die Träume langsam auflösten, wie Blasen, die an die Wasseroberfläche schweben, um sich dort mit der Atmosphäre zu vereinen. Doch kurz vor dem Zerplatzen, wenn sie im Licht des Tages aufzuleuchten begannen, erreichten diese Blasen oder Traumbilder ihre größte Klarheit. Eine Klarheit, der er ganz selten gewahr wurde, weil sie stets von den Krähen in den Akazienbäumen vor dem Fenster zerhackt wurde.

Tanaïs erwachte neben seiner schlafenden Frau und verfiel sofort in eine tiefe Traurigkeit. Diese hatte weniger mit Lya zu tun, die träge und schnaufend in den Laken lag wie eine Seekuh im Sand, sondern vielmehr mit dem Traum, der gerade hinter ihm lag. Er hatte von der Frau des Kaukasen geträumt. Das war noch nichts Besonderes, sie war ihm im Schlaf schon oft begegnet, so daß er mittlerweile das Gefühl hatte, er sei mit ihr intim wie mit einer langjährigen Liebhaberin. Doch diesmal war etwas Seltsames geschehen. Es war, als wollte der Traum kein Ende nehmen, als gäbe es keine Grenze zwischen Schlaf und Erwachen, als sei alles gleichermaßen wirklich. Er hatte vom

Haus des Kaukasen geträumt, war durch hell erleuchtete aber leere Zimmer geirrt und zu keinem Ende gekommen: Eine Odyssee durch eine überdimensionale Bienenwabe mit Tausenden gleich aussehenden Zellen. Schließlich, nach einem ermüdenden Gang durch das labyrinthische Gebäude, ist ihm dieser Geruch in die Nase gekrochen, der Geruch der Königin, der Geruch von Vanille, und er war der Spur gefolgt, bis zur Frau des Kaukasen, die ihn mit einem Lächeln empfangen hatte und mit einem stark geschwollenen Geschlecht, in das er kommentarlos, als wäre nichts selbstverständlicher gewesen, eingedrungen war. Dann hatten ihn die Krähen geweckt. Oft war es vorgekommen, daß er nach einem ähnlichen Traum im eigenen Samen gelegen hatte, was ihm angesichts der neben ihm schlummernden Lya stets peinlich gewesen war, denn wie soll man so ein Ereignis seiner Frau erklären, der erotische Träume der eigenen Aussage nach fremd waren? An diesem Morgen allerdings war Tanaïs sowohl trocken am Bauch und an den Oberschenkeln als auch fernab jeglicher Erregung. Vielmehr beschäftigte ihn ein Gefühl, mit dem er sich nicht oft in seinem Leben auseinanderzusetzen hatte, oft genug allerdings, um zu wissen, daß er sich verliebt hatte. Jedenfalls erinnerte er sich daran, wie fürchterlich es sich angefühlt hatte, als er als Jugendlicher verliebt gewesen war. Es war ihm immer vorgekommen, als wären seine Gefühle entmündigt worden, als bestimme ein anderer über sie. Das Objekt der Liebe ist ein Faß ohne Boden, in welches der Liebende sein Inneres schüttet, bis er vollkommen entmenscht ist. Genau so fühlte sich Tanaïs in diesem Augenblick: gequält, ratlos, traurig. Und vor allem: Wem konnte er seine Gefühle zeigen? Der Frau des Kaukasen? Lya? Den Kollegen von der Miliz? Das wäre eine schöne Bescherung! Tanaïs verliebt! Der kalte Fisch, der Grübler, der Langweiler. Er drehte sich zur

Seite und betrachtete seine Frau. War er je in sie verliebt gewesen? Lya, der Vernunftsmensch, für den das Leben ein Feld aus Punkten war, die man nur richtig verbinden mußte, um ein Muster darin zu erkennen. Eine Verführerin war sie nie gewesen, selbst damals nicht, als sie sich kennengelernt hatten, in einem Café am Meer, er, ein junger Milizionär, dessen einziges Vergnügen darin bestanden hatte, alles zu lesen, was erlaubt und erschwinglich war, sie, die Lehramtskandidatin aus Charkow, die im Sommer Kindergruppen aus Moskau, Kiew und Minsk in einem Odessaer Ferienheim betreut hatte. Es war ein heißer Sonntagnachmittag gewesen, beide hatten einige freie Stunden gehabt, was zu Sowjetzeiten für junge Menschen in der Ausbildung nicht oft vorgekommen war. Er hatte sich an ihren Tisch gesetzt, vielleicht, weil sie ihn so frech angeschaut hatte, als er lange und unentschlossen nach einem freien Platz gesucht hatte, vielleicht, weil er die Gegenwart toter Schriftsteller und hyperaktiver Nachwuchsoffiziere einfach einmal mit ein paar Augenblicken an der Seite einer jungen Dame eintauschen hatte wollen. Sie war sympathisch gewesen, hatte ihn gleich ungeniert in ein Gespräch über Gott und die Welt verwickelt, wobei er mit seinem angelesenen Wissen Eindruck hat machen können, wozu er sonst nicht oft Gelegenheit gehabt hatte. »Schau!« hatte sie nach einer Weile gesagt, nachdem ihnen die allgemeinen Themen ausgegangen waren und nur mehr das stumme Eislöffeln als Gemeinsamkeit geblieben war, »da schau!«, und sie hatte auf einen toten Fisch gezeigt, der an der Wasseroberfläche getrieben war und dessen silberner Bauch im Licht des Nachmittags geglitzert hatte. Dann hatte sie gelächelt mit ihrem breiten Mund in diesem etwas zu runden Gesicht, herzig und ein wenig bäurisch, hatte Tanaïs gedacht, und dann hatte sie weitergesprochen: »Das Meer, schau, jetzt ist es bunt, nicht mehr blau wie am Morgen oder grün wie zu Mittag oder grau wie am Abend, es sieht vielmehr aus, als wäre ein Regenbogen in Trümmer gegangen und wie eine gesprengte Brücke ins Wasser gefallen. Dort hat er sich dann aufgelöst und jetzt zerfließen seine Farben an der Wasseroberfläche.« Sie ist ein naives Mädchen, hatte Tanaïs gedacht, eine dumme, kleine Lehramtskandidatin, eine brave Führungsoffizierin in der Jugendbewegung, eine frische Landpomeranze mit, nach eigenen Angaben, einer Lenkerberechtigung für Lastkraftwagen und schwere Traktoren. Er hatte die Stirn in Falten gelegt und gesagt, er könne das Meer nicht ausstehen, es bringe nur Unglück. Er hatte ihren Sinn fürs Idyll zerstören, ihr die billige Poesie austreiben wollen. Das Meer faule dahin, hatte er gesagt, und wenn man seinen Fuß hineinstecke, faule er ab, so wie der tote Fisch da stinkend vor sich hin faule. Lächelnd hatte sie ihn einen Dummkopf genannt, ihre weiche Hand auf seine magere gelegt und ihm angeboten, einen Spaziergang am Strand zu unternehmen. Er sei so lieb, hatte sie gesagt, wenn er sich benehme wie ein trotziges Kind. Bei dieser Gelegenheit hatte er sie um die Hüften gefaßt, die ebenso weich waren wie ihre Hände, und sie geküßt. Ihre Zunge hatte sich weit in seinen Mund geschoben, aber eher mechanisch als erregt, und sie war so weich gewesen, wie alles an ihr, und feucht und kraftlos. Er hatte die Augen geschlossen und sich vorgestellt, ein Stück unverdautes Fleisch wechsle den Esser, da hatte er auf der Stelle ein flaues Gefühl im Magen gehabt. Arme Lya! Statt dessen hatte er sie kleinlaut gefragt, ob sie ihn heiraten wolle.

Er kroch vorsichtig aus dem Bett, um sie nicht zu wekken, zog seine Decke über ihre, weil er wußte, daß sie nie genug Wärme bekommen konnte, und machte sich für den Dienst zurecht. Es war ihm jetzt auch gleichgültig, was es mit dem Anruf von Minski auf sich hatte, ob er eine Nachricht hinterlassen hatte oder ob das, was Lya ihm letzte Nacht im Halbschlaf zugemurmelt hatte, schon alles gewesen war. Es ärgerte ihn sogar, daß Minski überhaupt bei ihm zu Hause angerufen hatte, er hatte seit jeher versucht, seine Frau aus jenem lichtlosen Universum, das er betrat, wenn er die Wohnung verließ, auszuschließen. Er wollte nicht, daß sie den naiven Glauben daran, daß sich alles zum Besseren wenden würde, verlieren könnte. Und er wollte sich schon gar nicht vorstellen, wie sie reagieren würde, wenn sie je etwas von seinen Abenden beim Kaukasen erfahren sollte.

Tanaïs ging ein Stück die Straße entlang, rauchte und dachte nach. Er war müde und verstimmt und hoffte, daß die kalte Morgenluft ein wenig Klarheit in seinen Kopf bringen könnte. Rekapitulation. Erstens. Die Leiche des unbekannten Spaniers war verschwunden. Keine Spur. Kein Dokument. Keine persönliche Notiz. Kein Schlüssel. *Nicht der kleinste Scheißdreck!* Bloß ein fabriksneues Autoabschleppseil. Zweitens. Er war verliebt in ein – nun ja – Traumgeschöpf, das er aber nicht mehr von der wirklichen Frau unterscheiden konnte. *I want to fuck her on the floor …* Der dümmste Song aller Zeiten! Er war auf der Suche nach einem gewissen Minski, der wiederum war auf der Suche nach ihm. *Blutpralles Geschlecht. Glutrot.* Da paßte gar nichts zusammen. Im Gegenteil, das waren drei Geschichten, jede für sich ein einziges Mysterium. Es gelang ihm nicht, sich zu konzentrieren, im Gegenteil, die Gedanken zerbarsten in tausend Stücke wie Lyas idiotischer Regenbogen über dem Schwarzen Meer. *Schau, ein toter Fisch! Scheiße nochmal!* Er sehnte sich nach einer Opiumpfeife beim Kaukasen, nach der Hitze im Halbdunkel dieser Höhle der positiven Träume, nach den anonymen Stimmen, die ihn stets beruhigten wie ein vor Sehnsucht triefendes Adagio. *Der Mensch ist ein Buch, das sich selbst liest. Schwachsinn!* Es war nicht auszuhalten. Ehe ihn die Verzweiflung ganz am Kragen packte, winkte er ein Taxi herbei und fuhr in sein Büro. Dort sagte man ihm, daß sich in der Sache der gestohlenen Leiche nichts Neues ergeben habe. Die Beamten seiner Abteilung waren ratlos, manche wirkten niedergeschlagen, manche gleichgültig. Tanaïs wurde abwechselnd von Kälte- und Hitzeschauern gebeutelt. Er ging auf die Toilette und versuchte zu onanieren, aber es funktionierte nicht. Er versuchte sich mit schwarzem Kaffee und Zigaretten zu beruhigen, und als er sich wieder einigermaßen im Gleichgewicht fühlte, rief er den Staatsanwalt an. Dumme Sache, meinte der, eine Riesenschlamperei, aber andererseits habe den Kerl bislang niemand als vermißt gemeldet, also könne man davon ausgehen, daß er niemandem abgehe. So gesehen müsse man die Sache ja nicht breittreten, die Öffentlichkeit müsse schließlich nichts von derartigen Pannen erfahren, und außerdem, wo kein Kläger, da kein Richter, et cetera et cetera ... Tanaïs kommentierte diese Ausführungen mit keinem Wort, er hatte nicht einmal die Hälfte davon mitbekommen, er bekräftigte am Ende des Gesprächs nur, daß er trotz allem zügig weiter ermitteln werde. Was für ein Witz! Er überlegte, ob er gleich zum Kaukasen fahren sollte, doch dann sagte er sich, daß es reichlich früh am Tag sei, um sich dem Opium anzuvertrauen. Am Ende hätte er doch nichts erreicht. Keine Antwort. Außerdem fürchtete er sich davor, der Frau des Alten unter die Augen zu treten. Statt dessen beschloß er, mit dem Dienstwagen zum Superexcessio zu fahren. Die 38er nahm er sicherheitshalber mit. Er wollte sich zuerst einmal diesen Minski vornehmen.

Das Arschloch öffnete sich und gab ein blutunterlaufenes Auge frei. Die Pupille driftete auf der geäderten Iris zittrig hin und her wie eine eingeschlossene Luftblase.

»Was zum Teufel ...«, murmelte Tanaïs und suchte nach seiner Dienstmarke, die er offensichtlich nicht bei sich trug.

»Ich denke, wir haben geschlossen«, säuselte der Besitzer dieses Auges nach einer Weile mit matter Stimme. Dann schnappte das Loch wieder zu. Vermutlich hatte er den Mann vor der Tür auch ohne amtlichen Ausweis als das erkannt, was er war: ein Polizist.

»Ja, Polizei, ganz richtig kombiniert!« schnauzte Tanaïs, der das Gefühl hatte, neben sich zu stehen und sich dabei zuzusehen, was für eine lächerliche Figur er abgab. *Ein einziger Witz!* Er beobachtete sich dabei, wie sich seine Augen weiteten, als wollten sie ihm aus dem Kopf springen, ein untrügliches Zeichen dafür, daß in seinem Kopf die Sicherungen durchzuschmoren begannen. Er sah einem Mann zu, der sich bewegte wie eine schlecht verdrahtete Marionette, die mit dem Fuß zornig gegen die Tür mit dem aufgemalten Hintern und dem sinnigen Ausguck zwischen den Backen trat.

»Ich denke aber schon, daß wir geöffnet haben«, schrie Tanaïs. Sein Herz raste, sein Körper war schweißnaß, seine Hände zittrig.

»Arschverein«, murmelte er. »Was für ein erbärmlicher Beruf.«

So schlecht hatte er sich schon lange nicht gefühlt, dachte er, nicht einmal nach Lyas erstem Kuß, aber nach Selbstdiagnose stand ihm nicht der Sinn.

»Und wie wir gleich geöffnet haben werden!«

Er zog die 38er und schoß drei Mal ins Türschloß. Er hatte es zuvor allerdings unterlassen, einige Schritte zurückzutreten, so daß ihm die Metall- und Holzsplitter nur so um die Ohren flogen. Etwas traf ihn im Auge, sein Blick trübte sich, dann ging das Licht aus, und er sah überhaupt nichts mehr. Sein Gesicht löste sich auf, es fühlte sich flüssig an. Er leckte sich über die Lippen und schmeckte

Blut. Die Waffe glitt ihm aus der Hand. Dann sank er in die Knie ...

»... Heiliger Strohsack!«

Was immer auch geschehen war, hören konnte er wenigstens noch. Und er war sich sicher: Das war die Stimme jenes Mannes, dessen Auge ihm gerade eben aus dem Arschloch entgegengeblinzelt hatte. *Ist also doch geöffnet, wer sagt's denn.* Nur eines verwirrte ihn. Seine Augen ließen sich nicht öffnen. Irgend etwas war passiert. »Ich ... Ich kann nichts sehen ... Absolut nichts«, stammelte er. Er hatte die Situation alles andere als im Griff, so viel stand fest. Noch dazu kroch er auf allen Vieren im Kreis. Und zwar auf der Straße, vor dem Eingang zum Superexcessio. An einem kalten Wintertag. Auch das stand fest. Das war auch schon die letzte Sicherheit.

»Meine Fresse!« staunte der unsichtbare Mann irgendwo über ihm. Tanaïs streckte einen Arm in die Richtung, aus der er die Stimme vernahm, griff aber nur ins Leere. »Das sieht so aus, als wären die Kugeln allesamt nach hinten losgegangen, voll ins Gesicht ... Leck mich doch ... Also, ich wette, Ihre eigene Mutter würde Sie nicht wiedererkennen, wenn sie jetzt vorbeikäme.«

Tanaïs hatte keine Ahnung, wovon der Typ redete. Warum er überhaupt so viel herumquatschte, anstatt ihm auf die Beine zu helfen. Es war erniedrigend, er fühlte sich wie ein Betrunkener, der nicht mehr weiß, wo Himmel und Erde ist. »Hören Sie, ich kann nichts sehen«, sagte er, versuchte sich hochzustemmen, knickte aber an den Ellenbogen ein und klatschte mit dem Oberkörper auf den Asphalt. Der Boden war eiskalt. Er rollte zur Seite, krümmte sich wie ein feuchtigkeitsverlustiger Regenwurm und wartete ab, wie es weitergehen würde. Irgend etwas mußte ja passieren, und sei es, daß er die Besinnung verlor.

»Wären Sie so freundlich, sich nicht so gehen zu lassen, Herr ... Sind Sie überhaupt Polizist oder liege ich da völlig daneben?«

»Als ob das jetzt nicht egal wäre«, fauchte Tanaïs, »aber Sie haben ja recht ... Kommissar Tanaïs von der hiesigen Miliz, zuständig für ... Ich weiß, das klingt ein wenig lächerlich in meinem gegenwärtigen Zustand ... Wenn Sie die Freundlichkeit hätten ...« Er streckte dem Mann erneut einen Arm entgegen.

»Ich bitte Sie! Die Leute gaffen schon ... Ach Gott, Miliz! Wenn die wüßten, wer Sie sind ... Ich meine, man hat ja einen Ruf zu verlieren.« Diesmal ergriff der Mann den ausgestreckten Arm und richtete Tanaïs' Oberkörper auf. Dann packte er ihn von hinten unter den Schultern und zog ihn ein Stück über den Boden, ehe er ihn wieder absetzte. »Also wirklich«, protestierte er schwer atmend, »ins Knie haben Sie sich ja nicht geschossen, oder? Wie wär's denn, wenn Sie, anstatt sich schwer zu machen wie ein nasser Sack, auf Ihre eigenen Beine zu stehen kämen?« Soeben begann er dem Kommissar bei diesem Unterfangen Beistand zu leisten, als offenbar irgend etwas Übles seine Aufmerksamkeit derart in Beschlag nahm, daß er auf der Stelle losließ und der Verletzte, der noch nicht recht auf die Beine gekommen war und folgerichtig die Balance noch nicht gefunden hatte, wieder nach hinten kippte und mit dem Rücken hart am Boden aufschlug. Tanaïs schrie zuerst vor Schmerz auf und rang anschließend nach Luft.

»O Scheiße!« jammerte der Mann sichtlich verzweifelt, »jetzt sehe ich erst, was Sie da für eine Schweinerei angerichtet haben ... Ich meine, diese Tür war ein Kunstwerk, eine echte Mapplethorpe-Kopie, wenn Ihnen das etwas sagt ... Importware! ... O nein, am liebsten würde ich Sie auf der Stelle ... Sind Sie ehemaliger Afghanistan-

Kämpfer? ... Ich glaub's einfach nicht, ich meine, das war ein Kunstwerk!«

Er hatte also offensichtlich ein Kunstwerk zerschossen, nicht nur sein Gesicht, wenngleich er nicht zu sagen vermochte, was mit letzterem überhaupt geschehen war. Was die Kunst betraf, konnte er sich nur an einen Hintern erinnern, der auf die Tür aufgemalt war. An nichts sonst. Und an den idiotischen Ausguck zwischen den Backen. Mapplethorpe sagte ihm nichts. Er hielt das für eines dieser schwulen Codewörter. *Einen Mapplethorpe bitte! Mit der Faust oder mit der flachen Hand, Sir?* Wie er so am Boden lag und nach Luft schnappte, wie das Blut so laut in seinen Ohren rauschte, daß die Stimme des Mannes in weite Ferne abdriftete, kam ihm in den Sinn, er sei vielleicht in eine andere Dimension eingetreten. So etwas gab es angeblich, daß man nämlich wie durch eine Membran eine Dimension verläßt, um in eine andere einzutreten, mit anderen Raum- und Zeitparametern. Er hatte das Gefühl, daß er völlig außerhalb der Situation stand, die er nur, wie ein Echo, von der anderen Dimension herüberzuhören, nicht aber zu sehen im Stande war. Mit anderen Worten: Die Situation ging ihn nichts an. Die Welt, hatte er einmal gelesen, sei eine Konstruktion aus unseren Gefühlen, Wahrnehmungen und Erinnerungen. Er mußte sich überhaupt nichts vorwerfen lassen von einem Kerl, der in einer anderen Welt lebte als er.

»Was tun, fragt Lenin«, scherzte der Mann.

»Biß in ein kaltes Hühnchen und erstickte beinahe an einem Knochen«, antwortete Tanaïs. »Er hustete und würgte und machte *Rrrchvllznnäh!*, daß die ganze Bude wackelte. Was der alte Trotzki gründlich in die falsche Kehle bekam, denn er schrie: *Rächvolluzzion!* Das ist es! Wort mit dreizehn Buchstaben!«

Er hörte den Mann kichern, dann wurde er wieder von

hinten gepackt und weiter ins Haus gezogen. *Ich und der andere, das sind zwei Paralleluniversen mit je eigenen Gesetzlichkeiten.* Und Wahrnehmungen. Und Gefühlen. Und Erinnerungen. In seiner Erinnerung trat ein Schatten in Erscheinung. »Ist Minski da?« fragte er.

Der Mann ließ ihn schließlich auf ein Sofa oder Bett, jedenfalls auf etwas Gefiedertes-Gefedertes fallen. Er keuchte wie ein Möbelpacker im sechsten Stock ohne Lift, doch Tanaïs mutete seine neue Lage bequem an, und er begann sich sofort zu erholen. Bloß das verfluchte Augenlicht wollte nicht zurückkehren. »Was?« fragte der Mann zerstreut.

»Ob Minski da ist, möchte ich wissen.«

»Minski?« fragte er, als ob es sich um den Staatspräsidenten höchstpersönlich handelte.

»Ja, Minski. Banaler könnte eine Frage nicht sein. Der arbeitet doch hier?«

»Minski! Das ist alles? Wollen Sie mir erklären, sie wollten bloß einmal bei Minski vorbeischauen?«

»Eigentlich ...«, Tanaïs fuhr sich mit den Händen übers Gesicht. Im Prinzip war noch alles da, Nase, Augenhöhlen, Mund, er fühlte keine auffallende Wunde, nur Blut, vor allem über den Augen ...

»Fassen Sie bloß nichts an«, herrschte ihn der Mann jetzt an, »Sie machen mir ja alles blutig und ich kann wieder putzen. Da bin ich heikel ...«

»... Ist er nun da oder nicht?«

»... Ja ... Warten Sie, ich hole Handtücher und Wasser ... Wir müssen die Schweinerei aus Ihrem Gesicht wischen, um zu sehen, ob da überhaupt noch Augen drunter sind.« Hastigen Schrittes entfernte er sich.

Tanaïs lag am Rücken und hätte auf die Decke gestarrt, wenn er sie hätte sehen können. So schaute er nur auf die dunkle Innenseite seiner Augenlider und sah dort grelle

Abziehbilder jener Dimension oder Wirklichkeit, die er mit den Schüssen auf die Tür verlassen hatte. Er versuchte sich die Szene zu vergegenwärtigen. Ein Polizist, der einen aufregenden Traum hinter sich und einen mehr oder weniger aussichtslosen Fall vor sich hat, schießt sich bei einem Routineeinsatz den Weg frei und sich selbst k.o. Er hätte doch zum Kaukasen gehen sollen, allen Vorbehalten zum Trotz. Vielleicht war er tatsächlich blind, und zwar für den Rest seines Lebens. Was sollte er dann tun? In den Ruhestand gehen? In Erfüllung seiner Pflicht das Augenlicht geopfert! Eine Medaille und ein warmer Händedruck. Und eine Pension unterm Existenzminimum. Er hatte sich nichts beiseite geschafft, im Gegenteil, er schuldete dem Kaukasen noch eine ganze Menge. Der würde zu Hause anklopfen und Lya zwei Glatzköpfe aus seiner Knochenbrecherarmee vorstellen, die dann die ganze Wohnung auf den Kopf stellen würden, um auf ihre Kosten zu kommen. Und selbst wenn es nicht so weit kommen sollte, wenn der Kaukase mit sich reden ließe, sollte er den ganzen Tag im Wohnzimmer sitzen und dem Schimpfen der Krähen in den Akazienbäumen lauschen? *Arschloch, Arschloch.* Oder sonntags am Arm von Lya die Puschkinskaya auf und ab spazieren und sich darüber unterhalten, ob sich wenigstens ein Eis und ein Glas Sodawasser ausginge? Er müßte sich umbringen. Sich und Lya natürlich. Aber das, überlegte er, ist doch ziemlich schwer, wenn man blind ist.

Die Schritte näherten sich wieder. Etwas wurde abgestellt. Dann spürte Tanaïs, daß er allen Ernstes gewaschen wurde. *Wie ein verschissener Alzheimerpatient.* Er mußte an den Bruder des Großvaters denken. Zuerst rieb ihm der Mann mit feuchten Handtüchern Arme und Hände ab, anschließend begann er vorsichtig das Gesicht zu reinigen.

»Tut's weh?«

»Ich spüre so wenig wie ich sehe.«

»Na ja, versuchen wir etwas Menschliches aus Ihnen zu machen.«

»Bloß nichts Menschliches ... Sie würden mich dadurch auf ein Wesen reduzieren, das ich nur der Physiognomie nach bin.«

»Ach Gott, ja! Was der Frust aus einem macht ... Wenn Sie mir nicht so ausgeliefert wären, würde ich mich in Ihrer Gesellschaft ziemlich unwohl fühlen. Macht das die Miliz aus einem?«

»Die Biografie, mein Lieber, nicht die Miliz. Die Herkunft, die Erziehung, die Prägungen der Jugend, die Gefühle, die in einem Gehirn heranwuchern und die man abtötet wie ein bösartiges Geschwür, die Düfte, die einen begleiten, die Vorstellungen, die man sich von anderen Menschen macht, die anderen, die sich immer die falschen Vorstellungen von einem machen ... Und die Träume. Die verdammten Träume, die sich im Hirn festbeißen und die Gedanken des Tages vor sich hertreiben.«

»Warum haben Sie das gemacht?«

»Was?«

»Na, diese Rambo-Scheiße.«

»Weiß nicht ... Ich war angespannt ... Schlechte Träume.«

»Na hören Sie, das ist ein schlechter Grund zum Durchdrehen. Da müßte ja jeder Zweite Amok laufen.«

Die Behandlung tat ihm wohl. Er verwarf den voreiligen Alzheimer-Gedanken und schrieb sich statt dessen die Gefühlslage eines Kindes zu. Das war ein wenig tröstlicher. Die gute gütige guttural gurrende gouvernantenhafte Mutter wäscht nach einer kleinen Keilerei unter Freunden die Schürfwunden mit lauwarmem Wasser aus. Der Mann bearbeitete Zentimeter um Zentimeter seines Gesichts mit vorsichtigen, kreisenden Bewegungen. Tanaïs spürte in der Tat keinen Schmerz, es war, als wären seine Nerven abgetötet, als wäre seine Haut aus Marmor. »Oder ist ... Melancholie das bessere Wort.«

»Zumindest verleiht es der Situation eine gewisse poetische Kraft.«

»Nicht wahr? Zumal die Melancholie eine Krankheit des Blutes ist.«

»Der Galle, dachte ich.«

»Unsinn. Das Problem ist bloß die Vermischung von Blut und Galle. Wenn das nämlich passiert, entstehen Raserei und Tollheit, heißt es ... Sehen Sie sich mein Blut genau an, oder besser, riechen Sie einmal daran.«

»Nun, ich ...«

»Riecht es bitter oder süß?«

»Schwer zu sagen. Eher bitter, würde ich meinen.«

»Ich wußte es. Die Substanz des Übels muß nämlich beseitigt werden. Ich habe das Wesen der Melancholie ausgiebig studiert, glauben Sie mir. Zum Zweck der Heilung, heißt es in vielen Schriften, sind vernünftige und angenehme Reden von Nutzen. Na ja. Oder Musik. Oder blumiger, leichter Wein, kein moldawisches Stierblut oder wie das Zeug heißt ... Was noch? ... Eine Wohnung, die gegen Osten liegt, kann ebenso günstig auf den Leidenden wirken, wie der Verzehr von frischem Fisch, Honig und dem Fleisch junger weiblicher Tiere, vornehmlich Lämmer ... Und dann heißt es noch – und jetzt lachen Sie nicht: Der Beischlaf besänftigt den allzu Ernsten, zügelt den Übermut und hilft den Melancholikern ... Ich fürchte, wenig von dem, was ich gerade erwähnt habe, wird in diesem Hause zu finden sein.«

»Nun, was den Beischlaf betrifft ...«

»Ersparen Sie mir jeglichen Offenbarungseid. Meine Ausführungen waren nur in geringer Dosis ernst gemeint ... Sind Sie schon bis zu meinen Augen vorgedrungen?«

»Mehr oder weniger. Ich muß zuerst all das eingetrocknete Blut wegbekommen ... Na ja, viele kleine Schnittwunden kommen da zum Vorschein. Sie haben eine Ladung Splitter in die Fresse bekommen, schätze ich. Ist eine robuste Tür, die weiß sich zu wehren, sozusagen ... Wir sollten besser einen Krankenwagen rufen ...«

»Nein! Nein, hören Sie ... Wie heißen Sie überhaupt?«

»Igor.«

»Hören Sie, Igor, das ist das Letzte, was ich möchte ... Zumindest im Augenblick. Ich fühle mich auch schon viel besser und ich denke, das mit den Augen wird auch gleich ... Also, Sie haben mir noch immer nicht verraten, ob Minski da ist.«

»Was wollen Sie von ihm?«

»Herrgott noch mal! Seien Sie nicht so verstockt. Ist er nun da oder nicht?«

»Im Augenblick nicht.«

Tanaïs schien es, als schwebte er zwischen den zwei Dimensionen, einmal in diese, einmal in jene Richtung pendelnd. Da gab es kein Davonlaufen. Das war nun einmal die Situation, ob er daran Spaß fand oder nicht. Das war sein Leben. Er schob die Hand des Mannes, die sein Gesicht mit mütterlicher Fürsorge bearbeitete, zur Seite und setzte sich auf. »Sagen Sie, Igor, was wissen Sie vom Spanier?«

»Was jetzt?« protestierte Igor, »zuerst Minski, dann ein Spanier. Ich hab keine Ahnung, was Sie wollen.«

»Ich rede von einem Typen, der irgendwann im Dezember möglicherweise hier aufgetaucht ist. Abgerissener Kerl, Ausländer. Vielleicht war er Spanier, vielleicht hat er sich nur als einer ausgegeben.«

»Wenn Sie den meinen, den ich meine, dann kann ich nicht viel dazu sagen ...«

»Wen meinen Sie denn?«

»Soll ich Ihr Gesicht weiter behandeln oder ...«

»Nein! ... Ja, später. Jetzt sagen Sie mir ...«

»Schon gut, schon gut! ... Ich meine den, der sich draußen am Friedhof erhängt hat. Der einzige Spanier, der mir je untergekommen ist. Abgesehen von den Spielern von Real Madrid und dem FC Barcelona.«

»Da spielen schon längst keine Spanier mehr mit ... Haben Sie ihn gekannt?«

»Gekannt? ... Nicht wirklich ... Was man sich so erzählt hat eben.«

»Na?«

»Soll einmal ganz oben gewesen sein, dann wieder ganz unten ... Am Schluß eher letzteres ... Oder vielleicht auch nicht ... Wollte angeblich das ganz große Ding drehen. Die Herrscher gehen, der Philosoph bleibt, soll so ein Spruch von ihm gewesen sein ... Gab sich aus als Hirn einer Verschwörung ... Der Mensch ist ein Wesen, das sich nicht treu bleibt, vor allem nicht, wenn er gute Vorwände für seine Unbeständigkeit findet. Auch so ein Satz von ihm. Sinngemäß jedenfalls ... Ein Dummschwätzer, wenn Sie mich fragen.«

»Erzählen Sie mir von der ersten Begegnung.«

»Er war eines Tages plötzlich da, wie Schwarzenegger im Terminator. Minski hat ihn auf der Straße aufgelesen. Völlig verwahrlost. Hat dort Terror gemacht und die Gäste verscheucht. Ein Streuner, dachte ich, hab ihn aber nur kurz gesehen, einmal, wie er versucht hat, sich hinter anderen Besuchern bei der Tür hereinzuschwindeln. Minski hat ihn abgefangen.«

»Wann war das?«

»Kurz vor Weihnachten ... Zwei, drei Tage.«

»Kommen solche Begegnungen öfter vor?«

»Nein, eigentlich nie. Ich meine, Betrunkene gibt's immer wieder, die in den Club wollen, aber der war ...

Also, soweit ich das beurteilen kann, völlig am Durchdrehen ... Wobei, und das war das Eigenartige an der Sache, er offenbar nicht zufällig ins Superexcessio wollte, sondern den Eindruck vermittelte, daß er von weiß Gott wo gekommen sei, um genau hier und nirgendwo anders in Erscheinung zu treten ... Als ob ihm Gott persönlich zugeflüstert hätte: Junge, hier spielt die Musik. Minski war das auch so vorgekommen, deshalb hat er ihn ja hereingelassen ... Also nicht in den Club, sondern in sein Büro.«

»Wissen Sie, wie der Mann hieß?«

»Ja, er hieß Garcia Novarra. Na ja, wer's glaubt, wird selig. Minski hat den Namen danach zum Spaß öfter in den Mund genommen. Die vielen *r* darin fand er originell. Wenn das stimmt, heiße ich Garrrcia Novarrrra, hat er ein paar Mal gesagt, wenn er etwas nicht glauben wollte. Ich hab dann gelacht, weil ich ja aus Minskis Erzählung einiges über den Verrückten wußte.«

»Was denn zum Beispiel?«

»Na ja, daß er irgendwie in einer trüben Geschichte um den Tod von Marc Bolan drinsteckt ...«

»Marc Bolan?«

»Das war so ein englischer Rockstar in den frühen Siebzigern ...«

»Sagt mir nichts.«

»Ist ja auch egal, der ist schließlich schon eine halbe Ewigkeit tot. Jedenfalls hat Garcia Novarra behauptet, eine Vermögensverwaltungsfirma auf irgendeiner karibischen Steueroase stecke hinter dem Tod, und er wisse über die Hintergründe Bescheid oder sei selbst daran beteiligt gewesen, das hat er nie so klar zum Ausdruck gebracht. Er hat bloß gesagt, er sei der Schlüssel.«

»Der Schlüssel? Wozu?«

»Mensch, das weiß ich doch nicht. Und Minski weiß es auch nicht. Ich sagte ja, der Mann war ein Verrückter. Ein

Paranoiker. Fühlte sich seit fünfzehn Jahren oder mehr verfolgt, weil ihn die skrupellosen Vermögensverwalter, die Bolans Millionen eingesackt haben, aus dem Weg räumen wollten. Oder so ähnlich ... Aber fragen Sie den Kaukasen, der hatte was mit dem Spinner am Hut, soviel ich weiß. Ich bin überzeugt davon, daß der alte Sack mehr über seinen Tod weiß ... Würde mich nicht wundern wenn er einen Draht zu den Leuten in der Karibik hätte. Die Bolan-Geschichte könnte so gesehen auch ein Ablenkungsmanöver gewesen sein.«

Tanaïs hatte keine Idee, was er mit dieser Geschichte anfangen sollte. Falls nur irgendein Wort daran der Wahrheit entsprach. Aber warum sollte ihm Igor so ein stupides Märchen erzählen? Marc Bolan. Mapplethorpe. Lauter unbekannte Größen. Warme Scheiße. Johnny Weismüller wäre wenigstens originell gewesen ... Angenommen, es hatte sich so zugetragen: Ein Mann, wie immer er auch heißen mochte, war nach langjähriger Flucht von seinen Verfolgern aufgespürt und umgebracht worden. So etwas passierte. Bevor er seinen Mördern in die Hände geraten war, hatte er Hilfe gesucht. Im Superexcessio. Grund unbekannt, vielleicht rein zufällig, vielleicht hatte er einen Tip bekommen. Zweite Version: Garcia Novarra als Söldner des Kaukasen. Oder als sein Komplize? Als Bote irgendeiner Karibik-Kamarilla? Als Superhirn? Das gab es bloß in diesen dämlichen Golan-Globus-Filmproduktionen, die einem im Filmclub der Miliz zugemutet wurden. Chuck Norris *Super!* und dieser Michael Dudikoff *Voll gut!* »Das ist eine dumme Geschichte, Igor, die Sie mir da aufbinden wollen.«

»Ja sicher, ziemlich dumm, aber wahr, mehr oder weniger ... Soll ich weitermachen?«

»Ist die Geschichte noch nicht zu Ende?«

»Ich meine mit ihrem Gesicht.«

»Ja ... Ja, versuchen Sie's. Ich habe aber nicht das Gefühl, daß es besser wird.«

Igor begann wieder mit seinen kreisenden Bewegungen. »Ich sagte ja, Sie sollten ins Krankenhaus ...«

»Verschonen Sie mich damit! Wir sollten lieber der lästigen Melancholie Einhalt gebieten ... Ich denke, Sie haben etwas, mit dem mir im Moment besser gedient wäre, als mit Pinzetten, Tupfern und chirurgischen Bindfäden ...«

» ... Was? ...«

»Ach jetzt stellen Sie sich nicht so an ... Ich meine ... Ich spreche von aufbauenden oder stimulierenden Substanzen ...«

Igor schreckte zurück. »Hä? Sind Sie noch bei Trost? ... Mir ist immer weniger klar, was Sie eigentlich wollen ... Ihnen vermutlich auch ...«

»Machen Sie keinen Aufstand, Igor. Ich bin das Gesetz, und das hier ist ein Homoclub, stimmts? Und zwar einer für Tunten mit vergoldeten Arschlöchern. Und platintapezierten Nasenhöhlen. Hören Sie bloß damit auf, den selbstlosen Samariter zu spielen, Igor.«

»Öffnen Sie Ihre Augen«, sagte Igor nach einer Weile. Tanaïs versuchte es, aber die Lider waren wie zugenäht.

»Geht nicht.«

»Hab ich mir gedacht.«

»Also gut. Dann eben nicht. Könnte ja auch eine Falle sein, nicht wahr, Igor? Sobald Sie mir das Koks rüberschieben, reitet die Kavallerie ein ... Diese Miami-Vice-Scheiße geht Ihnen doch durch den Kopf?«

Igor schwieg.

»Mein Gott, sind Sie sensibel! ... Sagen Sie, Igor, ficken Sie auch Männer? Ist das Ihr Beruf? Sie müssen wissen, daß ich von der Dramaturgie homosexueller Freizeitgestaltung wenig Ahnung habe ... Ich habe oft versucht, mir das vorzustellen, aber es will mir nicht gelingen ... Ich meine schwul zu sein ... Obgleich die Vorstellung, daß jemand mein Gesicht rammelt und einen Becher Joghurt in meinen Mund ergießt, die hat schon was. Ich habe immer die Frauen darum beneidet ... Sie nehmen es mir doch nicht übel, wenn ich dieses Thema anspreche? Na ja, Melancholiker gelten zu allem Überfluß als wollüstig und in der Tat hat mein Erscheinen hier viel mit Sex zu tun ... Mit Sex, der sich nur in meiner Phantasie abspielt, in den Träumen und nicht in der Wirklichkeit ... Wissen Sie – jetzt wird's ein wenig humanistisch-bildungsbürgerlich, aber man ist ja nicht mit jeder Faser seiner Existenz Polizist, nicht wahr? – Wissen Sie, daß die Griechen geglaubt haben, der Geschlechtsakt sei mit der Erzeugung von Luft verbunden? Im Ernst! Sie führten das auf die Tatsache zurück, daß das männliche Glied so rasch seine Größe ändern kann. Sie dachten, es werde einfach aufgepumpt. Und wer onaniere, der habe bloß zuviel Luft in sich, die er von Zeit zu Zeit ablassen müsse. Den Samenerguß erklärten sich die Griechen mit erhöhtem Luftdruck. Der Geschlechtstrieb, behaupteten sie, sei nichts weiter als die Folge schlechten Essens, das den Unterleib mit Luft auffülle, oder, anders gesagt, Blähungen verursache ... Abgehoben, was?«

Dem guten Igor hatte es offenbar die Stimme verschlagen. Tanaïs wartete, was passieren würde, mit zunehmender Ungeduld allerdings, denn er redete Unsinn, das war ihm klar. Er mußte sich entspannen. Das war es. Der Tag hatte höchst verwirrend begonnen. Sein Hirn brauchte Flügel. Und Igor schwieg ein wenig zu lang für jemanden, der bloß überlegte, was er auf die vielleicht ein wenig ausschweifenden Ausführungen über die Homosexualität erwidern sollte. War er überhaupt noch da?

»Igor?«

Nichts. Kein Atmen, keine Schritte. *Hat sich der doch glatt verdrückt. Um ... Ja was? Um das Koks zu holen? Oder doch eher Minski? Oder gar ...* Tanaïs stemmte sich hoch, taumelte auf kraftlosen Beinen ziellos durch die Finsternis, stieß sich an kantigen Gegenständen oder Brüstungen oder Marmorbüsten oder sonstigen bizarren Kunstwerken wund, trat plötzlich ins Leere und stürzte über eine Treppe, lag schließlich einmal mehr hilflos am Boden und schrie: »Igor!« Doch der Schrei verhallte ungehört. Er setzte sich auf, hob den Kopf und versuchte mittels Geruchssinn so etwas wie Witterung aufzunehmen. Eine olfaktorische Fährte. Wie ein einsamer Wolf, dachte er. Ergebnislos! Kein Geruch, nicht nach Vanille, nicht nach Schweiß oder schwülem Parfum. Seine Sinne nahmen nichts wahr außer Dunkelheit und die Kälte des Grundes, auf dem er saß und überlegte, daß jetzt guter Rat teuer sei. Plötzlich verkrampfte sich sein Körper, eine Hitze durchfuhr seine Glieder, Schweiß trat ihm auf die Stirn. Er war nicht allein. Er fühlte eine Anwesenheit, so wie man einen auf sich gerichteten Blick fühlt. Jemand war im Raum. Nicht, daß ein Geräusch diese Person verraten hätte, Tanaïs wäre nicht einmal in der Lage gewesen zu sagen, wo sich diese Person befand oder ob es sich um mehrere Personen handelte. Die Anwesenheit von etwas Lebendem, Schauendem, Denkendem und daher zu jeder Handlung Fähigem war eine Ahnung, die von Sekunde zu Sekunde in den Rang der Gewißheit hineinwuchs. Er drehte den Kopf auf diese und auf jene Seite, und wäre er tatsächlich ein Wolf gewesen, hätte er die Ohren in diesem Augenblick kerzengerade in die Höhe gestreckt. Er hielt den Atem an und fragte zögerlich: »Igor?«

»Ich höre, Sie haben nach mir gefragt«, sagte eine unbekannte Stimme aus größerer Entfernung.

»Minski?«

Jemand umschlang ihn von hinten und preßte ihm die flache Hand über Mund und Nase. Er rang nach Luft und sog dabei für einen kurzen Moment das Aroma von Vanille ein. Das überraschte ihn so sehr, daß er zuerst überhaupt nicht reagierte, weil zugleich das Bild von der Frau des Kaukasen als Bienenkönigin in seinem Kopf aufblitzte. Dann aber, als ihm in den Sinn kam, daß man ihn offensichtlich betäuben wolle, begann er sich aus der Umklammerung herauszuwinden, doch die Arme des Fremden legten sich nur fester um Oberkörper und Gesicht, so daß er den Widerstand rasch aufgab. Er fühlte ein Perlen in der Nase, das sich bis in die Stirnhöhle fortsetzte. Etwas war in ihn eingedrungen. Er fühlte, wie unter seiner Schädeldecke Bläschen zerplatzten.

»Seien Sie unbesorgt, Herr Kommissar ...«

War das Igors Stimme? Woher kam sie? Waren das seine Arme, in denen er lag? Tanaïs war nicht in der Lage, Fragen zu beantworten. Wenn er es recht bedachte, war es ihm gleichgültig, was mit ihm passierte. Er wurde jetzt losgelassen, und er fühlte sich wie ein Vogel, den man in die Luft wirft, damit er auf und davon fliegt. Er gab sich hin, wem auch immer, er kümmerte sich nicht um sich oder irgend jemanden sonst, nicht um Ort und nicht um Zeit, und das war ein sehr schönes Gefühl.

»... Gleich geht der Vorhang auf ...«

Er wollte etwas erwidern, doch die Worte in seinem Kopf wollten sich zu keinem Satz ordnen, sie schwebten an ihm vorbei wie Wolken, die sich verformten und auflösten oder zusammenballten. Er öffnete den Mund, doch er brachte keinen Laut hervor. Er konnte nicht sehen, er konnte nicht sprechen, aber das beunruhigte ihn überhaupt nicht, im Gegenteil, er amüsierte sich über die Aussicht, in Kürze auch gleich gelähmt zu sein, kein Tanaïs mehr, sondern eine starre Hülle, angefüllt mit Bewußtsein. Jetzt lachte er, doch er war damit nicht allein, er hörte es aus vielen Kehlen lachen, so wie in den amerikanischen Sitcoms gelacht wird. In Wellen. Er blickte um sich und ... Seine Augen funktionierten wieder, wie zum Teufel ... Und sah sich inmitten eines Auditoriums lauthals lachender Menschen, als würde auf der Bühne ein komödiantischer Reißer der Extraklasse gegeben ... Wenn er bloß irgendwo eine Bühne sehen könnte. Nur Leute, wie in einem Fußballstadion, wenn das Flutlicht ausfällt. Eine endlose Schattenparade. Plötzlich, wie wenn ein Vorhang ein Stück geöffnet würde, riß ein Streifen Licht die Dämmerung im Auditorium auf, und aus dem Licht trat eine Gestalt, ein wenig rundlich und nicht sehr groß, ein beweglicher Scherenschnitt, der bedächtig einen Fuß vor den anderen setzte und schließlich innehielt. Niemand lachte mehr, nur da und dort ein Räuspern und ein Husten. Der Scherenschnitt breitete die Arme aus und sagte: »Also!« Mehr nicht. Dann zog er ein Seil aus ... Nun ja, aus dem Rock, vermutete Tanaïs, das war nicht genau auszumachen, ein Seil, das kein Ende nehmen wollte. Er zog ohne Unterlaß, als hätte er den ganzen Körper umwickelt, und es hatte in der Tat den Anschein, als würde der Mann immer dünner, als sei die ganze Figur bloß die Spindel für das Seil. Schließlich, bevor sich der Scherenschnitt ganz aufgelöst hatte, hielt er das Ende des Seils in die Höhe. Das Publikum applaudierte. Mit flinken Bewegungen knüpfte er eine Schlinge und legte sie sich um den Hals. Den Rest des Seils warf er in die Luft, wo es offensichtlich von unsichtbarer Hand aufgefangen und festgehalten wurde. Vereinzeltes Lachen. Der Mann blickte nach oben, gab ein Zeichen mit der Hand und schon straffte sich das Seil und zog den in der Schlinge Hängenden in die Höhe. Er strampelte mit Armen und Beinen, als die nirgendwo mehr Halt fanden, grunzte und gurgelte, daß es eine Freude war, bis er schließlich leblos vor dem Lichtstreifen hin und her pendelte. Befreites Auflachen im Publikum. Das Licht ging an – tobender Applaus – und Tanaïs sah zu seinem nicht geringen Schrecken, daß es sich bei dem Mann am Seil um Garcia Novarra handelte, der ihn über die Zuschauerreihen hinweg mit funkelnden Augen anschaute und die farblosen Lippen zu einem breiten Grinsen verzog. Er öffnete den Mund und sagte im Ton des Bedauerns: »Nun ist er fort, wie man so sagt, in eine andere Welt.« Das, dachte Tanaïs, ist doch ein Zitat, er hatte bloß keine Ahnung woraus. Gerade als er darüber nachzudenken begann, setzte es eine schallende Ohrfeige.

3.

»…«

Eins. Es gibt Augenblicke, in denen starrst du wort- und gedankenlos auf ein amorphes Gebilde namens Schicksal. *Zwei.* Du stehst da, als habe dich ein Rieseninsekt mit seinem Gift gelähmt und anschließend dein Gehirn ausgesaugt. *Drei.* Vielleicht hängt dir auch die Kinnlade kraftlos herunter, was soll's, du gleichst, so wie du da stehst, ohnehin vom Scheitel bis zur Sohle dem vollkommenen Idioten. *Vier.* Das Schicksal hat dich kalt erwischt. *Fünf.* Knockout. *Sechs.*

»…«

Sieben. Ich habe keine Ahnung, wie lange ich in der Tür zu meinem Hotelzimmer gestanden bin. *Acht. Ready for boxing.* Das neue Schloß hat sich problemlos öffnen lassen, ich sehe noch das immer breiter werdende Grinsen des Portiers vor mir. Ich habe mich gerade für seine Bemühungen bedanken wollen, habe ihm eine Hand entgegengestreckt und mit der anderen die Tür geöffnet, da ist plötzlich sein Gesicht nach unten gerutscht. Entgeistert hat er mir über die Schulter geblickt. Ich habe mich umgedreht und bin eben jenes amorphen Gebildes ansichtig geworden, von dem eingangs die Rede war.

»…«

Langsam hat der entleerte Geist Funken zu schlagen begonnen, die Nervenbahnen haben wieder ihren Betrieb aufgenommen. Offenbar verfügt der menschliche Körper über ein Notstromaggregat, mit dessen Hilfe der längerfristige Totalausfall des Denkvermögens abgewendet werden kann. Das Bewußtsein ist wieder in Betrieb. Und Bewußtsein heißt verstehen. Und verstehen heißt resignieren. Das amorphe Gebilde nimmt Konturen an. Es spricht zu dir und sagt: *Das Leben hat doch mehr zu bieten, als man ihm zutraut, stimmt's?* Das, was zuerst ganz lapidar Schicksal heißt, überschreibt die wiederauflebende Vernunft mit einem Sinn, sie setzt zu einem ersten Erklärungsversuch an, und der lautet so: Jemand ist in das Zimmer eingedrungen und hat es verwüstet. Das Bett ist ein Fall für den Sperrmüll, die Lampen sind zerbrochen, die Wände sind beschmiert mit ... Keine Ahnung womit. Ich will es auch gar nicht wissen. Der Portier stößt mich zur Seite und stürmt ins Zimmer, auch er hat offensichtlich die Leere in seinem Kopf überwunden, aber er hebt bloß die Arme und sieht mich wortlos an. Fehlt nur, daß er mir jetzt einen Vorwurf macht. Ich betrete das Schlachtfeld, werfe Blicke in den offenstehenden Kasten und in die am Boden liegenden Schubladen der Kommode, ich sehe mich auch im Badezimmer um, in dem es stark nach Notdurft riecht, und bemerke erst jetzt, daß all meine Sachen fehlen. Mein Koffer, meine Reisetasche, mein Reisepaß, meine Bücher, meine Kleider, mein Waschzeug, meine Medikamente. Alles! Der Portier, der mir eine Hand über die Schulter legt, schüttelt den Kopf und sagt mit gebrochener Stimme, daß ihm dazu nichts einfalle. Dann verläßt er eilig das Zimmer und läßt mich allein am Schauplatz meiner bislang größten Niederlage zurück, denn jetzt habe ich keine Wahl mehr, ich bin dieser Stadt ausgeliefert, und Olsén, und Valeria, meinem Hautleiden sowieso, dem unsichtbaren Minski, der verschwundenen Nudelfabrik, all den düsteren Geschichten und Erinnerungen.

»Wie fühlen Sie sich?« ruft mir Olsén entgegen, mein Mephisto, der sich die ganze Zeit über nicht aus dem Fauteuil gelöst hat.

»Aussätzig ... Sagen Sie, könnten Sie mir vielleicht etwas Geld borgen?«

Natürlich weiß er bereits Bescheid. Er habe, sagt er, die bestürzte Miene des Portiers gesehen und sofort gewußt, daß etwas Unerfreuliches passiert sei. Zuerst habe er gedacht, mein Gesundheitszustand habe sich jäh verschlechtert, dann sei er aber davon unterrichtet worden, daß unbekannte Täter mein Zimmer auf den Kopf gestellt und geplündert hätten. Und das, habe er sich gedacht, passiere ausgerechnet einem, dem ein körperliches Leiden beinahe die Sinne raube. Ob ich schon einmal etwas von dem griechischen Stinkfuß Philoktet gehört habe, fragt er, Philoktet, Mittelschullektüre, im Spanien seiner Jugend jedenfalls, na ja, auch schon lange her, Philoktet der Aussätzige, der Ausgestoßene, verbannt auf eine Insel, mit nichts als einem Haufen Lumpen und einer Handvoll Nahrung. Die Geschichte von diesem armen Kerl mit der stinkenden Wunde falle ihm jetzt ein, wenn er mich so sehe. Fern der Heimat und der Lieben. Oi Oi Oi, sagt er, jammere der Grieche, wenn ihm sein Schicksal über den Kopf wachse, Oi Oi Oi, die tragische Welt sei stets unheilbar krank. Unheilbar krank, denke ich, jetzt wird er entweder zynisch oder er weiß nicht, was er sagt. Ich schätze, seine Auffassung von Tragik unterscheidet sich fundamental von meiner, abgesehen davon, daß uns, und jetzt werde ich metaphysisch, ein unsichtbarer Oberspielleiter aus uneinsichtigen Gründen an diesem unangenehmen Ort ständig über den Weg laufen läßt, mehr noch, uns scheinbar aneinander schmiedet wie die wirklich tragische Figur Philoktet an die Felsen von Lemnos. Passionsspiellogik! *Aufschreit er laut, entsetzlich!* Nein, meine Tragödie hat nicht erst in Odessa begonnen, sondern an dem Tag, an dem ich aufgehört habe, ein Leben ohne Darmverstopfung zu fristen. Meine Tragödie, wenn man schon dieses monströse Wort gebrauchen will, ist die Tragödie des sich selbst vergiftenden Körpers, das Drama der Autoaggression, wie das korrekterweise heißt, das sich mir auf den Körper schreibt. Diese Tragödie ist mit nichts vergleichbar, das ihm je widerfahren ist, dessen bin ich mir sicher. Er ist der tote Mann unter den Lebenden, ich lebe bloß mit einer Toten an meiner Seite, der ich im letzten Augenblick den kindlichen Gehorsam verweigert und überlebt habe. Er lacht auf, als ob er meine Gedanken gelesen hätte. Unbekannte Täter!, sagt er, habe man schon so einen Unsinn gehört? Vielmehr sei er überzeugt davon, daß jemand vom Zweck meines Aufenthalts in Odessa Wind bekommen habe und mir einen Denkzettel habe verpassen wollen. Unbekannte Täter! Ich solle das nicht auf die leichte Schulter nehmen, zuerst habe man das Zimmer auseinander genommen, das nächste Mal werde man sich ganz bestimmt mich vornehmen. Außerdem, so Olsén, steckten hier doch alle unter einer Decke, ich solle mir vom Portier keine falschen Vorstellungen machen.

»Mag sein. Ich kann mir im Moment gar nichts vorstellen. Man hat mir alles gestohlen, ich brauche Medikamente und ich brauche Geld. Können Sie mir nun aushelfen oder nicht?«

Olsén lehnt sich zurück, atmet tief durch, schaut zur Decke hoch und kaut auf den Lippen. Vielleicht irre ich mich, aber ich habe den Eindruck, als denke er über nichts anderes nach, als darüber, wie er sich am elegantesten aus der Affäre ziehen könnte.

»Haben Sie eine Ahnung, warum ich hier bin?« fragt er nach einer Weile, ohne seinen Blick von der Decke oder was immer sich da oben in seiner Wahrnehmung befindet, abzuwenden. Ich fasse diese Frage als eine rhetorische auf, jedenfalls als eine ausweichende. Natürlich weiß ich, warum er hier ist. Um Minski zu treffen, antworte ich lustlos. Ich will nicht schon wieder damit anfangen. Auch er zögert, als käme ihm das Thema ungelegen. Er formt mit den Lippen den Auftakt zu einem Wort, verwirft ihn wieder, ehe er akustisch vernehmbar ist, und ringt sich schließlich zu einem unentschlossenen »Nnnjaaundnnein« durch. Nachdem ich diese mehr lautmalerische als semantisch eindeutige Äußerung kommentarlos zur Kenntnis nehme, präzisiert er: »Eigentlich nein.«

Nein?, greife ich das letzte Wort auf, habe er denn kein Treffen mit Minski vereinbart? Nein, wiederholt er trokken, und fügt hinzu, das habe er in der Tat nicht. Er nimmt eine Zigarette aus der Packung, die letzte, sagt er mit einem Ausdruck des Bedauerns, zündet sie an und raucht schweigend. Er habe, erklärt er nach einer Weile, von Minski nichts gehört, seit der uns gestern versetzt habe. Genau genommen habe er von Minski nichts gehört und nichts gesehen, seit er in Odessa sei. Er habe also, frage ich nicht wenig erstaunt, Minski als Vorwand benützt, um mich in meinem Hotel zu treffen. Ja, das könne man so sagen. Und der Zettel, den er mir gezeigt habe, mit diesem konspirativen Schwachsinn *Treffpunkt Londonskaya, 9 Uhr. Gruß Minski* drauf? Den, sagt er, habe er selbst geschrieben, der Glaubwürdigkeit halber. Wozu das Theater gut sein soll, möchte ich wissen.

»Nun«, erklärt Olsén, »ich ... Ja ... Die Situation ist ein wenig absurd, wissen Sie ... Um nicht zu sagen, ausweglos, wie ich befürchten muß ... Ich wollte Sie ... Nun ja, um Geld anpumpen.«

»Geld? Machen Sie Witze? Ich bin ausgeraubt worden, habe ich das schon erwähnt? ...«

»Ich weiß, ich weiß, deshalb ist die ganze Situation ein wenig ... peinlich ... Ich meine, ich habe fest mit Ihrer Hilfe gerechnet, ich kenne ja niemanden in der Stadt ...«

»Sie nehmen mich auf den Arm!«

»Aber warum sollte ich ... Nein, glauben Sie mir, ich bin pleite, wie nur einer pleite sein kann, alles, was ich besitze, trage ich mit mir ...«

»Wie haben Sie denn das angestellt?«

Er windet sich. Er leidet. Mehr noch, er altert vor meinen Augen. Letzte Nacht, erzählt er und macht in der Folge heftige Gedankensprünge, er habe mir doch von seinen Recherchen erzählt, die Nachtclubs, die Bars und Puffs von Odessa, ein inferiores Labyrinth, na ja, jedenfalls habe er irgendwann zu später Stunde die Übersicht verloren, er könne sich beim besten Willen nicht mehr an die Einzelheiten erinnern, bloß daran, auf einem Plüschsofa in irgendeiner unbemannten beziehungsweise unbeweibten Go-Go-Bar aufgewacht zu sein, allein, verstehe sich, mit Kopfschmerzen und verbogenem Rückgrat, allerdings, und das sei das eigentlich Fatale, ohne Geld. Tragisch, denke ich, oder dämlich, wie man's nimmt. Er werde aber doch noch irgend etwas in seinem Hotelzimmer zurückgelassen haben, erwidere ich, Geld, Schecks, Kreditkarten, irgend etwas. Aber Spanier sind offenbar anders als der Rest der Menschheit, der über einen Funken Verstand verfügenden jedenfalls. Er habe gar kein Hotelzimmer, sagt er kleinlaut. Sein Koffer sei nämlich gestern am Flughafen nicht angekommen, habe sich wahrscheinlich in ein Flugzeug nach Hong Kong oder Kuala Lumpur verirrt. Das sei ihm schon öfter passiert, solche Mißgeschicke bereiteten ihm längst kein Kopfzerbrechen mehr. Er sei dann gleich mit dem Taxi zum Hafen gefahren, wo er schließlich mir begegnet sei anstatt Minski, mit dem er übrigens in seinem ganzen Leben nie ein Wort gewechselt habe, auch nicht telefonisch. Das sei alles über Valeria gelaufen, *diese* Valeria, betont er, die sich offenbar als Minskis Agentin aufspiele oder andiene, in Wirklichkeit allerdings bloß eine taube Nuß zu sein scheine. Nachdem wir uns getrennt hatten, habe er gleich mit seinen Nachforschungen begonnen. Da er ja kein Gepäck bei sich gehabt habe, habe er sich gedacht, das Hotel könne warten, dazu sei am Abend auch noch Zeit. So sei eins zum anderen gekommen, jedenfalls verfüge er weder über frische Kleidung, noch ein Hotelzimmer, keine Papiere und schon gar kein Geld. Da habe er dann gleich an mich gedacht.

»Und wie haben Sie mich so schnell gefunden?«

»In ganz Odessa gibt es vielleicht vier, fünf Hotels, wo Ausländer absteigen ... Ist Ihnen das noch nicht aufgefallen?«

Das Leben schreibt doch die dümmsten Geschichten: Zwei traurige Gestalten sitzen im nicht ganz billigen Hotel Londonskaya, um die Großherzigkeit der jeweils anderen auf die Probe zu stellen. Dabei stellt sich heraus, daß keine der beiden in der Lage ist, mehr als einen Tag lang für sich selbst Sorge zu tragen. Geteiltes Leid ist mitnichten halbes Leid, sondern bloß doppelt lächerlich.

Der Portier kommt in Begleitung eines Mannes auf uns zu, der auf den ersten Blick nichts Gutes verheißt: schlank, kurzgeschorenes, silbergraues Haar, gut geschnittener Anzug. So viel Eleganz mag in London oder Paris unverdächtig erscheinen, schon in Wien fordert sie zu Mißverständnissen heraus, in Odessa jedoch, wo Herrenanzüge in der Regel am türkischen Basar oder beim armenischen Schneider erstanden werden, spricht die Calvin-Klein-Linie die Sprache jener, die über oder jenseits des Gesetzes stehen. Was mich noch mehr beunruhigt, ist ein Detail, das mir auf den zweiten Blick erst als das bewußt wird, was es ist: eine Augenklappe links aus dunkelgrünem, seidig schimmerndem Material, Moiré, glaube ich, nennt man das. Olsén steht der Mund offen, ich nehme an, seine Überlegungen decken sich mit meinen. Unweigerlich kommt mir seine Warnung in den Sinn, wonach der Einbruch in mein Zimmer nur die Ouvertüre gewesen sei, ehe ich persönlich an die Reihe käme. Dann keimt die Hoffnung in mir auf, daß der Besuch genausogut Olsén betreffen könnte. Die Möglichkeit, daß er bei seiner nächtlichen Irrfahrt durch die Rotlichtszene nicht alle Rechnungen beglichen oder zu viele Fragen gestellt hat, ist nicht von der Hand zu weisen.

»Das ist Kommissar Tanaïs«, sagt der Portier zu mir, »von der hiesigen Miliz. Er wird sich um Ihren Fall kümmern.« So kann man sich irren.

Tanaïs macht es sich bequem, legt ein Bein übers andere, läßt sich ein großes Glas Cognac bringen, ich frage mich, wer es am Ende bezahlen muß, trinkt es in einem Zug leer und sieht abwechselnd Olsén und mich mit dem einen verbliebenen Auge an. Wer, frage ich mich weiter, wird als erster den Mund aufmachen?

»Tanaïs ...«

Olsén, natürlich!

»... Ist das nicht der Name einer antiken Stadt? Skythisch, griechisch, donkosakisch? ...«

»Haben Sie beruflich in Odessa zu tun?« fällt ihm der Kommissar gereizt ins Wort.

»Wer? ... Er oder Ich?« stammelt Olsén und deutet auf mich.

»Der, den's betrifft«, feixt der Kommissar und winkt die Kellnerin herbei. »Haben Sie Erdnüsse?« Sie nickt und verschwindet.

Olsén bedeutet mir durch gespielt gönnerhafte Gestik, daß er es mir überläßt, als erster zu antworten: »Nun ... Nein.« Ich gebe zu, das ist intuitiv hingesagt und damit nicht vorsätzlich gelogen. Irgendein Mechanismus, sagen wir, eine Sicherung in meinem Hirn, hat erkannt, daß die Wahrheit möglicherweise mehr Scherereien einbringt als die Lüge, und sofort reagiert. Nein, ich bin Tourist. Eher von der extremen Sorte, der zu seinem Vergnügen auch schon einmal nach Beirut oder Kabul jettet. Ich bin mir nicht sicher, ob das glaubwürdig ist. Olsén auch nicht. Er sieht mich fassungslos an. So tief in der Scheiße stecken, sagt sein Blick, und dann noch die Polizei – und zwar die ukrainische Polizei! – verschaukeln wollen, dazu gehört eine gewaltige Portion Dummheit oder Todesverachtung. Tanaïs bekommt seine Erdnüsse. Er hält sich die Schale unters Kinn, schaufelt mit der anderen Hand das Zeug in den Mund und wendet sich von mir ab.

»Und Sie?«

Olsén schluckt, zögert kurz und stottert schließlich: »Ja ... Nein.«

Der Kommissar hält inne und mustert mit dem einen Auge das nervöse Gesicht seines Gegenübers. »Wollen Sie mich auf den Arm nehmen?«

Armer Olsén. Er verliert die Fassung. Sein Gesicht hat er kaum mehr unter Kontrolle. Die Mundwinkel springen einmal nach oben, dann nach unten, die Augenlider flattern und dann versagt auch noch die Stimme. »Bitte?« flüstert er heiser.

Der Kommissar hat seinen Appetit auf die Erdnüsse wiederentdeckt. Ich werte das als gutes Zeichen. Menschen, die essen, sind wie Hunde, die bellen. Sie beißen bekanntlich nicht. Jedenfalls nicht gleich. »Ich habe Sie gefragt, ob Sie beruflich in Odessa zu tun haben.« Mit vollem Mund gibt man keine Kriegserklärungen ab, das sollte Olsén eigentlich wissen.

»Beruflich? ... Nein ... Aber warum denn? ... Nein ich ... Ich bin Musikliebhaber und die Oper von Odessa ist ja weltberühmt ... Darum, wissen Sie, reise ich zu den berühmtesten Bühnen ... Wien, Mailand, Petersburg ... Und eben Odessa ...«

»Betrüblich!« seufzt Tanaïs und leckt sich die Lippen.

»Was denn?« will Olsén wissen.

»Daß die Oper geschlossen hat. Schon lange. Einsturzgefährdet. Wußten Sie das nicht?«

Nein, das hat Olsén nicht gewußt, und ich frage mich, wie er auf eine so dumme Geschichte hat kommen können. Ein einfaches Nein hätte als Antwort doch auch gereicht. Er hat keine Nerven, möglicherweise auch keinen Verstand. Sein Vater war doch Franquist. Hat er ihm nichts beigebracht?

»Betrüblich!« wiederholt sich der Kommissar und wischt die fettigen Finger in ein Taschentuch.

»Was denn noch?« frage ich.

»Daß Sie nicht beruflich hier sind. Das hätte die Sache leichter gemacht. Aber so wird das schwierig.«

Ist es möglich, daß ich die Situation so falsch eingeschätzt habe? Daß ich, im Glauben, die Behörden von Odessa aus dem Spiel zu lassen, wenn ich den wahren Grund meines Aufenthaltes in der Stadt verleugne, mich bloß tiefer in mein Unglück hineinmanövriere? Aber hätte ich andererseits zugeben sollen, daß ich gerade unter Umgehung eben dieser Behörden im privaten Auftrag Informationen über ein Wirtschaftsverbrechen einhole, das aufzuklären die hiesige Polizei nicht in der Lage oder willens ist? Ist es möglich, daß ich mich gegen alle Erwartungen auf den Fall einstellen muß, den der Schweizer Nudelfabrikant lachhafterweise als 007-Doktrin bezeichnet hat, ein Terminus, der viel über seine Interessen und über seine Art, Probleme zu lösen, verrät? *Wenn die Scheiße am Dampfen ist, rettet nur einer Ihren Arsch, nämlich Sie selbst*, so der Mann in seinem Schloß am Genfer

See, während er im halboffenen Hugh-Hefner-Bademantel auf einer mittelstreckenraketenlangen Cohiba herumgelutscht hat. Wenn man sich diesen Satz im inneralpinen Vollidiotendialekt gesprochen vorstellt, wird man sich schwer tun, sich nicht darüber zu amüsieren. Ich nehme an, der Kommissar meint, daß Geschäftsleute und die Unternehmen, für die sie tätig sind, mehr zur Aufklärung eines Verbrechens beitragen können als Touristen. Finanziell meine ich. Wer schmiert, der fährt, sagt man dort, wo ich herkomme. Mein Auftraggeber hingegen läßt mich im Stich, wenn er seine 007-Doktrin wirklich ernst nimmt. Vielleicht ist sie auch nur als Herrenwitz gemeint gewesen, ich will es nicht darauf ankommen lassen. Olsén jedenfalls läßt in seinem nervösen Mienenspiel immer wieder böse Blicke in meine Richtung blitzen. Ich vermute, er unterliegt keiner Doktrin und macht mir in Gedanken den Vorwurf, daß ich ihn bei allem Unglück, das ihm in den vergangenen vierundzwanzig Stunden widerfahren ist, jetzt auch noch in ein möglicherweise folgenschweres Lügengespinst verwickelt habe. Er ist, scheint's, kein Freund der Improvisation. Zu alt für den Job. Andererseits gehe ich davon aus, daß auch er kein Interesse daran haben kann, seine Garcia-Novarra-Geschichte der Polizei unter die Nase zu reiben. Man wird sehen.

Nachdem der Kommissar also die Unwahrheit über uns beide erfahren hat, widmet er sich dem Fall, dessentwegen er sich ins Londonskaya hat bemühen müssen. Er tut das, wie aufgrund des ersten Eindrucks, den er auf mich gemacht hat, nicht anders zu erwarten ist, sehr uninspiriert. Möglicherweise nennt man das hierorts routiniert, ich weiß es nicht, aber ich bin auch nicht an der Aufklärung des Falles interessiert, sondern einzig daran, erstens zu Geld zu kommen, um mit Ersatzpapieren und einem neuen Flugticket das Land zu verlassen und zweitens meiner arg geschändeten Haut sachkundige Behandlung zukommen zu lassen. Zuerst erkundigt er sich, wer von uns beiden überhaupt der Geschädigte sei. Das ist rasch erklärt. Dann fragt er mich, was mir gestohlen worden sei, ob sich Gegenstände in meinem Besitz befunden hätten, die von besonderem Interesse für bestimmte Personen sein könnten, ob ich möglicherweise eine Ahnung hätte, wer die Tat ausgeführt haben könnte, ob ich in der Stadt Bekanntschaften geschlossen hätte, die mir im Nachhinein vielleicht dubios anmuteten, und schließlich wo, und jetzt wurde die Sache etwas pikanter, ich mich während der Tatzeit aufgehalten hätte. Ich langweile ihn mit Schilderungen von fiktiven Spaziergängen und dem einen oder anderen nie stattgefundenen Museumsbesuch, er fragt nicht weiter nach, nickt nur mit dem Kopf, sieht sich in der Lobby um und bestellt noch einen Cognac. »Das wird schwierig«, sagt er. Nichts anderes habe ich erwartet. Er lehnt sich zurück, schließt sein gesundes Auge und erzählt mit müder Stimme, in dieser Stadt widerfahre dem Reisenden sozusagen aus Tradition mindestens ein Mißgeschick pro Tag, demjenigen, der hier wohne, hingegen zwei, das sei nun einmal so, seit die Stadt existiere. Reisende gewissermaßen, Franzosen, Deutsche, Griechen, Italiener, Polen, ja sogar Schweizer, hätten Odessa in die Steppe gestellt, so wie Kinder ihr Spielzeug in irgendeiner Ecke des Zimmers aufstellen, wo es für Erwachsene wenig Sinn mache, und wo es die Kleinen nach wenigen Augenblicken selbst wieder vergessen würden, weil sie das Interesse daran verloren hätten. Aus dem Spielzeug werde Unrat, der allen nur im Wege sei, aber niemand habe Lust, ihn aufzuräumen und so bleibe er eben liegen, bis man sich schließlich an ihn gewöhnt habe. Was, fragt er, könne man von so einer Stadt schon erwarten? »Erwarten Sie nichts«, sagt er, »nicht von mir oder von wem auch immer, dem Sie über den Weg laufen.« Und dann zu mir gewandt: »Wenn Sie geschäftlich hier wären, würde ich sagen, das ist die Art, mit der Konkurrenz umzugehen oder auch mit Freunden, denen man deutlich machen möchte, daß nichts in diesem Leben und schon gar nicht in Odessa Bestand hat. Ich würde sagen, man hat Ihnen eine Lehre erteilt, was bei näherer Betrachtung nicht zwangsläufig zu Ihrem Schaden sein muß. Wenn Sie allerdings zu Ihrem Vergnügen hier sind, würde ich meinen, Sie haben entweder bloß Pech gehabt oder Sie verbergen mir etwas, wozu Sie gute Gründe haben mögen. Ich weiß es nicht und ich möchte es auch gar nicht wissen, den Schaden haben ja in jedem Fall Sie ... Ah, der Cognac!« Er schwenkt das Glas, hält es gegen das Licht, zieht den Duft durch die Nase ein und trinkt in kleinen Schlucken. »Stellen Sie sich vor, es geht auf Mittag zu und mir ist noch keines von den mindestens zwei täglichen Mißgeschicken widerfahren. Lassen Sie mich dieses Gefühl ein wenig auskosten.«

Ich fürchte, ich unterschätze diesen Mann, seit er mir begegnet ist. Ein Schwarzmeercolumbo, der mit jedem Wort, das er spricht, an Kontur verliert, als rücke er im dichten Nebel schrittweise von mir ab, bis seine Gestalt zu einem verschwommenen Fleck zerfließt, von dem sich nicht mehr sagen läßt, was er darstellt, Mensch, Tier, Ungeheuer. Das hört sich vielleicht ein wenig überspannt an und in der Tat vermengt sich der zunehmend wieder ins Bewußtsein tretende körperliche Schmerz mit der Sorge um meine Erlösung – schon wieder ein starkes Wort – ja, warum nicht: um meine Erlösung aus diesem Inferno. Unbehagen bereitet mir zudem Olsén, der, nachdem der Kommissar das Interesse an ihm verloren hat, eine beachtenswerte Verwandlung durchgemacht hat. Ich weiß nicht, wie ich es sagen soll, aber aus den Augenwinkeln konnte ich beobachten, wie sein kraftloser Körper sich allmählich aufgerichtet hat, wie er in die Höhe gewachsen ist und eine neue Form angenommen hat, als sei ein zweiter, unsichtbarer Olsén, stark, stolz und listenreich, in ihn eingedrungen und habe die Hülle des ersten, des schwachen, labilen, melancholischen ausgefüllt. Aufrecht sitzt er da, reibt sich die Hände wie ein selbstzufriedener Katholik und überdehnt seinen Mund zu einem schiefen – ja, warum nicht auch das noch: mephistophelischen Grinsen. Ich fürchte, er will die klägliche Vorstellung von vorhin durch eine süffisante Bemerkung in der Erinnerung des Kommissars abschwächen. Verstehe einer die Iberer!

DIE GESCHICHTE VON OLSÉNS WUNDERSAMER VERWANDLUNG

Diese Geschichte beginnt mit der Erkenntnis, daß die Entschlüsselung des genetischen Codes keinen Augenblick lang zum besseren Verständnis des Menschen beiträgt. Zugegeben, die Welt ist ein Stück weit lesbarer geworden, und ich kann mir, wenn es mich interessiert, ein Bild davon machen, worin sich Olsén von der genetisch zum Verwechseln ähnlichen Fruchtfliege unterscheidet. Der einzig wahre Nutzen jedoch, den ich daraus ziehe, ist die Anreicherung meines Wortschatzes mit einer neuen Metapher. Da mag einer Olséns DNA drehen und wenden wie er will, er mag ihn bis auf seine Nukleinsäuren und Transmittersubstanzen freilegen, er wird nicht auch nur annähernd imstande sein zu erfassen, wie all die Elementarteilchen zusammen aus einem menschlichen Organismus ausgerechnet ihn, Olsén, formen, der auf Tanaïs' freundlich formulierte Frage, womit er denn seine Tage so gewinnbringend ausfülle, wenn es ihm möglich sei, mir nichts dir nichts die Opernhäuser der Welt aufzusuchen, selbst die unbedeutenden und unbespielten, antwortet, er sei Musiker. Der Kommissar, durch den zweiten Cognac milde gestimmt, möchte also ein wenig in den Büchern des Lebens blättern, und er vertieft sich zuerst in den etwas ramponierten Band des Spaniers. Auch gut. Die Stunde ist günstig, denn die Mitte des Tages ist erreicht, jetzt beginnt die Sonne Straßen und Plätze, Mauern und Dächer aufzuheizen, so daß in ganz Odessa kaum ein geeigneterer Platz zu finden ist, um Schutz vor den Qualen des Steppensommers zu finden, als das kühle Halbdunkel des Londonskaya. Musiker, wiederholt Tanaïs, indem er sich dieses Wort wie Sirup von den Lippen leckt. So wie er es sagt, klingt es wie eine große Sehnsucht. Warum auch nicht, niemand wird aus freien Stücken Polizist. Kein Mensch, der in seiner Jugend nicht einem Traum nachjagt. Musiker, in der Tat, bekräftigt Olsén, und er strahlt die Selbstzufriedenheit des Mannes aus, der die Lüge auf die Spitze treibt, der alles auf eine Karte setzt, der sein Glück auf beinahe obszöne Weise herausfordert. Er hat die erste Unwahrheit trotz verräterisch nervöser Mimik schadlos überstanden, bei der zweiten fühlt er sich schon unverwundbar. Warum setzen wir nicht noch eins drauf? Wer als Schwindler überführt wird, macht sich lächerlich. Dessen raffiniert gedachte Lüge man durchschaut, der ist moralisch angeschlagen. Wer aber gleich den Wahrheitsbegriff in seiner philosophisch ohnehin fragwürdigen Existenz in den Staub tritt und statt dessen die Laune des Augenblicks mit dem Übermut des Verlierers paart, der wird mit dem entzückenden Balg, der daraus hervorgeht, der Welt den Kopf verdrehen. Also behauptet Olsén kurzerhand und zweifelsfrei, er sei Garcia Novarra. Dem habe ich in meiner ersten Überraschung nichts hinzuzufügen, abgesehen von der Hoffnung, er möge seine neue Existenz, die der unwissende Tanaïs wohl als einzig gültige betrachten muß, durch mehr als nur durch Traumabenteuergeschichten begründen. Der Kommissar bäumt sich kurz auf, als plage ihn schlechte Luft im Bauch, doch gleich versinkt er wieder in der Polsterung des Fauteuils. In diesem Augenblick, die erste Überraschung ist verflogen, fürchte ich, daß Olsén einen Fehler gemacht hat. Gewagt ist sein Schwindel allemal, denn bei dem traurigen Schicksal, das dem wahren Garcia Novarra widerfahren ist, kann dessen Name selbst im Odessaer Behördenchaos einem für die Aufklärung von Diebstählen zuständigen Beamten untergekommen sein. Tote Spanier sind an der Schwarzmeerküste in diesen Zeiten selten geworden. Ein schöner Name sei das, meint Tanaïs, ein klangvoller Name, von gewiß ebenso hoher Musikalität wie sein Träger. Nein, Olsén zweifelt sichtlich keinen Augenblick an der Glaubwürdigkeit seiner Komödie, vielmehr gewinnt er, erhaben über jeden Zweifel seines Publikums, zunehmend an Größe, ja an Würde, als habe er immer schon auf die Gelegenheit gewartet, einmal in die Haut des anderen zu schlüpfen. England, schwärmt er, sei der Himmel gewesen, Spanien hingegen ein düsteres Loch, katholisch und faschistisch in einem Aufwaschen, kurzum kunstfeindlich bis hin zum Erstickungstod für einen jungen Menschen mit Ambition. Spanien sei die Erbsünde gewesen, die Musik die Beichte, England die Erlösung und John Peel die fleischgewordene und gottgesandte Vergebung. Hoppla, denke ich, wo soll das denn hinführen? Da sehe ich auf einmal, wie Olséns vormals so trübsinnige Augen glühen, sie quellen ihm beinahe aus dem Gesicht, als fänden die Erinnerungen keinen Platz mehr unter der Schädeldecke. Er spricht, wie es in russischen Romanen heißt, wie im Fieber. John Peel, sagt er, als rufe er einen Heiligen an, habe aus einem iberischen Tölpel, der zu nicht mehr fähig gewesen sei, als auf der Gitarre Volksweisen aus seiner Heimat zu klimpern, einen Star gemacht, ja, in der Tat, ein Idol des Swinging London, ihn, Garcia Novarra und nebenbei noch den eitlen Judenbengel Feld, zwei Freunde, die das Leben auf der Straße und die Entdeckung des Rock 'n' Roll zusammengeschweißt habe, die aber im späteren Leben getrennte Wege gegangen seien, Feld direkt in den Tod, er, nun ja, nach Odessa, um ein Opernhaus zu bewundern, das, wie er traurigerweise erfahren müsse, dasselbe Ende zu nehmen drohe wie seine Musikerlaufbahn, es breche nämlich zusammen. So ungerecht sei das Leben. Er macht das grandios, denke ich, dieses Changieren zwischen Enthusiasmus und Melancholie, er spielt alle Betrüger, Hochstapler, Heiratsschwindler und Seitenspringer an die Wand, denen ich im Lauf meines Lebens begegnet bin, er spielt, als ob er nicht spiele, sondern als ob die Rolle auf bereits pathologische Weise Besitz von ihm ergriffen hätte. Wüßte ich's nicht besser, ich würde behaupten: Er *ist* Garcia Novarra. Aber, andererseits, weiß ich's denn wirklich? Ich schwanke und der Kommissar gafft Olsén alias Garcia Novarra an wie ein nervenschwacher Junge den in die Bredouille geratenen Dummschwätzer Kasperle. »Erzählen Sie«, fordert er, »ich bitte Sie, erzählen Sie weiter!« Und Olsén, jetzt ganz und gar hinübermetamorphosiert in die andere Existenz, so daß ich sogar eine Veränderung seiner Gesichtszüge zu erkennen glaube, läßt sich nicht lang bitten: »Nun ja, es ist ... Als ob ich mich in ein anderes Leben versenken würde ... Als ob ich ein anderer gewesen wäre ... Ich und Mark ... Mark Feld, mein erster Freund in London und vielleicht auch mein letzter ... Er sah aus wie ein Engel, schwarze Locken, die nur schwer zu bändigen waren. Und erst das Gesicht! Blaß und schmal und blutleer, im Gegensatz zu meinem, aus dem diese bäurische Röte nie weichen mochte, ganz abgesehen von den etwas derben Zügen, die einem Spanier nun einmal eigen sind ... Wissen Sie, was ein Mod ist? Kennt man dieses Wort überhaupt noch? Egal, ich war ein Mod. Mark und ich waren Mods, als das noch ein Stil war und keine Mode, Mitte der Sechziger ... Wir hatten eine Band, die Prousts, und spielten für Mädchen, die ihre Unterhosen noch über dem Bauchnabel trugen, bei Fünf-Uhr-Tee-Veranstaltungen und Schülerbällen. Mehr Geld haben wir aber als Begleitmusiker in kleinen Clubs und auf der Straße verdient, aber für einen echten Mod war das kein Leben, es war einfach nicht intensiv genug ... Live fast, die young, so sollte es sein ... Ich wohnte damals bei einem Musikkritiker des Evening Standard, McFleece, ich glaube, er war überhaupt nur freier Mitarbeiter, also niemand wichtiges in der Branche, außerdem war er so schwul, daß er den ganzen Tag mit einer Kerze im Arsch herumrannte, um die perfekte Ringmuskeldehnung zu erreichen ... Sie entschuldigen meine Ausdrucksweise, aber wenn ich mir die Zeit so vergegenwärtige, gleite ich in den Jargon ab, der damals gang und gäbe war ... Ja, McFleece hat mir ein Dach über dem Kopf geboten und ich war ihm dankbar dafür, vor allem aber deshalb, weil er mich in Ruhe gelassen hat, und das sage ich nicht, um mich nachträglich zu rehabilitieren, sondern weil's stimmt. Ich meine, der Mann hätte sich auch von einem Pferd vögeln lassen, ehrlich, und möglicherweise hat er's ja auch getan, er lebt übrigens schon lang nicht mehr, Sie können sich ja vorstellen, welches Finale seine Biografie genommen hat, aber an mir hatte er bloß einen Narren gefressen, ich war für ihn der Unberührbare, der kleine spanische Heilige, kein normaler Junge, sondern seine abgesicherte Zukunft, seine Altersvorsorge, sein Schlüssel zur Unvergeßlichkeit, und wer wollte es ihm übelnehmen, ein zweiter Brian Epstein sein zu wollen, der damals gerade mit Beatles-Badezimmerkacheln, Beatles-Duschvorhängen, Beatles-Socken, Beatles-Puderdosen, Beatles- Haarpomade und nebenbei mit Beatles-Platten so viel Geld verdiente, daß einem schwulen Kokser im trostlosen Hammersmith zwangsläufig schwindlig werden mußte. McFleece wollte mein Brian Epstein sein, und ich war in seiner Vorstellung John, Paul, Ringo und George in einer Person ... Aber wir spielten Rock 'n' Roll, Mark und ich, und kümmerten uns wenig um Vierzig-Zimmer-Villen in Dorset und Sonnenuntergänge in Juan-les-Pins und nicht einmal um die Beatles, die wir für Weicheier hielten, die bald wieder in der Versenkung verschwinden würden, wenn das Publikum erst einmal bemerken würde, daß keiner von denen sein Instrument auch nur annähernd beherrscht, geschweige denn den Rock 'n' Roll und ... Äh, was wollte ich gleich nochmal erzählen?«

»Ich glaube, das war die Sache mit ...«

»Mit? Mit? Richtig. Halbstarke waren wir nicht, wir trugen keine primitiven Lederjacken oder Glitzersakkos wie dieser puddinghafte Kretin Haley, unsere Köpfe zierten auch nicht diese absurden Haartollen wie bei den Teds, und wir spielten schon gar nicht West Side Story, sondern wir waren Mods. Wir steckten unser ganzes Geld in Klamotten, gediegen, mit perfektem Sitz und schnurgerader Bügelfalte. Ich hatte vierzig Anzüge im Schrank, das waren ganze neununddreißig mehr als McFleece besaß, und ich wechselte sie vier-, fünfmal am Tag. Eines Nachts, ich kann mich noch gut erinnern, wachte ich auf, weil ich einen Alptraum hatte. Ich hatte geträumt, ich liege in einem dunklen Zimmer und plötzlich steht McFleece neben mir mit seiner Kerze im Arsch und sagt, jetzt sei der Augenblick gekommen, um sie anzuzünden. Ich wachte also auf und sah, wie McFleece tatsächlich neben meinem Bett hockte und nervös an seinen Fingernägeln kaute. Ich fragte, was los sei, und er antwortete, er habe einen Traum gehabt, aus dem er sofort aufgewacht sei, um ihn mir mitzuteilen, ehe er ihn wieder vergesse. Er habe geträumt, daß im Evening Standard ein Artikel über Mods erschienen sei, was er schlichtweg für ein Zeichen halte und nun in der Tat beabsichtige, einen Artikel über Mods zu schreiben, was ihn zweifellos der Brian-Epstein- und mich der JohnPaulRingoGeorge-Existenz einen gewaltigen Schritt näherbringen werde, da natürlich ich der Protagonist der Geschichte sein sollte. Natürlich! Der Artikel erschien tatsächlich, ungefähr ein halbes Jahr nach dem Traum, allerdings nicht im Evening Standard, sondern im Town Magazine, und nicht aus der Feder von McFleece, sondern aus jener eines gewissen Peter Barnsley. Und der Protagonist der Geschichte war nicht ich, sondern Mark Feld. Natürlich! Seither halte ich wenig von Träumen und noch weniger von Leuten, die mir von solchen erzählen wollen. Der Mod, hat Mark in dem Artikel großspurig behauptet, lebt für gar nichts, er bleibt wo er ist und was er ist. Und wenn er fünfundzwanzig Jahre alt wird, ist seine Zeit abgelaufen. Ich kann mich noch genau an den Müll erinnern, den er diesem ahnungslosen Barnsley aufgetischt hat, an all das Zeug, mit dem man fünfzehnjährige Quermuschis im Treppenhaus heiß machen konnte ... Mark hatte kurze Zeit später einen Vertrag als John-Temple-Model in der Hand und erschien einfach nicht mehr zu den Proben der Prousts. Als ich einmal nach Wimbledon hinaus fuhr, wo er noch bei seinen Eltern wohnte, sah ich ihn als Bob-Dylan-Doppelgänger die Straße entlanggehen, eine Schildmütze schräg auf den Lockenkopf gepappt, die Gitarre über der Schulter und die Mundharmonika um den Hals ... Wir haben nie mehr wieder gemeinsam gespielt. Garcia, die Zeit bleibt nicht stehen und bei den Prousts ist definitiv die Luft raus, hat er mir einmal gesagt, später, als er nicht mehr Mark Feld war, weil er inzwischen eine Plattenfirma gefunden hatte, der sein Name zu jüdisch war.«

Olsén hat im Laufe der Erzählung seine anfängliche Verschlagenheit verloren, jene konspirative Miene, mit der er mir vorhin noch bedeuten hat wollen, wie sehr er in der Lage sei, den Kommissar – und nicht nur ihn, schätze ich – einzuseifen. Nichts ist mehr übrig geblieben von der spielerischen Art, mit der er die Bühne seines Lügentheaters betreten hat, vom schiefen Grinsen, mit dem er begonnen hat, die Erinnerungsfäden eines anderen zu entflechten. Er hält die gefalteten Hände ans Kinn und blickt an mir und Tanaïs vorbei auf das große Fenster des Londonskaya, wo zwischen den schweren Vorhängen die Sonne des frühen Nachmittags hindurchsticht. Was geht in diesem Mann bloß vor? Ich könnte nicht einmal sagen, ob er sich tatsächlich Garcia Novarras Geschichte zu eigen gemacht oder ob er dessen und seine eigene Biografie vermischt hat, oder ob schlichtweg alles erfunden ist. Ich bin sogar schon so weit mich zu fragen, ob es möglich ist, daß beide Spanier, der lebende als auch der tote, eine Fiktion sind? Die fixe Idee eines psychisch defekten Menschen, von dem ich, wenn ich es mir recht überlege, nicht mit Sicherheit weiß, ob er Spanien je gesehen hat? Ich habe bis zum Augenblick seiner Verwandlung nicht an seiner Herkunft und seinem Namen gezweifelt. Ich habe ihm geglaubt. Mit welchem Grund? Einfach deshalb, weil ich ihm habe glauben wollen. Weil es mir ans Herz gegangen ist, so wie er ausgesehen und gesprochen hat, gestern an der Mole. Weil er mir im Moment der größten Selbstzweifel über den Weg gelaufen ist wie ein herrenloser Hund. Weil ich in ihm den Verlierer gesehen habe, der ich nicht habe sein wollen. Weil die Vorstellung, daß er mitleiderregender sein könnte als ich, eine tröstliche war. Weil ich in seiner traurigen Gestalt mich selbst gesehen habe, in zehn, fünfzehn Jahren, wenn ich mich so weitertreiben lasse wie bisher.

Der Kommissar wird unruhig. Doch anstatt aufzustehen und sich einfach zu verabschieden, sagt er zaudernd: »Sie haben vorhin einen anderen Namen …«

»Wie? ... Ja, richtig. Peel ... Ich fürchte, ich bin etwas vom Thema abgekommen ... John Peel ... Sagt Ihnen der Name etwas? ... Ist vielleicht auch schon zu lang her, na ja, und im kalten Krieg wird man hierzulande kaum britischen Underground gehört haben. Oder? ... Peel war Discjockey, aber eigentlich war er für mich das, was McFleece nie sein konnte und im übrigen sein kurzes Leben lang nie wurde, der Mann mit dem richtigen Riecher nämlich, einer, der dich ohne großen Aufwand vor den Vorhang stößt und sagt: Es ist deine Show! Jetzt werden sie dich lieben! Und so war es dann auch. Peel legte Platten bei einem kleinen, illegalen Rundfunksender auf, Platten, die bei der BBC auf dem Index standen. Weil aber die Jugendlichen keine Lust hatten, Cliff Richard, Sandy Shaw oder Mister Acker Bilk zu hören, hörten Sie Peel, der sie mit allem versorgte, was dem guten britischen Geschmack zuwiderlief. Zum Beispiel Finn MacCumhal and The Wild Cliffs of Dover. Meine Band nach den Prousts. Ich war im Radio, ich war im Himmel. Ein Star! Das Publikum bei unseren Auftritten wurde zahlreicher und hysterischer, die Single, die Peel auf- und abspielte, *Swamp Stomp*, verkaufte sich. Passabel. Ich besorgte mir die schrägsten Anzüge, die in der Carnaby Street zu kriegen waren, trug Plateauschuhe und straßbesetzte Sonnenbrillen wie Liberace und leistete mir eine eigene Wohnung in der Nähe des Portobello Market, in die später der Schriftsteller Martin Amis einzog. McFleece wünschte mir jedesmal, wenn wir uns über den Weg liefen, lautstark die Pest an den Hals, aber in Wirklichkeit hat er es nicht einmal zu einem Verriß meiner Platte im Evening Standard gebracht ... Der Prinz von Notting Hill, das war ich, der Ausbüchser aus einem gottverlassenen Pyrenäendorf. Der berühmteste Pop-Iberer neben Miguel Rios ... Bis eines Tages Feld wieder auf der Bildfläche erschien, unter anderem Namen und mit eigener Band. Bolan nannte er sich jetzt, Marc Bolan, und mit den zwei Trauergestalten im Fahrwasser gab er sich den größenwahnsinnigen Namen Tyrannosaurus Rex. Das war eigentlich nur lächerlich und es wunderte mich wenig, daß er damit in Deutschland auf die Nase gefallen war ... Hatte sich eingebildet, er könne wie die Beatles zuerst die Krauts in die Knie zwingen und anschließend das Britische Empire erobern, bloß weil er *Der Herr der Ringe* gelesen hatte und sich selbst daraufhin als singender Esoteriker fehlinterpretierte ... Zu viele Joints ... Fragen Sie mich nicht warum, aber Peel mochte Feld, ob das auch für die Musik zutraf, weiß ich nicht, jedenfalls hatte Feld in der Zeit, in der wir uns nicht unter die Augen gekommen waren, an Engelhaftigkeit gewonnen. Er hatte diese zarten, kindlichen Gesichtszüge, den entrückten Blick, er lächelte nicht, strahlte aber auch keine große Ernsthaftigkeit aus. Er mutete an wie einer, an dem alles Irdische vorbeizieht und der sich, da bin ich mir sicher, im Traum nie als Prinz von Notting Hill bezeichnet hätte, weil er sich durch dieses Prädikat in das kulturelle Biotop eines bestimmten Ortes eingepflanzt gesehen hätte. Nein, er schlug mit den Flügeln und schwebte über London und glaubte fest daran, über magische Kräfte zu verfügen ... Und dann diese schwarzen, in alle Himmelsrichtungen wuchernden Locken ... Was immer es auch war, Peel engagierte Tyrannosaurus Rex in den Middle Earth Club, wo er Platten auflegte, als sein Sender zusperren mußte. Wir traten beide dort auf, Feld und ich, jeder mit seiner Band und jeder mit dem Ehrgeiz, den anderen in Grund und Boden zu spielen. Der Stimmung im Club war's nur zuträglich, aber ich merkte, daß Peel mehr Zeit mit Feld verbrachte als mit mir und daß er sich ihm als eine Art Manager andiente ... Ekelhaft wurde es, als Peel anfing, für den poetischen Überbau zu sorgen. Das hörte sich ungefähr so an: Tyrannosaurus Rex sind den traurigen und verstreuten Blättern eines früheren Sommers entsprungen. Während des kalten, grauen Winters wurden sie umsorgt und gestärkt von all jenen, die sie lieben. Sie sind erblüht mit dem Anbruch des Frühlings, die Kinder frohlockten und die Erde erhob ihren Gesang. Es wird ein langer und ekstatischer Sommer ... Ääh, mir tritt jetzt noch der Schweiß auf die Stirn, wenn ich daran denke, welchen Regen aus Pisse und Scheiße eine kleine dunkle Wolke, die da eines Tages über den Sechziger-Jahre-Schönwetterhimmel trieb, auf die Köpfe der Leute hat herablassen können. Und sie haben gejubelt, man wird es nicht glauben, haben sich im Dreck gewälzt, haben das Zeug in sich hineingefressen, nach mehr gebrüllt. Es war wie im Danteschen Purgatorium ... Da war mir klar, daß eine Epoche zu Ende geht ... Na ja, und jetzt ist Feld schon lange tot, ich sitze in Odessa und erzähle abgestandene Geschichten, und Cliff Richard schafft es noch immer bis in die Hitparade ... Vielleicht ist das der Triumph der Gerechtigkeit ...«

Abgesehen davon, daß ich einfach nicht mehr auf meinem Hintern sitzen kann, ist es wohl die floride Gürtelrose, die mir gleich ihrer floristischen Verwandten am Valentinstag eine klare Botschaft vermittelt: Sei doch vernünftig! Unter diesem Imperativ stellt sich die Situation, in der wir drei uns befinden, als geradezu absurd dar. Wir sitzen da wie in Scheherazades Palast, einer erzählt und zwei lauschen einem Märchen aus der tausendundzweiten Nacht, als ob wir alle an einem persischen Sommerabend im Opiumrausch schwelgten. Nicht weil wir uns dazu entschlossen hätten oder weil wir uns halt einen müßigen Tag um die Ohren schlagen müssen, sondern aus Versehen. Olsén und ich haben aus Gründen des inneren Friedens begonnen, ein wenig die Wahrheit zu verdrehen und dabei das eine oder andere Mißverständnis in Kauf genommen, aber daß gleich Ort und Zeit hinter zugezogenen Vorhängen gleichsam in eine andere Dimension hinübergeflossen sind, halte ich für das größte Mißverständnis dieses an unangenehmen Erfahrungen nicht gerade armen Tages. Jetzt sind klare Verhältnisse gefordert! Na gut, sage ich und reibe mit der flachen Hand vorsichtig über die juckenden Stellen, es sei wohl an der Zeit, nach getaner Aufklärungs- und Erinnerungsarbeit, die restlichen Stunden des Tages, zumindest was mich betreffe, der Schadensbegrenzung zu widmen. Schön, ruft Tanaïs in einem Ton aus, der mir sagt, daß er den Schritt aus der anderen Dimension noch nicht vollständig vollzogen hat, und will wissen, was ich denn vorhabe. Mir die Möglichkeit verschaffen, Odessa zu verlassen, sage ich, da meine Mittel für einen längeren Aufenthalt reduziert und meine touristische Neugier überhaupt am Ende sei. Er denke, fährt Olsén dazwischen, er werde mich begleiten, sofern mich seine Gesellschaft bei meinen Besorgungen nicht störe, doch noch ehe ich antworten kann, und ich hätte ihm gern eine Abfuhr erteilt, durchtrennt der Kommissar den dünnen Faden des Gesprächs mit der Feststellung, die mir und sichtlich auch Olsén die Sprache verschlägt, er könne sich wohl vorstellen, daß wir beide uns seiner Gegenwart entledigen wollen, aber das könne er nicht zulassen. Während ich überlege, was denn schief gelaufen sein könnte, ob Olsén den Bogen überspannt hat oder ob es sich nur um eine Laune des Kommissars handelt, zieht er ein Mobiltelefon aus der Rocktasche, wählt eine Nummer und stößt ein kakophones Wortkonglomerat, durchmengt von einem gutturalen Lautgeflecht, der Person am anderen Ende der Leitung ins Ohr. Ich höre ihm zu wie einem virtuosen Interpreten dadaistischer Poesie. Dann steckt er das Telefon wieder ein und sagt nüchtern, ein Wagen würde in Kürze eintreffen.

In der Zwischenzeit schlage er vor, gemeinsam noch ein Glas Cognac zu trinken. Olsén lächelt milde. Diese Geste verstehe ich genauso wenig wie die Muttersprache des Kommissars oder die Notwendigkeit eines Wagens. Ich bin, ehrlich gesagt, zutiefst beunruhigt über die Wendung der Ereignisse und auch darüber, daß das Jucken auf der Haut, vermutlich infolge intensiven Schwitzens, allmählich vom altbekannten Brennen abgelöst wird. Wohin soll das noch führen? Schließlich, die drei Cognacgläser werden gerade an unserem Tisch abgestellt, fragt Tanaïs: »Sie kennen nicht zufällig einen gewissen Minski?«

4.

»Ich werde den Laden auseinandernehmen!«

»Ja?«

»Ja! Darauf gebe ich Ihnen mein Wort.«

Tanaïs war nicht wütend. Nichts lag ihm ferner, als jemals wieder im Superexcessio aufzukreuzen. Er war bloß erregt. Zum einen fand er nicht die richtigen Worte dafür, daß er wieder sehen konnte. Zum anderen schwoll ihm, wie man so sagt, der Kamm. Er war doch glatt zu ihr gefahren. In seinem Zustand! Jeder andere wäre in den Krankenstand gegangen. Er nicht! Er wollte sich ein wenig auf die Brust klopfen und das Leben wunderbar finden, wie wenn man aus einem schönen Traum mit einer Erektion erwacht, die man nach dem Aufstehen als Allegorie des Sieges über den kleinen Tod noch eine Weile vor sich her trägt.

»Sie sollten nach Hause gehen.«

»Es war einmal ein Club namens Superexcessio! Die gehen alle hoch, das schwöre ich Ihnen!«

»Hören Sie auf. Gehen Sie einfach nach Hause.«

Nach Hause, lächerlich. Was sollte er zu Hause tun? Zu Hause war zu wenig Platz für seine Gefühle, er brauchte Raum. Zu Hause war Lya, er aber wollte mit der Frau zusammen sein, mit der er den Tag begonnen hatte. Träumend. Nach dem, was ihm widerfahren war, glaubte er ein Recht darauf zu haben.

»Was reden Sie da, ich bin im Dienst.«

»So sehen Sie aus!«

Wie gern hätte er aufgeschrien, als er vorhin zu sich oder zu Bewußtsein gekommen oder aufgewacht war, woraus auch immer, aus einem Rausch, aus einer Bewußtlosigkeit, aus dem Schlaf, er hätte gern aufgeschrien als er die Augen geöffnet und gesehen – *gesehen!* – hatte, wo er war, nämlich am Steuer seines Dienstwagens. Als ob er gar nie ausgestiegen wäre, als ob die Vorgänge im Superexcessio nur in seinem Hirn stattgefunden hätten. Durch die Windschutzscheibe, über die sich eine feine Sandschicht gelegt hatte, hatte er die dunkelgraue, schrundige Oberfläche des Meeres unter einem wolkenverschmierten Himmel erkannt. *Winterhimmel*, hatte er gedacht und daran, daß zu dieser Jahreszeit das Schwarze Meer seinem Namen beinahe gerecht wurde. *Schwarzer Schiefer, schlafend im Schein schwarzer Sonnen.* Er hatte gleich gewußt, wo er war, am Strand von Chernomorka nämlich, weit draußen vor der Stadt, er hatte allerdings keine Vorstellung davon gehabt, wie er dorthin gekommen war. *Ein Vogel, ein guter Vogel flog aus der Stadt* ... Seine Augen! Er hatte sich erinnern können, blind gewesen zu sein. Er hatte die Sonnenblende heruntergeklappt und sein Gesicht im kleinen Spiegel gesucht. Gefunden hatte er ein anderes, aufgeschwollen, gerötet, mit kleinen Schnitten und größeren Inseln getrockneten Blutes übersät. Er hatte nicht geträumt. Es war passiert. Die Schüsse auf die Tür. Igor. Und dann ... Minski? Oder doch nicht? Er war aus dem Wagen gestiegen und beinahe über den Rand einer Klippe gestürzt, denn er hatte offensichtlich nur wenige Zentimeter vor dem Abgrund gehalten. Aber wie und wann war er hergekommen? Keine Antworten. Er hatte die 38er an seiner Seite gespürt, sie in die Hand genommen, das Magazin überprüft und festgestellt, daß es leer war. Dann hatte er beschlossen, in die Stadt zurückzufahren, nicht ins Büro und nicht nach Hause, sondern zum Kaukasen. Er hatte es sich verdient. Und da saß er nun, an der Seite der Frau, die ihm wie gewöhnlich kaum Beachtung schenkte, Geldscheine abzählte und einen Morgenmantel trug. Sie roch nach parfümierter Hautcreme, die kleinen Zehennägel waren rot lackiert, die kleinen Brüste im Ansatz sichtbar. Sie war makellos. Tanaïs saß ihr beinahe am Schoß, der Kaukase war, wie er gehofft hatte, nicht zu Hause, also konnte er sich ein wenig mehr herausnehmen, schließlich war sie nicht nur die Frau des Kaukasen, sondern auch eine ehemalige Strandnutte, und sie hatte keinen Einwand gegen seine Nähe erhoben, sie hatte überhaupt nicht reagiert, sondern einfach mit ausdruckslosem Gesicht weitergezählt. Nur Romka, die Dogge, hatte ihren Kopf erhoben und den Besucher zuerst empört beobachtet, sich nach einigen Augenblicken allerdings wieder gleichmütig ausgestreckt und gegähnt. Tanaïs war schließlich kein Unbekannter, auch wenn sein Gesicht nicht jenes war, das sich ihrem Hundehirn eingeprägt hatte.

»Was wollen Sie?«

»Geht das nicht ein bißchen freundlicher? Ich habe einen schweren Tag hinter mir, das möchte ich vom Abend nicht auch noch sagen müssen.«

»Ich kann Ihnen nichts geben und mein Mann wird so bald nicht hier sein.«

»Das macht nichts ... Ich meine, Sie denken falsch von mir. Ich brauche nichts. Ich möchte nur ein wenig bei Ihnen am Tisch sitzen und Ihnen zusehen.«

»So wie der Hund meinen Sie?«

Es bringt nichts, mit ihr zu diskutieren, dachte Tanaïs, ohne gekränkt zu sein. Er hatte die Frau nie anders als abweisend erlebt, auch ihrem Mann gegenüber. Sie saß einfach immer da, trug ihren Morgenmantel, zählte Geld und rauchte. Sie tat, was der Kaukase von ihr verlangte, und das war vermutlich allemal besser, als auf der Straße zu stehen. Wenn sie ihre Schenkel öffnete, roch sie nach Vanille. Mehr verlangte Tanaïs gar nicht von ihr. Es war ihm gleichgültig, wie sie ihn behandelte und ob sie mit ihm sprach oder nicht. Er wollte nur ihren Duft einatmen und die Augen schließen und sich ihr Geschlecht vorstellen, dem er in Gedanken entgegenkriechen wollte, wie der Verschüttete dem Licht.

»Was denken Sie eigentlich …«

»… Von? …«

»… Mir?«

»Sollte ich mir Gedanken über Sie machen?«

»Jeder macht sich Gedanken über andere.«

Sie schlichtete die Geldscheine in eine Metallkassette, schloß diese ab und steckte den Schlüssel in die Tasche ihres Morgenmantels. Dann zündete sie sich eine Zigarette an und rauchte sie schweigend zu Ende. Im Tabakdunst verlor Tanaïs ihren Geruch, das machte sie reizlos. Sie war eine Frau, die rauchte, wie Tausende andere auch in dieser Stadt. Weibliche Körper mit Makeln. Ein abgebrochener Schneidezahn. Zwei angewachsene Ohrläppchen. Dunkle Haare zwischen Oberlippe und Nase. Ein Überbein am Ansatz der großen Zehe. Orangenhaut an den Hüften. Ein hohler Backenzahn. Ein Ekzem am Rücken. Ein Leberfleck. Unrasierte Schenkel. Eine Warze in der Achselhöhle. Birnenbrüste. Menstruationsblut. Manchmal ekelte Tanaïs der Gedanke an Frauen. Meistens sogar. Das Lebendige war ein Alptraum. Eine Ansammlung von Gasen und Flüssigkeiten. Nur wenn es ihm gelang, die Frau zu idealisieren, ihr Aroma zu erfassen, von ihr zu träumen, empfand er eine Art Zuneigung.

»Was wollten Sie im Superexcessio?« fragte sie.

Die erste Frage, die keine Gegenfrage ist, dachte Tanaïs, der erste Satz, der nicht aus der Defensive kommt. Das erste Mal, daß sie ihn überraschte.

»Dienstlicher Einsatz.«

»Minski?«

Tanaïs lachte auf. »Minski! ... Hören Sie mir mit dem auf. Gibt's den überhaupt? Jeder erzählt Geschichten vom großen Minski, aber keiner, scheint's, hat ihn je gesehen.«

Sie verzog gleichgültig den Mund. »Wenn man nicht hinsieht, entgeht einem manches.«

Sie öffnete ein wenig die Schenkel, weit genug, um Tanaïs' Geruchsnerv wieder zu reizen. »Ich habe gesehen, wie Sie gestern unterm Tisch onaniert haben.«

Tanaïs erstarrte.

»Ich habe auch gehört, wie Sie sich nach Minski erkundigt haben.« Sie zog den Morgenmantel über die Knie und öffnete ihre Schenkel ein wenig mehr, doch Tanaïs sah gar nicht dorthin, wo er jetzt hätte hinschauen können, er schloß die Augen, als ihm aus der Mitte des Frauenkörpers Wellen des verführerischen Duftes entgegenschlugen, die ihn umspülten wie körperwarmes Meerwasser. Er war im Saal der Bienenkönigin, im Zentrum des Labyrinths, am Ende aller Wege. So schien es ihm wenigstens für einen Augenblick.

»Ich möchte, daß Sie das noch einmal machen. Daß Sie hier vor mir onanieren. Dann verrate ich Ihnen ein Geheimnis.«

Er beschloß, sich rücklings ins Meerwasser fallen zu lassen, unterzutauchen und nichts gegen das Absinken zu unternehmen. Er wollte tun, was sie von ihm verlangte, es einfach tun, ohne zu denken ... *Zu Zeiten gleicht mein Zustand einem Traume* ... Er öffnete seine Hose und er war glücklich, es war, wie wenn er den Tag ungeschehen machen und in den Traum zurückgleiten würde, aus dem er am Morgen erwacht war ... *Was euch Nacht scheint, ist mir lichter Tag ...*

»Legen Sie sich auf den Boden.«

Er entblößte seinen Unterleib, hatte aber keine Erektion, legte sich auf den kalten Steinboden und sah zu ihr auf. Romka hob den Kopf und blickte mit gerunzelter Stirn abwechselnd auf Tanaïs und die Frau. Diese setzte sich so hin, daß er ihr von unten zwischen die Beine schauen konnte. Das Geschlecht der Bienenkönigin war eine kleine glatte Frucht, ganz anders, als es ihm im Traum erschienen war. Dort war es groß und dick und rot gewesen. Er atmete tief ein, doch das ersehnte Aroma war mit der Offenbarung der banalen Anatomie der Frau über ihm verweht. Sie erregte ihn nicht.

»Ich habe dieses Spiel schon lange nicht mehr gespielt«, sagte sie. »Es fehlt mir irgendwie.«

»Sie wollten mir ein Geheimnis verraten.« Sie erregte ihn nicht, aber die Lage, in der er sich befand, war erregend. Nicht mehr das körperwarme Meerwasser, das ihn umschloß, erregte ihn, sondern das Absinken und Abwarten, wann er den Grund erreichen würde.

»Das tu ich ja gerade. Ich habe dieses Spiel schon lange nicht mehr gespielt, weil es nicht viele gibt, die den Mut dazu haben ... Ich habe nicht gesagt, daß Sie einfach da liegen sollen ... Ja, spielen Sie an sich herum wie ein kleiner Junge ... Minski hatte nicht den Mut dazu, der Spanier hingegen schon ... Nein, pssst, sagen Sie gar nichts, hören Sie mir nur zu, sonst ist das Spiel beendet und Sie haben verloren ... *Ich* weiß, daß Sie die Leiche des Spaniers suchen, aber wissen *Sie*, daß er am Tag seines Todes hier vor mir am Boden gelegen ist, so wie Sie jetzt? Und er hat nicht viel besser ausgesehen, ziemlich abgerissen, um ehrlich zu sein, aber ich brauchte ihn gar nicht zu berühren, er wollte mir einfach zwischen die Beine schauen und an mir riechen ... Seltsam, finden Sie nicht, daß zwei Menschen am selben Ort auf denselben Einfall kommen? ... Machen Sie weiter, ich erzähle Ihnen nur, was ich Ihnen erzähle und so lange ich Lust habe zu erzählen, da erübrigt sich jede Fragerei ... Na also! ... Ich spiele nur mit Männern, die mir leid tun, weil sie etwas nachlaufen, das sie nie kriegen werden, oder die vor etwas davonlaufen, das sie ja ohnehin früher oder später einholt, verstehen Sie? Das ist kein Spaß und keine heimliche Begierde, das ... hat etwas mit Macht zu tun. Und ich liebe Macht, ehrlich, ich hol sie mir, wo ich sie kriegen kann, und sei es bei einem Spiel wie diesem ... Ich habe dem kleinen Spanier gesagt, hier brauchst du nur mich zu fürchten und meine Launen, und das hat er verstanden, und ich glaube, für einen Augenblick war er glücklich, weil er sich ständig vor irgendwelchen Leuten gefürchtet hat, vor allem, und jetzt hören Sie mir gut zu, Kommissar, denn ich sage das nur jetzt und hier und in der Lage, in der Sie sich befinden, vor allem vor jenem Mann, der ihm bis Odessa gefolgt war, der ihm jahrelang im Genick gesessen ist und aus ihm ein Bündel Angst gemacht hat ... Der Spanier war kein großer Mann, er war vielleicht bloß ein Spinner und taugte zu nichts, was im Leben und ganz besonders zum Überleben in dieser Stadt von Wert war. Er wollte untertauchen und dafür war er bereit, alles zu tun, jeden Mist aufzuräumen und davon zu leben, was die anderen wegwarfen ... Ich meine, es muß einer schon ziemlich am Ende sein, wenn er vom Leben nicht mehr verlangt ... Lange mußte er ohnehin nicht durchhalten, lange genug jedenfalls, um sich auf dieses Spiel mit mir einzulassen, als ob er dadurch die Angst hätte austreiben können ... Er sagte, er hätte einen Freund, und dieser Freund sei mit ihm nach Odessa gekommen, um Schluß zu machen, ein spanischer Freund, der ihm nicht von der Seite weiche, der nur stets einen Schritt hinter ihm bleibe, so daß er nie zu sehen sei, er allerdings wisse, daß er da sei, ununterbrochen, er könne ihn riechen und nachts, wenn er im Bett liege, atmen hören und es sei im Lauf der Jahre der Fall eingetreten, daß jeder jederzeit in die Haut des anderen schlüpfen habe können, weil sie sich nicht nur innerlich, sondern auch äußerlich so ähnlich geworden seien ... Nur wenn er sich auf mein Spiel einließ, wenn er sich vor mir erniedrigte, war der Freund nicht da, dann war er er selbst, ein kleiner Junge aus den spanischen Pyrenäen, der sich befriedigte, während er sich vorstellte, einer Magd oder einem Dienstmädchen oder einer Mitschülerin unerlaubt zwischen die Beine zu sehen ... Das ist mein Geheimnis, Kommissar, aber das ist längst noch nicht das Ende des Spiels ... Romka!«

Die Dogge schnellte hoch und sprang Tanaïs auf die Brust, daß ihm der Atem stockte. Sie drückte ihn zu Boden, so daß er sich nicht mehr rühren konnte, schaute ihn mit arrogantem Hundeblick an und blies ihm ihren Hundeatem ins Gesicht. War er am Grund des Meeres angekommen?

»Was glauben Sie, was ich von Ihnen denke, Kommissar, wenn ich Sie so ansehe?«

Nein. Er war hier. In der Welt. In Odessa. Von einem Hund angespeichelt. Ein Stück dahinter eine kleine gespaltene Nuß im spitzen Winkel zweier Schenkel. Das erregte ihn nicht. Er glaubte an gar nichts. Es war ihm egal, was sie von ihm dachte, er war ja nie der Illusion erlegen, daß sie eine gute Meinung von ihm haben könnte. Wie denn auch, er war Polizist, er war drogenabhängig, er war verschuldet und er hatte kein Schamgefühl, kurzum: Er war ziemlich heruntergekommen. Er war außerdem schon lange nicht mehr in der Lage, einen Fall zu lösen, weil er nicht mehr in der Lage war zu denken, das heißt, in einer logischen Abfolge zu denken. Sein Hirn produzierte unablässig Gedanken und Bilder, nur gänzlich ohne Zusammenhang, wie ein gigantisches, über den Haufen geworfenes Puzzle. Da waren Eindrücke und Vorstellungen, Erinnerungen und Tatsachen, Wünsche und Prägungen, Ängste und Träume, alles ein einziges Durcheinander. Was sollte es ihn da kümmern, was die Frau des Kaukasen von ihm dachte, von einem Mann mit heruntergelassener Hose, dem ein Hund auf der Brust saß? Ja, es war traurig. Ja, es war lächerlich. Aber das war nun einmal sein Leben, niemand hatte es ihm so eingerichtet, er selbst hatte sich dorthin gebracht, wo er war. Das war so banal wie die Geschichte von dem Mann, der dreißig Jahre lang auf der Suche nach Gott war und am Ende daraufkam, daß Gott es war, der *ihn* gesucht hat. Er antwortete: »Wer viel glaubt, dem widerfährt viel, wissen Sie.«

»Das Spiel ist noch nicht zu Ende«, sagte die Frau, schloß die Schenkel, stemmte sich vom Sessel hoch und ging auf die Tür zu. »Romka«, befahl sie, ehe sie den Raum verließ, »du bleibst, wo du bist!«

Der Hund gehorchte und bewegte sich nicht von der Stelle, das heißt von Tanaïs. Als dieser den Versuch machte, das Tier durch eine leichte Drehung seitwärts von seiner Brust zu kippen, erntete er böses Knurren hinter einem entblößten Hundegebiß. Romka begriff offensichtlich das Wesen des Spiels nicht, daß nämlich die Spieler, im Gegensatz zum wirklichen Leben, jederzeit die Möglichkeit haben auszusteigen. So blieb ihm nichts anderes übrig als weiterzuspielen und abzuwarten, was passieren würde. Er wollte nur nicht vom Kaukasen in dieser Situation erwischt werden, die ohne viel Phantasie als kompromittierend bezeichnet werden konnte. Oder gehörte er mit zum Spiel? Wußte er, was in seiner Küche vor sich ging? Hatte er eine Ahnung von der Angsttherapie, der sich der Spanier unterzogen hatte, ehe man ihn draußen am Friedhof aufknüpfte? Der Hund war nicht bösartig, solange sich Tanaïs nicht rührte, im Gegenteil, er wirkte alles andere als glücklich über seinen Auftrag. Immerhin war der Mann, auf dem er saß, erstens kein Unbekannter und zweitens nicht so breit gebaut, als daß er eine bequeme Unterlage hätte abgeben können. Romkas Hintern glitt einmal links und einmal rechts an Tanaïs' Oberkörper ab, ständig mußte sie versuchen, im Gleichgewicht zu bleiben, und zugleich auf die Versuche des Mannes achten, sich zu befreien. In ihren Augen spiegelte sich die Verzweiflung über die exklusiven Ansprüche der Zweibeiner, aber ihr hündisches Bewußtsein wußte nichts von der Möglichkeit der Hinterfragung, weshalb sie auf jede Bewegung, die nicht von ihr ausgelöst wurde, mit einer unmißverständlich aggressiven Geste antwortete. Nicht allerdings Tanaïs' Stimme, mit der dieser versuchte, sich selbst und den Hund zu beruhigen. Er dachte, er könne das ursprünglich lustvolle, doch mittlerweile grausame Spiel, dessen Regeln er nicht durchschaute, mit einem Spiel verkürzen, das er früher gern gespielt hatte, wenn er auf Nachtstreife gewesen war. Es war das Spiel der ersten Sätze, ein Spiel, das er immer nur mit sich selbst hatte spielen können. Jetzt, überlegte er, könnte er ja versuchen, den Hund damit zu beeindrucken oder abzulenken oder müde zu machen. Außerdem hatte das Spiel ihm geholfen, sich zu konzentrieren, einen klaren Gedanken zu fassen. Seit er nicht mehr klar denken konnte, hatte er es nicht mehr gespielt. Oder konnte er nur deshalb nicht mehr klar denken, weil er es schon so lange nicht mehr gespielt hatte? »Hör zu«, sagte er und sah, wie der Hund interessiert die Augenbrauen hob, »was haben Proust und De Niro gemeinsam? Ich wette, du weißt es nicht, denn das weiß fast niemand ... Es ist ein Satz, und zwar der erste Satz aus *Auf der Suche nach der verlorenen Zeit*. Der ist ganz kurz und lautet so:

Lange Zeit bin ich früh schlafen gegangen. De Niro sagt das auch einmal in *Once upon a Time in America*. Der stärkste Satz im ganzen Film. Ich meine, ein Satz und alles ist klar ... Der würde auch zu Garcia Novarra gepaßt haben, denke ich. Kann man das persönliche Scheitern besser auf den Punkt bringen? Was denkst du? Ich nehme doch an, daß Hunde denken können. Hallo, Fräulein, das war ein Kompliment, Sie sollten es mir lohnen ...« Romka neigte ihren Kopf zur Seite und sah ihn, wie er fand, ein wenig traurig an. »... Ich wette, du verstehst dieses Spiel ebenso wenig wie ich. Paß auf, hör dir einmal den Satz an: Die Sonne schien, da sie keine andere Wahl hatte, auf nichts Neues. Das könnte einer aus Odessa geschrieben haben, einer, den das Klima hier zum Zyniker gemacht hat. Dabei war's einer aus dem feuchten Dublin. Beckett. Erster Satz aus *Murphy* ... Weißt du, ich denke mir gerade, daß Garcia Novarra keine Wahl hatte. Manchmal ist das Leben so. Du stellst dir was Bestimmtes vor, machst Pläne, aber die Dinge nehmen ihren eigenen Verlauf und du hast keine Wahl. Jemand sitzt dir im Nacken, beschattet dich, verfolgt dich, ist einfach immer da, vierundzwanzig Stunden am Tag. Ich meine, was kannst du tun? Du hast keine Wahl, du mußt damit leben, dich aufreiben lassen. Du kannst versuchen unterzutauchen, du kannst obszöne Spiele spielen, aber es nützt nichts, es ist nicht dein Leben, es ist ein Leben, das andere dir aufzwingen. Du hast keine Wahl ...« Ein leises Winseln aus Romkas Kehle hörte sich an wie hündisches Mitgefühl. Sie sah abwechselnd ihn an und die Tür, aus der die Frau gegangen war und jederzeit zurückkehren konnte. Ein Hund im Zwiespalt, dachte Tanaïs, wie ein junges Mädchen, das zwischen Gehorsam und Hingabe schwankt. Er hob langsam die Arme und legte seine Hände auf ihre zitternden Flanken. Sie ließ es geschehen, blickte nur nervös um sich, als fürchte sie sich davor, ertappt zu werden. »... Gutes Mädchen. Ich werde ein Wort für dich einlegen, versprochen. Beckett. Ja, Beckett etwa hätte gut sagen können: Wie froh bin ich, daß ich weg bin. Weil er ja wirklich froh gewesen ist, von Dublin weggegangen zu sein, nach Paris nämlich. Er hat's aber nicht gesagt, zumindest ist so eine Aussage von ihm nicht überliefert, dafür hat ein anderer damit zweihundert Jahre früher den Auftakt zu einem Buch mit dem Titel *Die Leiden des jungen Werther* gemacht. Goethe, ein Deutscher ... Weg, nur weg! Das kennen wir beide auch, was? Garcia Novarra wollte weg. Wovon? Von einem Mann, der ihn verfolgte. Warum? Ich denke, weil er etwas wußte und mit diesem Wissen eine Gefahr für jemanden darstellte. Für wen? Erinnere dich daran, was Igor gesagt hat. Er hat gesagt, Garcia Novarra sei ein Paranoiker gewesen, weil er behauptet habe, seit fünfzehn oder fünfundzwanzig Jahren oder mehr verfolgt zu werden, da ihn die skrupellosen Vermögensverwalter, die die Millionen dieses Rockstars Boland oder Borland oder Poland eingesackt hätten, aus dem Weg räumen wollten. Was ist, wenn an der Geschichte etwas dran ist? Wenn Garcia Novarra irgendwann abgesprungen ist, du weißt ja, Ganovenehrenwort, mitgehangen, mitgefangen und all das Zeug. Mußt du dir doch jeden Tag mitansehen ...« Die Verführung eines Vierbeiners nahm Formen an. Romka schmolz dahin und sabberte ihm auf den Hals. Tanaïs streichelte sie an den Seiten, am Kopf und am Hals. Sie schloß die Augen, streckte und wand sich, so daß er alle Stellen ihres Körpers erreichen konnte. Dann umschloß er sie mit seinen Armen und drückte sie an sich, bis ihr Kopf auf seiner Schulter lag. Befriedigt grunzte sie ihm ins Ohr. »... Paß auf, da fällt mir etwas anderes ein, vielleicht bringt uns das weiter. Beckett war also froh, in Paris zu sein, Goethe war froh, weg zu sein, von wo auch immer, sagen wir, von Weimar, und

Rilke schreibt: So, also hierher kommen die Leute, um zu leben, ich würde eher meinen, es stürbe sich hier. Erster Satz aus *Malte Laurids Brigge*. Gemeint ist Paris! Du siehst, man kann es nicht allen recht machen, der eine ist gern weg, der andere lieber zu Hause und in Wirklichkeit sind alle unglücklich ... Ich denke, der Grund, warum einer nach Paris flieht, ist übersteigerte Romantik. An der Stadt hängt so viel Geschichte und ein Rattenschwanz von Legenden, und wenn einer dann noch Victor Hugo und Alexandre Dumas und Eugene Sue und Balzac gelesen hat, wird er gar nicht umhin können, im Fall der Weltflucht von Paris nicht hingerissen zu sein, eine Stadt wie eine Zwiebel, so vielschichtig, meine ich. So, und warum flieht einer nach Odessa? Aus purer Romantik, sage ich dir, und sicher nicht aufgrund besonderer Erwartungen. Morbide Romantik. Es gibt ja auch Menschen, die ausgerechnet in Norwegen gemeinsam von einem Felsen springen. Odessa, das hat einen Klang, ich kenne keine andere Stadt mit einem vergleichbaren melodischen Namen. Und dann natürlich die Geschichte. Eine Stadt am Rand der Zivilisation, enge Gassen, Ghettos, ein bunter Völkerhaufen, der Hafen. Das kommt davon, wenn man zu viel Isaak Babel liest. Odessa, Stern unserer Verbannung. Wer weiß denn schon, daß das alles Vergangenheit ist, Dichtung, Lüge. Warum erhofft sich einer nach fünfzehn oder meinetwegen fünfundzwanzig Jahren Flucht ausgerechnet in Odessa Erlösung? Weil er ein Träumer ist. Weil er einem Mythos aufsitzt. Weil sein Vorrat an vernünftigen Gedanken aufgezehrt ist. Weil er seinem Schatten gegenübertreten und das Spiel zu einem Ende bringen möchte. Ich würde meinen, es stürbe sich hier ...« Während er zu ihr sprach oder eigentlich mehr flüsterte wie zu einer Frau, die man im Arm hält, unternahm er den Versuch einer vorsichtigen Seitwärtsdrehung, so daß der Hund nicht jäh von ihm kippte, sondern beide nebeneinander zu liegen kamen. »… Stellungswechsel, mein Fräulein! …« Romka war überwältigt von der Zärtlichkeit, die ihr zuteil wurde. Als er schon fast auf der Seite lag, spürte er, wie ein harter Gegenstand gegen die Rippen drückte. Es war die 38er. »… Ich bin ein kranker Mensch, ein schlechter Mensch. So beginnt ein notorisch Daheimgebliebener seine Konfession. Dostojewskij, *Aufzeichnungen aus dem Untergrund* … Was für ein elendes Leben, stell dir das einmal vor. Du begehst ein Verbrechen, sagen wir, du tötest einen Mann, der im Mittelpunkt des öffentlichen Interesses steht. Du tötest, weil du den Auftrag dazu hast oder dazu angestiftet wirst. Vielleicht kennst du das Opfer sogar, vielleicht bist du nur deshalb zu der Tat bereit, weil nicht du im Mittelpunkt des öffentlichen Interesses stehst, sondern der andere, der es deiner Meinung nach nicht verdient hat. Jetzt hast du die Chance auf Rache und obendrein das Glück, die Tat nicht selbst verantworten zu müssen, weil du nicht aus Eigennutz handelst, sondern im Interesse einer Gruppe. Du kannst sagen, ich töte nicht, weil er der Gewinner ist und ich der Verlierer bin, sondern weil der Tod des Mannes dadurch, daß ihn viele herbeiwünschen, eine gerechte Sache ist. Du begehst das Verbrechen und kommst dahinter, daß es dich nicht befriedigt, daß dein Dilemma damit nicht aus der Welt geschafft ist. Nicht allein, daß du mit dieser unangenehmen Gewißheit, die sich zu all den anderen unangenehmen Gewißheiten gesellt, den Rest deiner Tage leben mußt, du wirst zudem von jenen, die dich angestiftet haben, damit bestraft, dir Tag und Nacht des Mordes bewußt zu sein, fünfundzwanzig Jahre lang. Sie hätten dich ja gleich aus dem Weg räumen können, wenn sie dir nicht vertraut hätten, statt dessen lassen sie dich dein halbes Leben lang an einem Seil über einem Abgrund schweben und verraten dir nicht, wann sie es kappen. Und dann ist da die Stimme des Mannes, der nie von deiner Seite weicht: Du bist ein kranker Mensch, du bist ein schlechter Mensch. Wer soll das aushalten? ...« Ich halte das jetzt wirklich nicht mehr aus, dachte Tanaïs. Er löste sich aus der Umarmung, drückte den Hund sanft von sich weg, was dieser traurigen Blickes mit sich geschehen ließ. »... Und noch etwas, gleichsam als Motto für alle, die weder im Licht noch im Schatten, nicht in Paris, Weimar, Petersburg oder Odessa und auch nicht in, neben oder über sich und schon gar nicht unter einer Dogge liegend einen Sinn ihrer Existenz finden, mag Nietzsches erster Satz aus dem *Antichrist* gelten: Sehen wir uns ins Gesicht.« Er überraschte Romka mit einer Rolle seitwärts, wie er sie seinerzeit im Karateunterricht gelernt hatte, während seiner ganzen Berufslaufbahn aber noch nie praktizieren mußte. Das Kunststück dabei war, während der Drehung die Beine an den Körper zu ziehen, sich also für einen kurzen Moment so klein und rund wie möglich zu machen, um durch den Schwung erstens Distanz zum Gegner herzustellen und zweitens mit Fuß- und Handflächen den Boden so zu berühren, daß man den Körper blitzschnell in die aufrechte Position bringt. Allein die um die Knie sich verwickelnde Hose bereitete der sportlichen Aktion ein jähes Ende und gab Romka Gelegenheit, sich auf ihren Auftrag zu besinnen und sich bellend, knurrend und zähnefletschend auf Tanaïs zu stürzen. Der wiederum hatte gerade noch die Chance, die 38er zu ziehen und den Lauf dem Hund zwischen die Augen zu drücken. Sekundenlang herrschte zwischen ihnen eine Pattstellung, obgleich Tanaïs genau wußte, daß Romka keine Vorstellung davon hatte, daß ihr Leben bedroht war. Für sie war die Waffe einfach ein langer, glänzender Gegenstand, den sie zerbeißen konnte, wenn sie Lust dazu hatte. Sie schien vielmehr nachzudenken, was sie als nächstes tun sollte, möglicherweise wartete sie nur auf eine falsche Bewegung des Mannes, der sie schon einmal getäuscht und ihre Gutmütigkeit ausgenutzt hatte. Dieser hatte aber nicht mehr die Nerven, länger mit nacktem Hintern auf einem kalten Boden unter einem Hund zu liegen und bewacht zu werden, wer weiß, vielleicht die ganze Nacht. Zuerst schrie er um Hilfe, vielleicht sollte das Spiel darauf hinauslaufen, auf die totale Entwürdigung, vielleicht hatte man es mit dem Spanier auch so weit getrieben, daß er am Ende mit einem Autoabschleppseil zum Friedhof hinausgefahren ist und sich erhängt hat. Er schrie noch einmal, aber niemand kam, um ihn zu erlösen. Nur der Hund knurrte ihn an und präsentierte sein Doggengebiß. Dann machte er sich mit einem langgezogenen, aus voller Kehle gebrüllten »Sch-e-i-ß-e!« so viel Mut, wie er brauchte, um Romka mit der freien Hand an der Gurgel zu fassen und von sich wegzustoßen. Sie schien zu ahnen, was er vorhatte, denn noch ehe er zupacken konnte, spürte er den Biß in den Unterarm, spürte das Aufreißen der Haut, das Durchtrennen der Sehnen, das Splittern des Knochens. Er schrie vor Schmerz und versuchte den Arm aus dem Maul des Tieres zu ziehen, das seine Zähne nur tiefer ins Fleisch grub. Er drückte den Abzug der 38er durch, hörte aber bloß das metallische Klicken des Schlagbolzens auf der leeren Patronenkammer. Plötzlich ließ Romka vom blutigen Arm ab und warf den Kopf zur Seite, als sei genau jenes Geräusch der Schlüssel zu einer dunklen Kammer in ihrem Kopf. Sie wich einen Schritt zurück und starrte aus glühenden Augen ins schreckensbleiche Gesicht des Kommissars. Er drückte noch zwei Mal ab, Klick, Klick, dann schnellte Romka mit offenem Maul nach vor und verbiß sich in seiner linken Gesichtshälfte. Das Grauen überwältigte ihn derart, daß er keinen Schmerz spürte, sondern bloß das Schaben von Hundezähnen auf blanken Knochen. Und er hörte ein Schmatzen, wie wenn ein überreifer Pfirsich vom Baum fällt und am Boden zerplatzt. Dort, wo sein Auge war, war jetzt Dunkelheit, und ein Gemenge aus Blut, Gallert und Hundespeichel floß ihm über die Wange. Er wehrte sich nicht. Er gab sich hin und versank im warmen Meer, diesmal mit einer existentiellen Gleichgültigkeit, die nichts mit Lust, sondern mit der Sehnsucht nach Auslöschung zu tun hat, mit der auf die Angst folgenden Befriedigung, nie mehr aufzutauchen. Er sank schneller und tiefer als je zuvor, so tief, daß das Licht nicht mehr bis zu ihm durchdrang. Beinahe hätte er gelacht. Zum zweiten Mal an diesem Tag verlor Tanaïs das Bewußtsein.

5.

Sag dir selbst adieu. Manchmal bleiben doch auch schöne Erinnerungen an fürchterliche Menschen im Gedächtnis kleben. Wie dieser Satz zum Beispiel. In Augenblicken der existentiellen Bedrohung springen sie das Bewußtsein aus einer verstaubten und scheinbar vergessenen Kiste heraus an, und dann wirst du sie nicht mehr so einfach los. Sag dir selbst adieu, lösch die Kerzen in deinem Herzen und – wie war das noch? Und dreh der Welt eine Nase oder so ähnlich. Den Rest habe ich vergessen. Aber die Stimme meiner Mutter klingt mir noch im Ohr, als hätte sie soeben singend das Zimmer verlassen. Ihr Lied, selbst geschrieben und mit einem gewissen Willi-Fruth-Akkordeonensemble einstudiert, soweit ich mich erinnere, doch zu einer Plattenaufnahme ist es nie gekommen. Seltsam. Das Zimmer hat kein Fenster, nur eine schmale Luke knapp unterhalb der Decke, die ein wenig vom Licht des Spätnachmittags hereinläßt. Die Sonne zeichnet ein scharf umrissenes Rechteck aus Orange auf die gegenüberliegende Wand, darunter ist ein Resopaltisch befestigt, wie in einem Zugabteil, davor steht ein Chromstahlsessel mit hellbraun gepolsterter Sitz- und Rückenfläche. Mit neun Schritten durchmißt man den Raum von einer Ecke zur diagonal gegenüberliegenden, ich bin diesen Weg schon mehrmals gegangen, jedes Mal exakt neun Schritte über dunkelgrünes, abgetretenes Linoleum. Außer den Geräuschen, die ich selbst produziere, herrscht Totenstille. Wüßte ich es nicht besser, ich würde meinen, ich sei in einem leeren Haus eingeschlossen, irgendwo in der Einöde, fernab jeder Straße und jeglicher Passanten. Warten Sie hier, hat Tanaïs gesagt, seither habe ich ihn nicht mehr gesehen. Wenige Minuten später ist die Tür aufgegangen und ein Beamter hat Olsén geholt. Auch er ist nicht mehr zurückgekommen. Ich gehe und kratze meine Haut wund, sonst habe ich ja nichts zu tun, gehen und kratzen, bis ich vor Schmerz die Luft zwischen den Zähnen einsauge. Wie ein vernachlässigtes Tier im Käfig. Es geht mir nicht gut, habe ich zu Tanaïs gesagt, im Auto, während er einen launigen Vortrag über Sein und Werden Odessas gehalten hat. Ein Hautleiden, hat Olsén erklärt, aber Tanaïs war nicht zu bremsen. Diese Stille! Wie bedrückend das ist, nur sich selbst zu hören, den fernen Klang der sich selbst in den Tod wiegenden mütterlichen Stimme und eine Art Grundrauschen der Elementarteilchen. Einsamkeit macht mich nervös. Ich ertrage keine Stunde mit mir selbst. Das klingt vielleicht absurd aus dem Mund eines Menschen, der eine zumeist einsame Tätigkeit ausübt. Doch auch wenn ich bereits unzählige Male allein an mir völlig fremde Orte gereist bin, um Geschichten, Menschen oder eine gestohlene Nudelfabrik aufzuspüren, habe ich im Grunde immer die Gegenwart anderer gesucht. Das habe ich nicht gern gemacht, es fällt mir nämlich schwer, auf Menschen zuzugehen, mit ihnen in Kontakt zu kommen und mich nicht zu langweilen, sobald sie zu sprechen beginnen. Ich habe immer an meiner Unfähigkeit, das Alleinsein zu ertragen, gelitten, wie ich an Valeria gelitten habe, die in ihrer eigenen Einsamkeitsneurose wirklich sehr anstrengend ist. Aber sie war verfügbar, vom ersten Tag meiner Ankunft an, und ich bin bereit, sehr viel dafür zu tun, daß das auch so bleibt, bis ich die Stadt verlassen kann. Auch Olsén hätte ich am liebsten zum Teufel gewünscht, als er mir nicht von der Seite weichen wollte, mein Mephistopheles. Wie er dann aber kommentarlos bereit war, zur Miliz mitzufahren, war ich ungemein erleichtert und hätte mich am liebsten bei ihm bedankt. Ich habe menschliche Gesellschaft selten als erfrischend empfunden, doch andererseits, wenn man nicht allein ist, denkt man weniger. Wenn ich allein bin, denke ich andauernd, ich denke und beobachte mich beim Denken, denke über mein Denken und gleite in eine Denkspirale, die sich ins Unendliche fortsetzt. Das ist deprimierend. Ins Denken eingeschlossen zu sein, meine ich, kein Ende zu finden, einen Gedanken durch den nächsten außer Kraft zu setzen oder zu relativieren. Neun Schritte von a nach b, neun Schritte von b nach a. Sag dir selbst adieu. Das Rechteck aus Licht wechselt fließend ins Rote hinüber. Das Wort *Blumenmädchen* kommt mir wieder in den Sinn. Deine Mutter ist ein Blumenmädchen, hat mir einmal jemand gesagt, als ich ein Kind war. Und: Aus ihrem Gesicht wachsen ja schon die Rosen. Ich habe damals kein Wort davon verstanden. Als Tanaïs schließlich doch, ehe wir am Ziel unserer Autofahrt angelangt waren, gefragt hat, unter welcher Krankheit ich leide, habe ich *Gürtelrose* gesagt und *Blumenmädchen* gedacht. Ein Familienlaster, habe ich hinzugefügt, meine Mutter sei letzten Endes daran gestorben. Einen Augenblick lang war es ganz still im Wagen. Schlimm ist, wenn man denkt und auf keine Lösung kommt. Was geschieht hier?, denke ich. Warum ist Olsén nicht zurückgekommen? Warum ist das Zimmer versperrt? Warum ist es so still? Ich habe nicht den geringsten Anhaltspunkt, um auf eine Lösung zu kommen. Das nenne ich eine Situation nach Edgar Allan Poe. Ein Mann wird eingeschlossen und fällt anschließend dem Vergessen anheim. Einzig er selbst weiß, daß er noch existiert, wenngleich er keine Ahnung hat, wo und warum er eingeschlossen ist. Ich habe weder die Stadt verlassen, noch befinde ich mich in einem Totenhaus oder, wie der leidgeprüfte Arthur Gordon Pym, im Bauch eines auf dem Ozean treibenden Schiffes, so viel ist sicher. Ich befinde mich mitten in Odessa, in einem Haus, das, als ich es betreten habe, belebt war wie ein Bienenstock an einem Sommertag. Wir sind aus der schwarzen Limousine gestiegen, die Tanaïs ins Londonskaya bestellt hatte, um mit Olsén und mir, so seine Auskunft, während wir in der Hotellobby einen letzten Cognac getrunken hatten, ins Hauptquartier der Miliz zu fahren. Es handle sich nur um einige Formalitäten, den Einbruch in mein Hotelzimmer betreffend, hatte er auf meinen Protest erwidert, es müsse ein Protokoll aufgenommen und vor allem eine Liste der verschwundenen Dokumente erstellt werden. Olsén könne als Zeuge oder Bürge von Nutzen sein. Wir sind also aus der Limousine gestiegen, ein wenig benommen vom Cognac und von der Hitze und, was mich betrifft, wohl auch vom seltsamen Verlauf, den der Tag genommen hat, und haben das Milizhauptquartier betreten, Tanaïs immer einen Schritt vor uns, um uns wie ein levantinischer Fremdenführer den Weg durch die schmalen, lichtarmen und belebten Gassen im Inneren des Gebäudes freizuhalten. Ob meine Mutter tatsächlich an einer Gürtelrose gestorben sei, hat Olsén gefragt. Sie sei daran erblindet, habe ich gesagt, und dann habe sie sich umgebracht. Wir sind mit dem Lift in eines der oberen Stockwerke gefahren und von Tanaïs mit dem denkbar freundlichsten Gesichtsausdruck angewiesen worden, in diesem Zimmer zu warten. Jetzt frage ich mich, warum ich nicht eher stutzig geworden bin. Warum Olsén nach seinem Lügenmärchen so selbstbewußt in den Wagen der Miliz hat steigen können, als hätte er bereits gewußt, daß ihm nichts passieren könne. Warum er den Kommissar nicht einmal gefragt hat, was er überhaupt bezeugen und wofür er bürgen soll.

Warum Tanaïs zuerst kaum Interesse für den Einbruch gezeigt und erst nach Olséns Garcia-Novarra-Reminiszenz darauf beharrt hat, uns mitzunehmen. Hier ist auch schon die Antwort: Ich bin deshalb nicht stutzig geworden, weil Olsén mir eine Hand auf die Schulter gelegt hat und kommentarlos zu mir in den Wagen gestiegen ist. Weil er mich nicht allein gelassen hat und gerade mit seiner Gelassenheit meine anfänglichen Zweifel an Tanaïs' Vorgehen zerstreut hat. Ich habe mir gedacht, es sei vielleicht besser so, ja, in der Situation, in der ich mich befinde, ohne Geld und ohne Papiere und mit einer akuten Gürtelrose obendrein, hätte ich schließlich nichts zu verlieren. Außerdem, so meine Überlegung, habe nicht ich Tanaïs angelogen, sondern Olsén, falls dieser Punkt doch zur Sprache kommen sollte, wenngleich, nun, das stimmt natürlich auch nicht, denn ich habe genauso die Unwahrheit gesagt, was den Grund meines Aufenthaltes in Odessa betrifft. In diesem Zusammenhang, glaube ich, habe ich einen großen Fehler gemacht. Ich habe die Frage des Kommissars, die vermutlich eine rhetorische war, nämlich ob uns ein gewisser Minski bekannt sei, nicht nur nicht beantwortet, ebensowenig wie Olsén übrigens, sondern einfach ignoriert, als wäre sie mir nie gestellt worden. Obwohl, andererseits kann ich auch nicht behaupten, daß ich Minski tatsächlich kenne, ich kenne nur Menschen, die behaupten, ihn zu kennen, ich selbst bin ihm nie begegnet, wozu also mache ich mir Sorgen? Keine Antworten! Neun Schritte hin, neun Schritte zurück. Vielleicht, denke ich, konstruiere ich da nur etwas Haltloses zusammen, und die Wahrheit wird sich als eine einzige große Banalität herausstellen. Was denken Sie?, habe ich Olsén gefragt, nachdem uns Tanaïs im Zimmer zurückgelassen hat. Er denke, hat Olsén geantwortet, daß dieser Kommissar keine Ahnung habe, was er mit uns anstellen soll, deshalb dieses ganze Brimborium.

Dann hat er sich in aller Ruhe eine Zigarette angezündet. War das wirklich notwendig, daß Sie gleich so dick auftragen?, habe ich dann von ihm wissen wollen, weil ich seine Gelassenheit schon ein wenig unverschämt gefunden habe, wenn ich bedenke, wie nervenschwach er noch am Morgen gewesen ist, als er vor dem Hotel auf mich gewartet und mir von seiner nächtlichen Irrfahrt erzählt hat. Was heißt hier notwendig?, hat er gesagt, das sei doch eine starke Geschichte, nur darauf komme es an. Eine starke Geschichte sei immer überzeugend, auch wenn sie nicht oder nicht ganz der Wahrheit entspräche. Wer würde es wagen, bei so viel Schicksal kaltschnäuzig Einspruch zu erheben? Er sei überzeugt davon, daß die Geschichte meiner Mutter ebenso stark sei, daß jedem Zuhörer der Mund offenbleibe. Das ist wahr, habe ich zugegeben. Außerdem, so Olsén weiter, sei er Garcia Novarra ein halbes Leben lang so nahe gewesen, daß er manchmal wirklich glaube, was diesem widerfahren sei, sei auch ihm widerfahren. Das klinge vielleicht ein wenig abartig, aber wenn man sich so nahe sei, wie sie beide es gewesen seien, dann heben sich die Grenzen zwischen den Identitäten mehr oder weniger auf. Dann, habe ich gesagt, müßten Sie eigentlich auch wissen, ob Garcia Novarra diesen Marc Bolan auf dem Gewissen hat. Das wisse er nur zu gut, hat er gesagt. Und Sie müßten wissen, warum er nach Odessa geflüchtet ist. Auch das wisse er. Und Sie müßten wohl auch wissen, unter welchen Umständen er in Odessa gestorben ist. Das, so Olsén, habe er geglaubt zu wissen, doch einen Tag nach Garcia Novarras Tod sei dieser verschwunden, aber das habe er viel später erfahren. Ein halbes Jahr lang sei er überzeugt davon gewesen, daß Garcia Novarra tot und das Kapitel Odessa abgeschlossen sei, plötzlich habe er die Mitteilung erhalten, daß es keinen Leichnam gebe, aus welchen Gründen auch immer. Da habe er schließlich Zweifel bekommen und sei noch einmal ans Schwarze Meer gefahren, um sich selbst ein Bild zu machen. In diesem Augenblick ist mir klar geworden, wie seltsam das Leben ist, wie blind ich die ganze Zeit über gewesen bin und wie sehr ich mich in Olsén getäuscht habe, der offensichtlich direkt oder indirekt mit Garcia Novarras Tod zu tun, ihn vielleicht eigenhändig auf den Baum geknüpft hat. Dann ist die Tür aufgegangen, ein Beamter hat Olsén abgeholt und von außen einen Riegel vorgeschoben. Wie lang ist das her? Vier Stunden? Ungefähr. Olsén ein Mörder, ein kaltblütiger Killer? Ein finsterer Macbeth, gleichermaßen charakterschwach und verschlagen? Kein Bursche, der, wie man so sagt, beherzt alles niedertritt. Statt dessen ein Melancholiker, Menschenfeind und Messerwetzer. Das Licht des Nachmittags wird stumpfer, die Sonne sehe ich in Gedanken auf den Horizont zugleiten und langsam auf der Linie zwischen Himmel und Meer zerfließen, wie eine schmelzende Kugel Erdbeereis, die auf den aufgeheizten Asphalt geklatscht ist. Die Ränder des Lichtflecks an der Wand gegenüber der Luke lösen sich auf, das Rot bleicht zu einem kraftlosen Zinnober aus und verschwimmt im angedunkelten Weiß des Kalkanstrichs. Dieser trägt Tätowierungen aus kyrillischen Buchstaben, aber auch ein englischer Satz steht da: *the day is distant.* Der Tag ist fern. Tanaïs, überlege ich, hat die Frage nach Minski kein zweites Mal gestellt, als wäre die Antwort am Ende ohne Belang. Erst hinterher, als mir klar geworden ist, daß ich in diesem Zimmer festgehalten werde, habe ich mir gedacht, daß er diese Frage nicht ohne Grund gestellt haben kann. Ich habe mich auch daran erinnert, wie er zusammengezuckt ist, als Olsén behauptet hat, er sei Garcia Novarra. Im Wagen jedoch ist mir nichts aufgefallen oder seltsam vorgekommen, im Gegenteil, ich war erleichtert, bei der Hitze nicht zu Fuß gehen zu müssen, ich war froh, in Begleitung zu sein, und ich war sicher, in Kürze die Miliz im Besitz der notwendigen Papiere zu verlassen, um Odessa, Olsén, Valeria und diese beiden Untoten Garcia Novarra und Minski hinter mir lassen zu können. Tanaïs hat sich bemüht, den Schein zu wahren, indem er sich die ganze Fahrt über mit uns unterhalten hat wie ein guter Bekannter, dem man seit Jahren das erste Mal wieder begegnet ist. Wäre er schweigend und mit versteinerter Miene neben dem Fahrer gesessen, hätte ich mir schon früher Gedanken gemacht, wie einer möglichen Falle zu entkommen sei, bevor sie zuschnappte. Statt dessen hat er uns diese und jene Sehenswürdigkeit der Stadt gezeigt, nicht die grausigste allerdings, die Stadt unter dem Meer, die Stadt der Medusen, diesen fürchterlichen Anblick, die gallertigen, hauchdünnen Monster mit den langen Tentakeln, die an der Luft zu Schleim zerfließen, unter Wasser jedoch gleichermaßen eitel wie gelangweilt ihre körperlichen Dimensionen zur Schau stellen, verkrampfend, aufspannend, gleichförmig pulsierend wie ein Herz im Schlaf. Sie schweben, wie Blasen, vom Grund des Meeres kommend, langsam bis knapp an die Oberfläche, und lassen sich ans Ufer herantreiben, als wollten sie, einem kollektiven Zwang folgend, aus dem Meer heraussteigen und sich über die Küste legen wie feine Seidentücher, hügelan bis zur Muschelkalkstadt, um sie mit ihrem Gift zu zersetzen und ins Meer zu spülen. Er hat uns Häuser in desolatem Zustand gezeigt, die im Lauf ihrer unaufhaltsamen Erosion Dichter, Musiker und andere Helden der Geschichte beherbergt haben sollen, Duc de Richelieu hier und Konstantin Paustowski da und Alexander Puschkin dort und Adam Mickiewicz und Generaloberst Jan Witt und den omnipräsenten Isaak Babel, und über allem liege der Geruch von Akazien, Seealgen und Kamille. Es war verlogen wie ein Auszug aus dem Almanach für vaterländische Dichtung, aber es war hinreißend. Ich habe selten einen so emphatischen Lügner erlebt. Irgendwann hat er begonnen, den Namen Finn MacCumhal im Mund herumzukauen, Finn MacCumhal, das hat nicht so recht über seine slawische Zunge kommen wollen, Finn MacCumhal sei hierzulande kein unbekannter Name, hat er gesagt, ein seltsamer Zufall sei das, daß sich Olsén alias Garcia Novarra ausgerechnet den Künstlernamen Finn MacCumhal zugelegt habe, damals in London. Richtig, Finn MacCumhal and The Wild Cliffs of Dover, hat Olsén gesagt, was sei daran so besonders? Er finde den Namen heute vollkommen daneben, möglicherweise sei er sogar schuld daran gewesen, daß es mit seiner Karriere nicht mehr habe weitergehen wollen, obgleich Tyrannosaurus Rex, also, jetzt einmal ehrlich, das habe doch auch keiner über die Lippen gebracht, Peel jedenfalls habe sich, wenn er die Band angesagt habe, jedesmal angehört, als sei er gerade am Kotzen. Oh Gott!, habe ich mir gedacht, was wird denn das nun wieder für eine Geschichte? Das war der Moment, in dem ich meine Krankheit zur Sprache gebracht habe, in der Hoffnung, der Unterhaltung eine Wendung zu geben. Sinnlos. Finn MacCumhal, so Tanaïs weiter, sei der Vater des Ossian gewesen und Ossian, obwohl Schotte oder Ire, das wisse er jetzt nicht genau, sei wiederum die zweite Identität des Dichters Lermontow gewesen, ein Kaukase eigentlich, der sich eine schottische Herkunft auf den Leib geschrieben habe, geboren ward ich hier, doch bin von hier ich nicht in meiner Seele, nun, und dieser Lermontow sei damit nicht nur ein begnadeter Dichter, sondern auch ein grandioser Schwindler gewesen, wie Ossian ein einziger Schwindel gewesen sei, aber ein sehr romantischer, das sei hinzugefügt. Trotzdem oder gerade deshalb sei Lermontow ein früher Tod beschieden gewesen, er habe sich aus einem nichtigen Grund duelliert. Die

Sekundanten hätten den Vorschlag gemacht, die Angelegenheit in einem für alle Beteiligten positiven Sinn zu erledigen und in die Luft zu feuern. Lermontow habe das zwar getan, zugleich aber seinem Gegenüber zugerufen, auf solch einen Trottel wolle er nicht schießen, worauf der solcherart Provozierte dem Dichter eine Kugel ins Herz gejagt habe. Mit derlei Geschichten ist die Fahrt zum Milizhauptquartier wie im Flug vergangen, und ich könnte mich für meine Naivität ohrfeigen, mit der ich mich beharrlich dem Verständnis der versteckten Botschaften verweigert habe. Tanaïs hat die ganze Zeit irgend etwas gewußt, daran besteht kein Zweifel. Ich bin bloß noch nicht dahintergekommen, was er weiß. Und jetzt beginnt es tatsächlich zu dämmern, der Lichtfleck über dem Resopaltisch ist verschwunden, als wäre er in der Wand versickert, die Sonne ist hinter den Häusern verschwunden, und ich laufe nach wie vor hin und her in diesem Zimmer am Ende der Welt und weiß nicht mehr, was ich denken und wie ich mir das Jucken von der Haut kratzen soll, ohne dabei vor Schmerz in die Knie zu gehen. Es juckt überall. Hätte ich bloß einen Spiegel, dann könnte ich sehen, ob ich mir nur einbilde, daß sich die nässenden Bläschen bereits über meinen Kragen hinaus fortgepflanzt haben und den Hals entlang wuchern bis unter das Kinn, wie die Medusen, die über den Rand des Hafenbeckens kriechen. Ich habe das Gefühl, als wachse mein Gesicht allmählich zu, als treibe der Aussatz ätzende Blüten, aber vielleicht ist diese Empfindung nur eine Folge der Angst, die mit dem Schwinden des Lichts und der Erkenntnis der Gefangenschaft zunehmend mein Bewußtsein verklebt, vielleicht ist sie auch nur eine Folge mangelnder Hygiene, da der zweite Tag zu Ende geht, an dem ich mich weder waschen noch frische Kleider habe anziehen können. Von meiner Verstopfung möchte ich gar nicht reden. Apropos reden: Sind hier vielleicht irgendwo Wanzen installiert? Kann mich jemand hören?, frage ich. Der Tag ist fern!, schmettere ich gegen die nackten Wände. Und: Lösch die Kerzen in deinem Herzen! Und: Sag dir selbst adieu! Und: Habt ihr hinterwäldlerischen Arschlöcher auf mich vergessen? Aber natürlich passiert überhaupt nichts, außer daß die Zeit vergeht und der Odessaer Sommerabend sein breites Gesicht ans Glas der Luke da oben drückt. Der Wald steht schwarz und schweiget, und aus den Wiesen steiget der weiße Nebel wunderbar. Ich fürchte, man gibt mir weder zu essen noch zu trinken und früher oder später werde ich in eine Ecke pinkeln müssen. Dummerweise weiß nicht einmal amnesty international, unter welchen Bedingungen ich gerade anfange Schimmel anzusetzen. Ich meine, das kann ja noch eine Zeitlang dauern, bis ich anfange zu delirieren, mir ins ausgetrocknete Maul pisse und mich mit irreparablen Organschäden am Boden zu krümmen beginne, bis der Kreislauf versagt. Und kein Mensch weiß davon. Niemand weiß, wo ich bin, wie es mir geht, wie ich leide und sterbe und wo man mich verscharren wird. Endpunkt Odessa. Von meinem Genfer Nudelfabrikanten habe ich überhaupt nichts zu erwarten, vermutlich wird er mich nie in seinem Leben gekannt haben. An meine Völker!, rufe ich. An die Miliz von Odessa! Genossen an den Abhörgeräten! Hiermit gebe ich meine Unschuld bekannt! Ich habe weder Marc Bolan auf dem Gewissen, noch Garcia Novarra und mit Minski habe ich nichts am Hut. Ich habe Sex mit der Mutter seiner Tochter gehabt, das gebe ich zu, aber es war schlechter Sex, so daß ich guten Gewissens sagen kann, ich war in Gedanken nicht bei der Sache. I didn't inhale!, hat Clinton gesagt. In diesem Sinne möchte ich betonen: I didn't penetrate! Es war so erotisch wie das Händeschütteln beim Geburtstagsfest des Vorgesetzten, man tut es, weil einem nichts anderes übrig bleibt. Eine

Geste, nichts weiter. Gut, vielleicht hätte ich bei der Einreise bekennen sollen, daß ich an einer chronischen Hautkrankheit leide, wenn es das ist, was Sie mir vorwerfen, aber es hat mich ja niemand gefragt, und ansteckend ist sie, glaube ich, auch nicht. Nur vererbbar. Und das ist hart genug, das kann ich Ihnen sagen, weil ich mein Leiden mit dem Bewußtsein ertragen muß, daß meine Mutter daran gestorben ist. Sie hat sich während einer Bergwanderung im Dachsteinmassiv über einen felsigen Abhang gestürzt und mich bei dieser Gelegenheit gleich mitgenommen, weil sie die Vorstellung nicht ertragen hat, daß mich dasselbe Schicksal ereilen könnte, nämlich von einem Virus derart angenagt zu werden, daß man sich selbst irgendwann nicht wieder erkennt. Der größte Witz dabei ist, daß meine Mutter sich gar nicht mehr wiedererkennen hat können, weil der Virus bereits ihre Sehnerven durchgefressen hat, verstehen Sie, sie war blind wie ein Grottenolm, und ich habe sie auf den Berg hinauf führen müssen, also zu meiner eigenen Hinrichtungsstätte. Ich habe mich später oft gefragt, wie sie das einem Kind, ihrem Kind und einzigen Menschen, der ihr geblieben war, hat antun können. Nun stehe ich hier in einer dämmrigen Zelle, so scheint es mir, bloß weil ich den Fall ins Bodenlose überlebt habe, ich stehe hier mit dem selben Virus im Blut, der meine Mutter in den Tod gejagt hat und der mich genau so auffrißt, wie er sie aufgefressen hat, der mich an regelmäßig wiederkehrenden Tagen durch die Schmerzen, die er mir bereitet, daran erinnert, daß der Moment kommt, an dem ich es satt haben werde, Medikamente zu schlucken, die mir nur mit Mühe durch die Kehle rutschen und die Viren doch nicht töten, hinter denen sie sich bloß verstecken und abwarten, bis ich den Fehler mache, sie nicht ernst zu nehmen und zu glauben, sie hätten aufgegeben und meinen Körper verlassen, um in irgendeiner Kanalisation einen neuen Wirt zu finden. Oft genug bin ich nahe dran, diesen Fehler zu machen, doch immer habe ich mich, das Schicksal meiner Mutter vor Augen, der verlockenden Illusion, gesund zu sein, widersetzt, die, das können Sie mir glauben, mich an leidensfreien Tagen umgarnt und aus der Wirklichkeit hinauszusingen droht, wie seinerzeit die verführerische Sirene die Mannen des Odysseus. Hätte ich mich hingegeben, wäre ich schon längst an jener Klippe gestanden, von der meine Mutter sich hat fallen lassen, an einem sonnigen, klaren Tag übrigens, und die Sicht hat bis weit ins Ausseer Land hinein gereicht. Hin ist hin, verloren ist verloren, für das Grab bist du geboren. Steht tatsächlich auf ihrem Grabstein. Ob ich den Mut habe, es ihr gleich zu tun, weiß ich nicht. Verstehen Sie, worauf ich hinaus will? Ich will Ihnen sagen, daß es der Verführung gar nicht bedarf, wenn man erst einmal den Boden von Odessa betreten hat. Wogegen ich mich den größten Teil meines Lebens gesträubt habe, nämlich so zu enden wie meine Mutter, und ich schwöre Ihnen, ich war oft genug nahe dran, es ihr gleich zu tun und den ganzen Scheiß hinzuwerfen, den mein Leben darstellt, das hat Odessa in nur zwei Tagen zuwege gebracht. Seit zwei Tagen sitze ich, wenn ich das einmal so drastisch formulieren darf, im Kessel von Stalingrad, abgeschnitten vom pharmazeutischen Nachschub, eingekreist von einem hochmotivierten Virenheer, das sich die Chance, nach jahrelanger Pattstellung meinen Körper einzunehmen, nicht entgehen lassen wird. Haben Sie eine Ahnung, wie das ist, wenn man in der Grube hockt, die Ohren spitzt, nichts hört und dennoch genau weiß, daß sie näher kommen? Jeden Moment werden sie ihre Köpfe über den Rand der Grube strecken und von allen Seiten werden sie zu dir hinunter schauen und du wirst wissen, jetzt kommst du nicht mehr aus dem Schlamassel heraus, jetzt machen sie mit dir, was ihnen gerade einfällt. Natürlich haben Sie keine Ahnung, wie das ist, sonst säßen Sie ja nicht vor Ihrem Abhörgerät, um ich weiß nicht welche Geheimnisse aus meinem Mund zu vernehmen. Aber ich habe nun einmal keine Geheimnisse, ich bin die Geheimnislosigkeit auf zwei mageren Beinen, die niemand je als häßlich oder erotisch bezeichnet hat, nicht so ein düsterer Geheimrat wie Olsén, der, wenn er nicht Spanier wäre, auf direktem Weg in einer Kutsche aus Ebenholz aus einem böhmischen Schloß nach Odessa angereist sein könnte. Vom Schloßberg war nichts zu sehen, Nebel und Finsternis umgaben ihn, auch nicht der schwächste Lichtschein deutete das große Schloß an. Sie wissen, was ich meine, mein guter Tanaïs, Sie sind schließlich ein belesener Mann, wie ich heute erfahren durfte, aber leider auch ein Büttel Ihres Systems. Aber, was weiß ich, vielleicht hören Sie mir ja gar nicht zu. Vermutlich, denke ich, rede ich für die Luft, wozu sollte mich wirklich jemand abhören wollen, anstatt von Angesicht zu Angesicht sich mit mir zu unterhalten über – was weiß ich worüber. Wenn man bloß aufhören könnte zu denken. Der Vorteil eines Gesprächs, auch dann, wenn man es mit sich selbst zu führen gezwungen ist, ist natürlich der, daß man sich ganz auf den Akt des Sprechens konzentriert, und das geht nur, wenn sich die gegensätzlichsten Gedanken nicht ständig in die Quere kommen. Das Sprechen richtet sich wenigstens an jemanden, das Denken geht bloß im Kreis, verschlingt sich selbst, speit sich wieder aus und so weiter, immer weiter, in Ewigkeit Amen. Wie rasch der Tag in die Nacht kippt, es ist beinahe dunkel im Zimmer und durch die Luke über meinem Kopf leuchtet kein Mond und kein Stern vom Schwarzmeersommerhimmel. Bluer than velvet was the night. In wenigen Augenblicken wird es stockfinster sein und ich werde wohl oder übel darauf warten müssen, bis mich der Schlaf überwältigt oder das erste Licht des folgenden Tages wieder Hoffnung schöpfen läßt. Welche Hoffnung? Nun ja, schlimmer, als sein Gefängnis sehen zu müssen, ist, es zu erahnen. Wer redet, ist nicht tot, heißt es, gut, mag ja sein, aber wer denkt, ist es noch weniger, denn wer nicht redet, muß deshalb nicht bereits tot sein, wer hingegen nicht denkt, der ist es allemal. Reden verkürzt die Zeit, Denken verlängert sie, da braucht mir jetzt keiner daherkommen und mir sagen, die Zeit habe weder Anfang noch Ende und daher weder Kürze noch Länge, so vernünftig geht's ja nicht zu im Leben. Leben heißt Zeit totschlagen, bis die eigene Lebenszeit totgeschlagen ist. Wer redet, schlägt sie tot, gleichsam besinnungslos, wer allerdings denkt, vor allem derjenige, der wenig Gelegenheit zum Reden hat, der denkt übers Totschlagen nach und bekommt wie jeder Totschläger, der einigermaßen bei Sinnen ist, Skrupel. Was ist denn übler, als einfach da zu sein? *Ich bin* scheint mir der furchtbarste Gedanke zu sein, zu dem ein Mensch fähig ist. Die Dunkelheit ist überwältigend, weil vollkommen. In Odessa wird nachts der Strom abgedreht, die Stadt wird unsichtbar. Das Auf- und Abgehen macht keinen Sinn mehr, jetzt lenkt es auch nicht mehr vom Jucken meiner wunden Haut ab. Ich setze mich auf den Sessel und habe das Gefühl, als wolle mir jemand die Haut mit einem feinen Messer vom Fleisch ablösen. Zärtlich ist die Nacht nur dort, wo das Meer blau ist und die Lichter der Uferpromenaden sich darin spiegeln. Hier ist das Meer schwarz wie der Himmel und glanzlos obendrein. Die Nacht, heißt es, leuchtet wie ein schwarzer Diamant, sie leuchtet ins Innere. Ich bin, sagt man sich, auf solche Art innerlich illuminiert, ich bin, ich bin, und man verzweifelt darüber, weil man nichts damit anfangen kann. Ich frage mich, was Olsén zugestoßen sein mag. Was Tanaïs im Schilde führt. In welche Geschichte ich da geraten bin. Ob ein Versehen vorliegt oder ein Plan. Ob es so kommen hat müssen oder nicht hätte dürfen. Keine Antworten. Es kommt mir so vor, als ob ich alles, was ich in Odessa erlebt habe, geträumt hätte, auch mein Leben davor, als wäre ich soeben erwacht und in Wirklichkeit überhaupt nie außerhalb dieses Zimmers gewesen. Es ist schon seltsam, man ist einige Stunden lang von der Welt isoliert und verliert vollkommen die Vorstellung davon, was hinter den Mauern geschieht, ja ob da überhaupt etwas geschieht oder ob man sich nur in der Phantasie mögliche Geschehnisse zusammenreimt, die am Ende ohne Sinn und Zusammenhang sind. Ich bin die Perle in der Muschel, die sich mit anderen Perlen an einem Faden um den schlanken, duftenden Hals einer schönen Frau geschmiegt denkt. Zusammen erleben wir Feste und Reisen, wir werden geküßt und gestreichelt, einmal bin ich in warmes Tuch gehüllt, und dann wieder glänze ich in der warmen Sonne, und schließlich wache ich auf und sehe mich im Inneren einer Muschel eingeschlossen, umgeben von Dunkelheit und Gallert. Mein Gott, wie soll ich diese Nacht überstehen? Wie geht doch gleich dieses Lied mit seinem holprigen Versmaß? Sag dir selbst adieu. Und weiter? Wenn es mir nicht jetzt einfällt, tut es das nie. Flieg hinweg zu fremden Sternen. Ich stelle mir meine Mutter und das Willi-Fruth-Akkordeonensemble vor, vier stämmige, rotgesichtige Herren in rostroten Anzügen, mit eingefetteten und über der Stirn zu je einer Tolle eingedrehten Haaren, wie sie bei uns zu Hause im Wohnzimmer zwischen den Fotografien von meiner Mutter Aufstellung nehmen und mit synchronen Bewegungen zu spielen beginnen, während meine Mutter nach dem Anfangsakkord mit ihrer Dolores-del-Rio-Stimme und trauriger Miene im entstellten Gesicht zu singen beginnt:

Sag dir selbst adieu,
Doch sag dir nicht: Komm recht bald wieder!
Sag dir selbst good bye,
Lach laut auf und leg dich nieder.

Auf einem Bett aus schwarzen Rosen.
Faß dein Herz mit beiden Händen,
Spürst du nicht, wie Träume enden,
Wenn im Kopf mit letztem Tosen
Das Blut in seinen letzten Abgrund fällt,
Eh kein Licht mehr ihn erhellt.

Sag dir selbst adieu,
Gleite hin in dunkle Fernen.
Sag dir selbst good bye,
Flieg hinweg zu fremden Sternen.

Lösch die Kerzen in deinem Herzen
Und ruf dir zu: Auf Wiedersehn!
Lebe Wohl, auf Wiedersehn …

6.

Er steht wie angewurzelt an der Ecke und schaut den Kindern zu, wie sie den Sand zwischen den Pflastersteinen herauskratzen. Ein kalter Wind bläst durch die Straße, durch die er gekommen ist, eine ihm völlig unbekannte Straße, die, so viel weiß er aber, durch die Stadt Grado direkt zum Strand führt, wo er seinen Großvater abholen muß, der nicht mehr nach Hause findet. Er steht an der Ecke und wagt es nicht, den Platz zu überqueren und an den spielenden Kindern vorbeizugehen. Der Wind schiebt ihn vorwärts wie eine ungeduldige Menschenmenge, die sich nicht aufhalten lassen will, der Wind fährt ihm durchs Gewand und läßt ihn zittern und seine Zähne klappern, doch er bewegt sich keinen Schritt weiter nach vor und schaut über die Köpfe der Kleinen hinweg in die Straßen hinein, die von diesem Platz in alle Himmelsrichtungen abzweigen. Nicht daß er die Orientierung verloren hätte, er weiß genau, welchen Weg er einschlagen muß, um zu seinem Großvater zu finden, es ist etwas anderes, das ihn aufhält und seinen Körper ganz eng an die Hauswand pressen läßt, als wollte er durch Verputz und Ziegel ins Innere dringen. Zuerst fällt ihm auf, daß die Kinder trotz der schneidenden Kälte kurze Hosen und Ruderleibchen tragen, ohne zu frieren, aber das ist es nicht, was ihm Unbehagen bereitet. Erst als er den Atem anhält und durch das Lachen und das Pfeifen des Windes hindurchhört, nimmt er jenes rhythmische Keuchen wahr, daß der ganzen harmlos absurden Szenerie akustisch unterlegt ist, ein Geräusch, das von überall her gleichzeitig zu kommen scheint, als läge eine unsichtbare Glocke über dem Platz, an der außen jemand gleichmäßig kratzt oder schabt. Die Kinder scheinen nichts zu hören, sie lassen sich in ihrer Ausgelassenheit nicht stören, graben unbeirrt ein immer weiter verzweigtes Netz aus schmalen Kanälen zwischen den Schieferquadern in den Boden und springen und jubeln wie an einem heißen Ferientag im August. Plötzlich sieht er es. An der gegenüberliegenden Straßenecke hat sich, so wie er, ein riesiger schwarzer Hund an die Hauswand gedrückt und beobachtet das unbeschwerte Treiben mit hängender Zunge und rhythmischem Keuchen. Er läßt seinen Blick schweifen und sieht jetzt an jeder Ecke die schattenhafte Gestalt eines Tieres mit leuchtenden Augen auf der Lauer liegen. Die Kinder, denkt er, sitzen in der Falle. Dann löst er sich aus seinem Versteck, läuft auf die Nichtsahnenden zu, die in ihrem Spiel innehalten und ihn mit großen Augen anstarren, packt den ersten am Arm, schleudert ihn in die Luft, doch der Arm löst sich vom kleinen Körper, der eine schöne parabolische Flugbahn in die Luft zeichnet, ehe er auf dem Pflaster aufschlägt und seltsam verdreht mit zerplatztem Kopf liegen bleibt. Das Blut sickert in die Kanäle zwischen den Pflastersteinen und verteilt sich über den ganzen Platz. Er wirft den losen Arm weg, schnappt nach den anderen Kindern, die gar nicht so schnell davonlaufen können, wie ihn seine Beine tragen, abgesehen davon, daß ihnen die Hunde alle Fluchtwege versperren. Er schleudert sie durch die Luft wie nutzlose Puppen, reißt ihnen die Gliedmaßen aus und am Ende ist der Platz nach allen Seiten hin von kleinen leblosen, verstümmelten Leibern übersät wie ein Minenfeld, und überall, wo sie den Sand zwischen den Pflastersteinen herausgekratzt haben, steht das Blut und rinnt in alle

Himmelsrichtungen, direkt vor die Mäuler der Hunde, die ihre Zungen ins unschuldige Rot hineintauchen und gierig lecken. Jemand faßt ihn an den Schultern. Er dreht sich um und schaut ins Leere, in ein schwarzes Loch. Er spürt den festen Griff, aber er kann niemanden sehen, er wird geschüttelt und gebeutelt, und er hört eine Stimme, ganz leise, als trage sie der scharfe Wind in die entgegengesetzte Richtung davon. Er kennt diese Stimme, aber es ist nicht der Großvater, der spricht, der wartet seit dem Krieg am Strand von Grado und hat wahrscheinlich in all den Jahren seine Sprache längst verloren, es ist eine Frau, die zu ihm spricht, so viel steht fest. Er möchte etwas sagen, etwa, daß sie aufhören möge, ihn zu schütteln, oder daß sie lauter sprechen und überhaupt ins Licht treten möge, er könne nichts sehen, doch er kriegt den Mund nicht auf, keinen Millimeter weit teilen sich die Lippen, und sein Hals ist ausgetrocknet und die Kehle brennt, als habe man ihm einen festen Gegenstand hineingesteckt, er bringt aber keinen Laut zustande und die Frau gibt sich nicht zu erkennen. Wenn er sich wieder umdreht, denkt er, sieht er wieder den Platz mit den toten Kindern und den schwarzen Hunden und davor hat er Angst. Da schaut er lieber in die Dunkelheit hinein, und in der Tat setzt sich die Aufregung langsam ab in ihm und eine Ruhe steigt auf, und er lauscht der Stimme der Frau, die langsam näher treibt wie ein Papierschiff vor einer leichten Brise, auf dem etwas geschrieben steht. Schon kann er Worte erkennen, schon Sätze, *Bitte* sagt die Stimme, *Bitte* fleht sie, immer wieder *Bitte, Bitte wach auf* und *Kannst du mich bitte hören*. Er fragt sich, ob er gemeint ist, *Ich rede mit dir, bitte* sagt die Stimme, und er will antworten, formt in Gedanken ein einfaches *Ja*, doch er bleibt stumm und starr und blind und wagt es nicht, sich umzudrehen und einfach davonzulaufen, *Hörst du mich kann er mich hören kann er mich verstehen ist er überhaupt ansprechbar ich meine ist er bei Bewußtsein mein Gott wie er aussieht sind Sie sicher daß er überhaupt noch lebt ich kann gar nicht hinschauen ach so der Puls ist regelmäßig die Atmung auch na wenn Sie es sagen ja ich versuche es noch einmal kannst du mich hören gib mir ein Zeichen wenn du mich hören kannst*, die Stimme der Frau will nicht mehr abreißen, wie ein Regenguß prasselt sie auf ihn herab, da spürt er plötzlich einen Ruck, als säße er in einem Eisenbahnwaggon und würde auf ein anderes Gleis verschoben und ihm wird klar, daß sein Bewußtsein den Ort gewechselt hat, daß er nicht mehr in Grado ist und mit dem Rücken zum Platz steht, auf dem die toten Kinder liegen, sondern daß er in einem Bett liegt, er spürt die Matratze unter seinem Körper, er ist in eine Decke gehüllt, es ist aber nicht sein Bett, zu Hause in Odessa, und er hört die Krähen vor dem Fenster nicht, die er jeden Tag beim Aufwachen hört, doch eines weiß er mit Bestimmtheit: daß die Stimme jene seiner Frau Lya ist.

Tanaïs war erwacht. Er neigte seinen Kopf langsam zu jener Seite, an der er seine Frau vermutete.

»Sehen Sie!« rief Lya.

»Ich glaube, jetzt kann er Sie hören«, sagte eine männliche Stimme. »Sprechen Sie mit ihm, ich werde Sie jetzt alleine lassen.«

Sie atmete tief durch und seufzte. »Komisch jetzt wo ich weiß daß du mir zuhören kannst fällt es mir schwer etwas einigermaßen Kluges zu sagen also wie ich den Anruf bekommen habe du seist hier im Krankenhaus weißt du da war ich gar nicht überrascht ja habe ich gesagt einfach nur ja als hätte man mir eine einfache Frage gestellt die keinerlei Überlegung bedurfte ich weiß das klingt lächerlich was soll denn das schon heißen ja das heißt überhaupt nichts wenn der Mann im Krankenhaus liegt ich bin vielleicht eine dumme Gans aber wenn du wüßtest wie sehr ich auf diesen Augenblick gewartet habe nicht weil ich ihn herbeigesehnt hätte sondern weil ich wußte daß es so kommen wird ...«

Tanaïs: »...«

»... Ach Gott jetzt höre ich mich an wie die vernachlässigte Ehefrau die ihrem Mann Vorwürfe macht dabei bin ich mir sicher du wolltest immer nur glücklich sein all die Jahre auf deine Art eben die nicht unbedingt meine Art ist aber das weißt du ja ich dachte immer soll er glücklich sein ich finde schon meine Nische in der ich es mir behaglich einrichte aber weißt du das ist jetzt vielleicht nicht der richtige Zeitpunkt um darüber zu reden ich hab dich in den ganzen Jahren unserer Ehe nicht ein einziges Mal richtig glücklich gesehen mir ist das oft durch den Kopf gegangen ich habe mir gedacht was will der Mann mir ist nie eine Antwort darauf eingefallen das ist mir heute wieder bewußt geworden und noch etwas nicht einmal an jenem Tag an dem wir uns das erste Mal begegnet sind du weißt schon am Meer wo du gleichzeitig mit mir geflirtet und alles was mir damals schön vorgekommen ist zunichte gemacht hast weißt du noch ich weiß es es war ein schöner Sommertag du warst ein hübscher sehr kluger junger Mann mit guten Manieren trotz deiner Uniform du hast mir den Hof gemacht und zugleich diese dunkle Aura um dich herum erstrahlen lassen und als du mich das erste Mal geküßt hast hast du den Mund verzogen als hättest du in eine bittere Frucht gebissen ich aber habe mir gedacht er ist anders als die anderen er ist vielleicht glücklich in seinem Unglück und ich habe mich gerade deshalb in dich verliebt ich hab dir das nie gesagt und ich sage das jetzt auch nicht aus Sentimentalität oder weil du dich nicht zur Wehr setzen kannst so wie du da liegst sondern weil die Erinnerung plötzlich da war als mir der Arzt sagte dein Zustand sei kritisch ich habe mir gedacht was ist aus ihm geworden aus meinem schwarzen Engel der vielleicht ganz andere Dinge sieht als ich sie sehe der mit seinen Flügeln ständig abheben will dabei aber nur hilflos wenige Zentimeter über den Boden taumelt und wieder abstürzt der immer grübelt und leidet und keine Worte findet für seine Gefühle zumindest keine die ich verstehen kann ...«

Tanaïs: »...«

»... Ich weiß nicht ob du verstehst was ich sagen will es ist als ob du dein Leben lang versucht hättest die Balance zwischen Höflichkeit und Ekel zu halten und ich dir dabei zugesehen hätte wie du langsam das Gleichgewicht verlierst nein das ist vergiß einfach kannst du dich erinnern was geschehen ist ich meine heute niemand weiß so genau was man sagt du seist von einem Hund angefallen worden stimmt das weißt du der Arzt sagt dein kritischer Zustand hat andere Ursachen du seist nämlich körperlich in ganz schlechter Verfassung er hat von Drogen gesprochen kannst du dir das vorstellen ich habe gesagt das kann nicht sein du nimmst doch keine Drogen du bist ein angesehener Kommissar der Miliz von Odessa das hat auch Minski bestätigt das ist ein feiner Mensch sag ich dir ihm hast du es zu verdanken daß du rechtzeitig ins Krankenhaus eingeliefert worden bist weißt du das überhaupt ich denke wir werden ihn zum Essen einladen wenn es dir besser geht Drogen habe ich dem Arzt gesagt können Sie gleich vergessen an so etwas dürfen Sie nicht einmal denken und weißt du als er mir widersprechen wollte da hat ihn Minski beiseite genommen und ihm gehörig ins Gewissen geredet daß er einen roten Kopf bekommen hat und dann war auf ein Mal Schluß mit dem Gerede so einfach ist das wenn man die richtigen Freunde hat ...«

Tanaïs: »...«

»... Was ist bloß aus dir geworden mein Kleiner wenn du dich jetzt sehen könntest du hast das Zeug zu einem

Dichter gehabt das weißt du genau statt dessen ach weißt du daß ich deine Gedichte aufgehoben habe alle von früher mein schwarzer Engel manchmal wenn ich allein zu Hause bin und darauf warte daß ich an dein Krankenbett oder Gott behüte zu Schlimmerem gerufen werde nehme ich mir das eine oder andere Blatt zur Hand und lese manche kann ich auswendig vor allem die lustigen das zum Beispiel der Lermontow hats nicht verdient auf diese Art zu sterben jetzt ist er mit dem Grab bedient und hinterläßt zwei Erben oder das ein Requiem zu dichten steht mir als Aufgab an es kommt jedoch mitnichten der Einfall mir heran oder kannst du dich noch an jenes erinnern das du vorgetragen hast als du zum Milizoffizier ernannt wurdest ich schon ja jedem wird der Prozeß gemacht der mit der Regel bricht viel Segen wird dem Land gebracht das eine Sprache spricht in einem Hauseingang hat Minski dich gefunden eher zufällig wie er sagt ihr seid verabredet gewesen du seist nicht gekommen da habe er sich auf die Suche nach dir gemacht habe die halbe Stadt nach dir abgesucht und dich schließlich in einem finsteren stinkenden Hauseingang gefunden Minski sagt du hättest dich in eine dumme Geschichte verrannt deshalb hätte er sich Sorgen gemacht ...«

Tanaïs: »...«

»... Wie vernagelt seist du gewesen sagt Minski trotz seiner Bitte du möchtest doch die Finger davon lassen du würdest dir bloß etwas einbilden einen Fall der nicht existiere und der dich früher oder später vernichte na ja jetzt ist es beinahe geschehen ein Glück daß du solche Freunde hast warum hast du mir nie etwas gesagt warum sprichst du nie mit mir ich habe mir immer gewünscht daß du Vertrauen zu mir hast ich bin deine Frau ich bin neben dir und in dir und über dir ich bin das Beste das dir passieren kann wir Hand in Hand im hüfthohen Gras die Nacht überschlug sich schon mit Vogellärm behaftet hin zum neuen tristen Tag weißt du noch wann du das geschrieben hast weißt du das nicht mehr weißt du das denn nicht mehr ich weiß nicht in was du da hineingeraten bist ich wünschte nur du hättest es mir früher gesagt aber jetzt will ich es gar nicht mehr wissen ich möchte nur daß das alles aufhört ich möchte daß du vergißt was geschehen ist ich möchte daß wir von vorne beginnen an jenem Tag an dem wir uns das erste Mal begegnet sind ich möchte daß du wieder zurückfindest zu mir und zu den Gedichten ich will meinen schwarzen Engel zurück hörst du ich will du Idiot ich will ich will ich will ...«

Am frühen Morgen des sechzehnten September 1977 fuhr ein Mini durch Barnes Common. Am Steuer saß Gloria Jones, neben ihr Marc Bolan. In einer unübersichtlichen Kurve verlor Jones die Kontrolle über den Wagen, dieser kam von der Straße ab und prallte gegen einen Baum. Sie überlebte den Unfall, der knapp dreißigjährige Bolan war auf der Stelle tot.

Über den genauen Hergang des Unglücks ist mangels Zeugen nichts bekannt. Fremdverschulden oder gar eine Verschwörung konnte nie nachgewiesen werden.

Hugh McConaughty, damals Vorstandsvorsitzender von Reflux und heute Pensionist auf der Antillen-Insel Curaçao, sagt, nach Gerüchten über ein Komplott befragt, er habe dazu nichts zu sagen und verweise statt dessen auf die Firmenphilosophie, der seines Wissens seine Nachfolger bis zum heutigen Tag treu geblieben seien: *Odi profanum vulgus & arceo* (Ich hasse das gemeine Volk & wehre es ab) …

Am frühen Morgen des vierten Oktober 2000 weckte das Läuten des Telefons Olsén aus einem traumlosen Schlaf. Es dauerte einige Sekunden, ehe er sich vergegenwärtigen konnte, wo er war. Er sah auf die Decke des billigen Zimmers mit ihren Rissen und gelben Wasserflecken, und er hörte das Telefon. Tanger, dachte er. Hôtel des Palmes. Er dachte, er würde den Hörer abnehmen müssen. Er dachte, es wäre vermutlich der Mann, mit dem er sich treffen sollte. Er dachte, daß es an der Zeit sei, damit aufzuhören. Vorausgesetzt er hätte eine Idee, was er mit seiner Zeit anfangen könnte. Während er an alles Mögliche dachte und von draußen das Licht des jungen Tages, der Ruf des Muezzin und der Verkehrslärm ins Zimmer drang und das

Telefon läutete und läutete und eine Fliege sich auf seine Stirn setzte, wurde ihm klar, daß er, anstatt irgend etwas zu tun, sei es den Hörer abzunehmen oder die Fliege zu verjagen oder sein Leben zu ändern, bloß auf dem Rücken lag und seinen Blick starr nach oben richtete. Er lag steif wie ein Brett zwischen den Laken und unternahm nichts gegen die Fliege, die auf der Nasenspitze landete, und auch nichts gegen das Läuten des Telefons, und nichts gegen dieses erbärmliche Leben in fremden Betten an fremden Orten. Er tat nichts gegen den metallenen Geschmack in der Mundhöhle und das Summen in den Ohren, das sich über den Ruf des Muezzins und den Verkehrslärm legte und von einer Art Schwingen der Gehirnhaut auszugehen schien. Er tat nichts, weil er wußte, daß er nichts tun konnte. Er wußte es, als konnte es gar nicht anders sein: Daß er gelähmt war, daß ihm sein Körper die Gefolgschaft aufgekündigt hatte.

Nach einiger Zeit löste sich die Lähmung, nur das Telefon läutete nicht wieder. Es läutete den ganzen Tag nicht mehr. Er hatte nun keinen Auftrag, statt dessen viel Zeit, mit der er allerdings nichts anzufangen wußte. Er beschloß im Bett zu bleiben und abzuwarten. Das Essen und die Zigaretten ließ er sich aufs Zimmer bringen. Manchmal kam die Lähmung zurück, manchmal ging er auf die Toilette oder sah zum Fenster hinaus. Niemand rief ihn an, niemand außer dem Kellner klopfte an der Tür, niemand hinterließ eine Nachricht für ihn beim Portier. Wäre er von Zeit zu Zeit nicht unfähig, sich zu bewegen, dachte er, dann müßte er annehmen, er existiere gar nicht mehr und sein Aufenthalt im Zimmer des Hôtel des Palmes sei nichts als ein letztes Nachbild auf der Netzhaut eines Toten.

Dennoch verwies eine Zeitungsnotiz vom neunzehnten November auf Olséns leibhaftige Existenz. Im Journal de Tanger stand zu lesen: *Herr O., gebürtig aus Motilla del*

Palancar in Spanien, wollte am frühen Morgen des achtzehnten November ungeachtet aller Warnungen der Meteorologen von Kap Spartel aus mit einem Heißluftballon nach Spanien übersetzen. Er erhob sich gegen Nordwest und wurde vom starken Wind auf den Atlantik hinaus getragen, bis kein menschliches Auge imstande war, den Ballon am Horizont mehr wahrzunehmen oder zu erkennen ...

Am frühen Morgen des dreiundzwanzigsten Dezember 2000 geriet ein ukrainischer Reisebus auf der Fahrt über den Jablonica-Paß, einem Übergang über die südlichen Waldkarpaten, auf eisglatter Fahrbahn, vermutlich wegen überhöhter Geschwindigkeit, ins Schleudern und stürzte über eine Böschung. Von den sechsunddreißig Insassen kamen acht ums Leben, unter ihnen der Fahrer. Dreizehn wurden schwer, elf leicht verletzt. Vier Personen kamen mit heiler Haut davon, eine davon war die zwölfjährige Valeria Zwei Minski aus Odessa. Mit ihrer Mutter, der einundvierzigjährigen Valeria Minski, meinte es das Schicksal weniger gut. Sie wurde, als der Bus am Ende der Böschung gegen einen Baum prallte, durch ein zerbrochenes Fenster ins Freie geschleudert, kam zwar unversehrt im Schnee zu liegen, vermochte sich aber nicht mehr rechtzeitig vor dem umkippenden Fahrzeug in Sicherheit zu bringen, das ihre unteren Extremitäten unter sich begrub. Später, im Krankenhaus von Iwano-Frankowsk, mußten ihr beide Beine amputiert werden.

Sie hatten vorgehabt, über die Slowakei nach Österreich zu reisen, gab die Tochter tags darauf während der behördlichen Befragung zu Protokoll, wo die Mutter einen Freund habe, den sie beide hätten besuchen wollen. Ob es gültige Visa gebe, konnte das Mädchen nicht sagen, auch nicht, wohin genau die Reise hätte gehen sollen und wie der Freund heiße. Auch die Reisepässe konnten nicht gefunden werden. Möglicherweise, argumentierten die Behörden, seien die Papiere während des Unfalls verloren gegangen und lägen irgendwo im Schnee, wo sie nach langer Suche möglicherweise gefunden werden könnten. Möglicherweise war durch das Unglück aber auch ein illegaler Ausreiseversuch zunichte gemacht worden, wer konnte das schon wissen?

Man entschied sich pragmatischerweise für die zweite Variante und schickte Valeria Zwei zurück nach Odessa, wo sie im Hauptquartier der Miliz von ihrem Vater abgeholt werden sollte. Der erschien allerdings nicht und konnte von den Beamten auch nicht ausgeforscht werden. Kommissar Tanaïs brachte das Mädchen vorübergehend bei sich zu Hause unter.

Einige Tage später ereignete sich im Krankenhaus von Iwano-Frankowsk ein seltsamer Vorfall. Ein sportlich aussehender Mann, um die Vierzig, auffallend gut gekleidet, erschien in der Unfallstation, erkundigte sich nach Valeria Minski, drückte der Krankenschwester fünfzig Dollar in die Hand, und sagte, er wolle eine Viertelstunde lang mit der Patientin allein sein. Die Schwester forderte ihn mit einem Kopfnicken auf mitzukommen. Am Ende des Flurs öffnete sie eine Abstellkammer und sagte zu dem Mann, er solle hier warten. Wenige Minuten später schob sie das Bett der Schwerverletzten in die Kammer und ließ die beiden allein. Die Viertelstunde verstrich, doch der Mann kam nicht zurück. Die Schwester wartete noch eine Weile, dann ging sie zur Kammer, klopfte an der Tür, wartete, klopfte noch einmal und öffnete sie schließlich. Der Mann war verschwunden, die Frau lag im Bett, den Kopf zur Seite gedreht, als schliefe sie. Die Schwester schob das Bett ins Krankenzimmer zurück. Als sie den Raum verlassen wollte, bemerkte sie die erschrockenen Gesichter der anderen Patienten, wandte sich um und sah, daß der Kopf der Frau vom Polster gerutscht war und kraftlos über den Bettrand hing, als hielt ihn nur mehr die Haut des Halses am Körper.

Valeria Minski, stellte sich heraus, war mit einem geübten Griff das Genick gebrochen worden. Die Krankenschwester, die ihre Arbeit und die fünfzig Dollar behalten wollte, behauptete, niemanden gesehen zu haben, der als Täter in Frage kam. Tanaïs und seine Frau stellten einen Adoptionsantrag für Valeria Zwei …

Am frühen Morgen des Neujahrstages 2001 faßte der Kaukase zwei Vorsätze: Er wollte sich zur Ruhe setzen und er wollte mit einer Frau verheiratet sein, die einem Rentner, der sich über nichts mehr aufregen wollte, angemessen war. Er rief Tanaïs an und sagte, er habe eine Idee, wie er und der Kommissar wieder Freunde werden könnten.

Noch am selben Tag verschwand die Frau des Kaukasen spurlos. Ihr Leichnam wurde erst drei Wochen später im Laderaum eines beschlagnahmten Frachters aus Georgien gefunden. Die Todesursache ließ sich aufgrund der fortgeschrittenen Verwesung nicht mehr ermitteln.

Der Witwer heiratete wieder, eine lustige Mittfünfzigerin, die er sich via Internet aus seiner Heimat hatte kommen lassen. Es wurde ein großes Fest ausgerichtet, zu dem auch die Familie Tanaïs geladen war. Nur der Kommissar, schien es dem einen oder anderen Gast, wollte sich von der guten Stimmung nicht so recht anstecken lassen …

Garcia Novarras Leiche blieb ebenso verschwunden wie die Nudelfabrik. Die Miliz schenkte ersterem, der Schweizer Fabrikant letzterem Umstand keine weitere Beachtung, beide stellten ihre Nachforschungen ein. Der Mann und die Fabrik schienen schlußendlich niemandem wirklich zu fehlen …

Und ich? Ich weiß nicht. Irgendwann, oder, wie man so sagt: Eines Tages kam mir ein Gedanke, den ich in der Folge, ich hatte ja sonst nichts zu tun, zu einem Haiku ausarbeitete:

Fließend, Tag und Nacht,
verschwimmen ineinander
vergangne Dinge.

www.deuticke.at

Gestaltung: typic®/wolf
Umschlaggestaltung: Studio Hollinger
Umschlagfoto: © Billy & Hells
Druck: Wiener Verlag, Himberg
Printed in Austria
ISBN 3-216-30624-0